U0074618

青山依舊在

——大邱文集——

推薦序一　問渠那得清如許／張純瑛[1]

「認識」大邱，始於在《世界日報》上閱讀了她的眾多文章。由於她對家人和自己的過往多所著墨，行文宛如向朋友款款傾訴塊壘，多年下來，我對這位素未謀面的作者竟然產生熟稔如友的感覺。

二〇一六年秋，在舊金山的兩處文學場合，我終於見到了大邱。她白淨清秀，十分有女人味，不像她的筆名那麼中性；更讓我微感驚訝的是大邱臉上掛著和煦的微笑，氣質安祥溫婉，很難讓人聯想到她自述的坎坷前路。

大邱從不避諱在文章裡回憶生活中的橫逆挫敗。大學時遵循父命，念了沒有興趣的科系。來美後拿到研究所學位，求職和就業並不順遂。曾經辭去電腦專業工作開起連鎖店，營業不符理想，苦撐了六年。丈夫曾經無預警地遭公司遣散。父親晚年飽嘗洗腎之苦，母親受失智症折磨以終。二姊夫、老父、大姊夫在五年內相繼病逝。大姊離世是另一個重擊。丈夫的臂傷和大邱的青光眼，長年困擾著他們。

我讀大邱筆下一頁頁人生行路的回顧，總覺得猶如她居住多年的美國中西部，寒冬蕭瑟似無止境；甚至如得到文學獎這類喜事，大邱也比別人來得好事多磨（見本書〈范進中舉〉一文）。經歷過此起彼落的挫折憂患，有些人不免罹患憂鬱症。因著宗教的仰望和救牘，大邱走過「老、病、死」的漫漫幽谷，不斷從陰霾中見到晴空一角，得到活下去的希望和力量。從〈我的聖經故事〉和〈不再迷路〉等文章裡，讀者瞭解到大邱由苦難中悟得的上天恩賜。在〈眼見未必是真〉一文裡，讀者更看到大邱飽經磨礪後，產生推己及人的同理心和包容心。因此，無論行文或待人處事，大邱始終不失溫柔敦厚，毫無憤世嫉俗的酸苦之氣。

除了從宗教中得到慰藉，大邱也頻頻自尋幽訪勝裡得到喜樂。本書中將近一半的文章是遊記，詳盡介紹她遊覽過的美加各地名勝，行蹤遍及密西根、芝加哥、加拿大、喬治亞、佛羅里達、加州等地。大邱以「工筆畫」的細膩筆觸，鉅細靡遺地帶引著讀者穿堂過室於名人故居，曲徑通幽於名園花木，讓讀者一卷在手而能親歷其境。

或許我自己特別愛花和遊覽植物園，因而注意到大邱亦有同好，遊蹤所至，必不會與當地的植物園錯肩而過。她描寫花草樹木注重細節，辭藻優美，且時有不俗意象。例如：「在西南角保留著一片楓林，內有一條單向泥巴步道，飄滿了各色落葉。群樹高瘦挺拔，彩葉在高處交覆成蔭，彷彿撐起了一座座五彩帳篷，篷與篷間篩下的縷縷金光，在小徑上錯綜複雜寫著秋字。」（〈綠野史蹟公園〉）又例：「在Silverado山路邊亦有數不清的葡萄園，奇怪的是沒有油菜花的蹤影，只有一處瘋長著油菜花，不知是不是刻意種植以充當肥料？由於是葡萄園有成行的支架，無法像前述兩處一無遮攔地匯成花海而是結成花網，然而卻網不住那橫衝直撞的黃金花球，叮叮咚咚的奏著熱鬧的春之樂章。」（〈十里黃花醉酒鄉〉）

近幾年大邱由美國中西部遷往北加州，和子女孫輩、二姊一家住得近，且和丈夫雙從職場退休，擺脫經濟榮枯陰影，作品也不同於早些年偏重生活的起落、親人的離散，而展現新的光色風致。在氣候終年溫和的北加州，大邱從自家院落、鄰家庭園到野外山谷，欣賞到眾多前所未見的植物。它們的美麗和習性開展了大邱的視野，也豐富了大邱的筆下世界。她的文筆流露詼諧，文風更顯活潑傳神。例如，她先細寫新居不知名的幾棵樹經過園丁修剪後的醜狀：「被迫棄劍的各個腫瘤立馬都成了禿子，且皆頭形不正，疙瘩坑窪具現。有頸細頭大的，有脖粗臉短的，有嘴歪眼斜的，有橫眉怒目的，較前更加的面目可憎。往往晨起推窗一看，晴時覺得滿院子都是駱駝山羊頭像……」接著寫它們春暖抽葉的各種新貌：「好不容易看到腫瘤上冒出了絲絲綠芽，好像禿頭忽然長出了幾根頭髮般珍貴。不久山羊蓄起了小鬍子，駱駝梳起了公雞頭，ET炫耀著龐克頭，禿子成了地中海，還有的只管像大觀園裡的劉姥姥，任人胡亂插了一頭花還在那美不自勝。一個春天下來這桑樹像喝了生髮水似的，嘩啦啦的長滿了成人手掌般大的綠葉，重重疊疊一無空隙，樹下濃蔭一片，確是遮蔭好樹。又因見葉不見枝，樹形團團如蓋，遠觀如一巨大的盆栽，也像美女頂著一頭波浪鬈髮，先前的禿子、山羊、駱駝和ET全都消失得無影無蹤。」

在書末的〈一路風光〉文內，大邱提到加州住處附近的一條渠道：「一路蜿蜒蛇行和太陽捉著迷藏，有時藍天、白雲、綠樹一一倒影水中，平淡的渠道霎時精彩動人了起來。有時日頭逕自跌入水中化作一汪藍月，泛著冷冽的幽光，高深莫測的流向不知的遠方。常嘆密州有水而無山，此地有山而無水，其實山水有形，風景卻是存乎一心的。」

好個「風景卻是存乎一心的」！這次為大邱的新書《青山依舊在》作序，重新閱讀了多年來在報上已經讀過的大邱文章，讀時我腦中不時浮現大邱和煦的微笑，我不由想到朱熹的詩〈觀書有感〉：「半畝方塘一鑑開，天光雲影共徘徊，問渠那得清如許，為有源頭活水來。」如果把心田當作一方水塘，走過顛躓人生的大邱，還能保有「清如許」的心境，而且發散於外，出落為平和溫婉的氣質，那麼，徘徊在她心頭的「天光」，就是對基督的信仰；而「雲影」，應是她對美好自然的全然熱愛吧。這些，也可視為她的活水源頭。

二〇一七年六月十四日寫於馬里蘭州波多馬克鎮

1 張純瑛，曾任海外華文女作家協會第十三屆（二〇一四－二〇一六）會長，華府書友會第二屆會長，創立華府古典音樂賞析沙龍。著有《情悟，天地寬》等九本書，獲得華文著述獎散文類第一名和其他五項文學獎。

推薦序二　我們這一代在美國／荊棘[2]

我與大邱是有緣分的。在海外女作家協會認識，談起來才知道彼此的祖籍都在湖北，她是黃陂我是緊鄰的黃岡，父輩一定彼此認識。我們都先後進了中正國民小學——樸實的小學留下很多印象，記得有棵綠蔭遮日的大榕樹，我們在樹下跳橡皮筋玩彈珠。那時候校內駐軍，有個啞兵善良溫和，我們在地上跟他寫字聊天，小我一年的三毛還把他寫成故事，大邱一定也曾在那樹下玩耍嬉笑。我在台北二女中讀了六年，大邱也進了這後來改名的中山女高，我們的足跡重疊在學校的長廊裡。然後我們先後到了美洲，都曾在密西根工作居住，而現在均退休在加州，她在北部灣區我在南端聖地牙哥。加州南部的水要靠北方引入，真有「君住長江頭，我住長江尾，日日思君不見君，共飲長江水」之感。

金融海嘯襲來的二〇〇八年大邱慘遭裁員，以後才開始寫作，在短短十年中成績斐然，文章出現在世界周刊，世界副刊和中華日報副刊，也有的登載北美華人作協網站。她出了兩本書，其中一本《流不斷的綠水悠悠》得到華文著述散文獎第一名。現在她要出版新書了，邀我為她寫序，我有幸把這些文章先讀為快。

這些文章都是大邱在美國留下的足跡。一到美國她就落腳芝加哥，留下她愛恨交織的印象。然後她到汽車大城底特律讀書、成家和工作，過了很長一段生活，所以書中大部分文章是關於密西根州和鄰近的加拿大。其間他們曾經想到亞特蘭大居住，到那兒去找房子，也南下瀏覽邁阿密海濱，所以留下《路過喬治亞》的幾篇文章。幾經考慮他們最後在加州灣區東岸定足，在這氣候溫和風景優美的地方寫出一些《情定北加州》的故事。

我幾乎去過所有大邱筆下的地方，因為我先生的家鄉就在Grand Rapids，我們曾在密西根到處遊玩，喜歡的又都是植物園、花草樹木、博物館和大莊園一類的地方。我自己也寫這種文章，題材很是相似。說來有趣，書中最後的一篇文章〈蘆原歸來不看花〉發表在世副二〇一七年六月七日，而我的〈沙漠花開〉緊接發表在十天之後。我們寫作的風格不同，但是題材幾乎是一樣的，看來這又是我們的緣分了。

大邱學的是統計，又專於電腦程式設計（這方面我趕不上，緣分盡了），所以文章寫得緊密有序，景觀描述得細緻入微。我相信大邱必定是那種外遊必帶筆記簿，每看到什麼就停下來抄筆記的人，否則不可能把景象記得這麼清晰。她寫的遊記可以當作旅遊指南，你照著她寫的走去一定不會迷路，她甚至會告訴你門票是免費或是要多少錢，所以你大可把錢包先準備好以便萬無一失。她寫的塑雕公園、草地溪大廳、霹靂角遷移的蝴蝶、加拿大植物園、福特故居、喬治亞水族館、芝加哥植物園、赫斯特古堡和比斯卡亞，密西根的荷蘭小城和廊橋、七湖公園、聖誕夜和燈景等等，讀來十分親切熟悉，讓我又遊歷了一次。佛洛里達西礁島和佛拉格勒博物館寫得特別出色，因為把歷史典故都寫出來，文章就更多了一層意義。

她筆下的花木我都熟悉，譬如紫薇、觀賞桑樹、油菜花、紅毛刷、茶花、苦菊苣、朝鮮薊（也就是荊棘，蘇格蘭國花）、加州水臘樹等等。讀到這些植物使我快慰，欣然看到有人願意為它們畫像。國人愛花木的很多，但是這方面優美如大邱的作品並不常見。大邱的文章多帶相片，所以讀者也可趁機多認識一些花木的名字。

只有一篇文章我不能認同，就是南加州沙漠中的約書亞樹紀念地。Monument指有紀念性的地方，並不一定要翻譯成紀念碑，大邱一家去找紀念碑不果，把這空曠原始之地寫成前不巴村後不著店的鬼地方，把百年約書亞老樹看成毫無趣味的鬃毛刷子。偏偏作家張讓和我都極為喜愛這兒的自然和淳樸，可見各人的觀點不同，所見也不一樣。我也遺憾大邱一家人到密西根北部蘇聖瑪利坐火車去加拿大看紅葉，卻匆匆忙忙地沒看到什麼。那正是我住了四年的安靜小城，可憐時空錯過無緣相會，未能帶大邱一家看看小城獨有的風土人情。

我喜歡大邱和她家人深厚的情誼，彼此之間的互助和關切，連萍水相遇的朋友她也建立像親姐妹一樣的深情。她在文章中也透露一些人生的教訓，譬如：眼見的不一定是真的，因為我們所見有限；譬如：莫以常識論斷人，因為常識不見得可以遍用於所有的情形。他們全家居家作樂，合起來動手打糍粑；這是我們湖北人的家鄉食物，作起來非常費事，我多年沒有吃過，讀到這裡忍不住口水汎濫。她和家人經過病痛和生死離別，她和先生曾經遭到失業的打擊。她的眼睛有青光眼，經過很多治療和配眼鏡的折磨，她倒說得幽默：「因為鏡腳軟弱無力，每次像拎著兩條泥鰍似的往耳朵上掛」，使我捧腹大笑。

他們一家曾住底特律，看盡了汽車王國的興盛和衰落，嚐到美國社會的興衰和遷變。

大邱夢中老是迷路沒有安全感，醒覺的時候也常為生存和歸宿而苦惱，〈何處是我家〉一文把異鄉人的彷徨寫得淋漓盡致。她說：「父母和我們兩代人永遠無法當作故鄉的異鄉，竟成了第三代人的故鄉。」是的，第三代人生於此長於斯，這已是他們的家鄉。而我們留於紙張的，是我們這一代的足跡，我們的彷徨，和我們在這新天地的經驗和感傷。

二〇一七年七月七日寫於加州聖地亞哥

2 荊棘，本名朱立立。曾任美國大學教授三十多年，並在發展中國家從事基本工作，足跡遍世界。出版《荊棘裡的南瓜》，《異鄉的微笑》，《蟲及其他》，《金色的蜘蛛網：非洲蠻荒行》和《保健抗老美容快樂》，《南瓜和荊棘》：剛出版《吳蠻琵琶行：彈破碧雲天》，記載這位滿譽世界的琵琶大使。她是海外華文女作家協會第十四屆（二〇一六－二〇一八）會長，和美加州聖地亞哥華文作家協會會長。

自序

一直以為我這輩子會守著父母和二姊夫的墳頭，老死在密西根，然而「人的道路不由自己，行路的人，也不能定自己的腳步」。

兒時住在眷村，左鄰右舍都有大哥哥大姊姊留學美國，讓我們這些懵懵懂懂的孩子羨慕得緊，但不知美國到底有多遠？有多大？是個什麼樣子？想像中的美國應該到處都是像紐約、芝加哥般的摩天大樓，一片燈火輝煌。對紐約的自由女神和舊金山的金門大橋更是滿懷憧憬。

等到自己漂洋過海到了美國才發現在這片大地上多的是鄉村，偶而才有大城點綴其間，而我所在的中西部更是一馬平川，觸目皆是大麥田、玉米田和大豆田，雖說不上荒涼，但景象實在是單調乏味。

畢業後到紐約結婚，終於親眼目睹了自由女神的風采，但那高舉的火炬並未能照亮我的美國夢。接著晃蕩到了芝加哥，日夜奔走於摩天大樓之間也沒有找到出路，跌跌撞撞竟然又回到了原點密西根，就此在底特律這個汽車城裡一待近四十年。

在這漫長的歲月裡，送走了父母，送走了兒女，更送走了自己的青春年華，卻從未曾留意過週遭的風景，一任冰雪年復一年地灰白了我的世界。不幸二〇〇八年老來失業，憤然開始提筆為文，為了尋找寫作題材，這才走向了大自然，用鏡頭捕捉一花一草的風采，以筆抒寫心中莫名的感動。

我沒有去過什麼名山大川，甚至不曾出過美國國門（加拿大除外），只是在住家附近的小地方轉悠，像是秋色連波的漢斯大道、水天一色的小福特故居、天天聖誕的德國城、古意盎然的廊橋及雕梁畫柱的藝術學院等都是我常去愛去的地方，由於去的次數多了，遂能在不同的季節不同的時間裡，發現它們不為人知的美，而它們也總以最美好的春光秋色面對我，慰藉我，從未嫌棄過我的庸庸碌碌。

當然去得最多的是父母和二姊夫安息的墓園，那兒的小橋流水和垂柳青草格外的清幽可人，然而地上鮮花每每提醒我人來自塵土亦將歸於塵土，人間相逢是短暫的，唯有天家相聚才是永恆的，奈何在靜謐中思念總是剪不斷理還亂。

由於地緣關係，底特律和加拿大的溫莎市只有一水之隔，無數次往返於連接兩岸的大使橋，固然是為了調眼鏡，但更多的時候是我偏愛漫步於溫莎市的河濱大道，看綠水悠悠，聽浪聲濤濤，數風帆點點，喜繁花處處，優游於英式的花園莊園之間，將對岸的一切勞苦愁煩盡付流水。

其實芝加哥才是我踏足美國的第一個城市，在那遭遇了芝城最寒冷的冬天亦度過了人生最黯淡的兩年，落荒而逃後誓言永不再來，未料日後女兒到那工作、結婚和生女竟與芝城再續前緣。舊有的回憶是苦澀的，新添的印象卻是美好的，但隨著女兒一家搬往亞特蘭大，這愛恨交織的芝城又成了途中風景。

亞特蘭大除了曾在那兒轉機外再無牽連，為了含飴弄孫亦因退休在即，我們打算靠近女兒到亞城養老，更千辛萬苦搶購到了一幢待建的新房子，然而還沒有來得及遷入新居，兒女即先後搬到了北加，只能眼睜睜看著喬治亞擦身而過。

加州房子老舊狹小，房價卻數倍於密州，因此退休加州從不在我們的人生規畫之內，然而房子有價而親情無價，任何困難也阻擋不了親人團聚，幾番前往矽谷、洛杉磯和聖地牙哥覓屋未果，最終卻陰錯陽差的在東灣落腳。從此金門大橋不再遙不可及，加州艷陽日日高照，不怕風雪阻途。而山茶、紅毛刷、紫薇、夾竹桃、桑樹、胡椒子及火棘果無所不在，春華秋實美不勝收，能不動心？

前年忙著賣房子和搬家，不期電腦被駭，許多美景照片付之闕如，好在我還留有一些文字，走過的路程仍然有跡可循。本書循序分為「難忘密西根」、「比鄰加拿大」、「愛恨芝加哥」、「路過喬治亞」及「情定北加州」五個單元，其中過半篇幅皆為遊記，寫的多是和我一樣的無名小卒，既非張序形容的「工筆畫」，亦非朱序說的「旅遊指南」，只因曾經走過又一時觸動，不經意留下了雪泥鴻爪，亦因慣寫電腦程式，寫景唯恐未盡其詳而流於瑣碎。

現任海外華文女作家協會會長朱立立是我申請入會時的評審委員之一，張純瑛則是當時會長，但我和朱會長僅止於神交，與張前會長也只有兩面之緣。二人學養豐富，文采斐然，經常忙於演講旅遊，此次竟能撥冗為我這無名後進寫序，謙謙大家風範和這份相知相惜之情實難一言以蔽之。人與人的相遇固是一種緣分，而索序和寫序誠如張純瑛所言更是一種天時地利人和的緣分。

然而人與地方的邂逅又何嘗不是一種緣分？諸如喬治亞的一面之緣、芝加哥的聚散之緣及加拿大的鄰居之緣。與密西根緣分深厚，以為會地久天長，結果各分東西，和北加州一再失之交臂，看似無緣，實則後會有期，這一路走來正印證了箴言所說的「人心籌算自己的道路，惟耶和華指引他的腳步」。

密西根多水，陰柔善變，在那歷盡了悲歡離合亦嚐遍了酸甜苦辣，日子過得並不順遂。北加州多山，陽剛穩重，門前青山在望，屋內兒孫繞膝，雖是日漸走向黃昏，但只要青山依舊在，夕陽也能如朝陽般燦爛瑰麗。

二〇一七年七月九日寫於加州康卡德市

目次

比鄰加拿大 173

情定北加州　267

難忘密西根

1. 〈Meijer雕塑花園今生必遊〉藝品詠嘆調
2. 〈草地溪大廳〉佩格瑟斯噴泉
3. 〈安娜堡藝術博覽會〉街頭藝品

1
2 | 3

1.〈密西根廊橋訪古〉White's古橋
2.〈Cranbrook——底特律藝術王國〉藝術學院內的霍伊塔
3.〈福特故居〉小福特故居

1
2 | 3

1. 〈秋水盈盈楓葉紅〉漢斯大道上的南京湖
2. 〈Frankenmuth——聖誕不夜城〉不夜城的招牌
3. 〈白色聖誕〉平安夜紀念教堂

1. 〈綠野史蹟公園〉園首老教堂
2. 〈何日再聚首〉作者大姊攝於密大芍藥花園
3. 〈Frankenmuth——聖誕不夜城〉著名的炸雞店

1. 〈Cranbrook——底特律藝術王國〉莊園正門
2. 〈Cranbrook——底特律藝術王國〉Sunken花園
3. 〈Cranbrook——底特律藝術王國〉反映池

不信青春染不回

父親不到四十歲時就有了白頭髮，母親輕描淡寫地說那是少年白，語氣中雖也有些許無奈，但多的是不在意。等到母親年過半百自己也有了白頭髮時，卻是急乎乎地開始染髮。

每隔一段時間，母親總會選一個晴日染髮。那時的染髮劑十分粗劣而且費時費工，她首先在桌上鋪滿舊報紙，然後在一個破舊的瓷碗內將染髮劑調成糊狀，無論顏色或氣味皆如劣質墨汁，但她毫不介意，披著父親的舊襯衣用一把舊梳子一下一下地往頭髮上又梳又抹，同時也將墨汁濺染到頭皮、額頭、腮邊和報紙上。

雖然她的頭髮長而稀疏，但還是有搆不著的地方，有時她會請父親幫忙，若父親沒空她偶爾也會要我這個么女幫忙。然而我忍受不了那難聞的氣味和滿桌髒亂，總要埋怨：「人老了本來就會有白頭髮，為什麼還要這麼麻煩地染髮？」母親不識字，自然說不出像「高堂明鏡悲白髮，朝如青絲暮成雪」這樣的大道理來，只有給我一頓好罵。

好不容易染完頭髮，在等待染髮劑發生作用的漫長期間，她披頭散髮地忙著清理善後和做家務。等到她在洗臉盆內用熱水一再清洗頭髮時，空氣中瀰漫的惡臭較先前更甚，簡直到了無法忍受的地步。洗完頭臉上殘餘的墨漬往往未消，頭髮亦只能用毛巾擦到半乾，她就這樣一頭邋遢地忙進忙出，直到傍晚才能將頭髮梳理好重新挽起髮髻。看著那一頭如同墨漿的黑髮，我總覺得荒謬不實。

想不到年逾不惑的我頭上居然也出現了白頭髮，一根根如叢林中的道道白川，想要佯裝不見都不可能。顧不得拔一根長三根的風險，我悄悄地將礙眼的白頭髮一根根拔去。其時父母已定居美國和我們同住有年，父親眼見么女頭上的白髮因開店失敗而日益增多，難掩憐惜之情，當我決定關店重回職場時，他便力勸我開始染髮。

「染髮」兩字入耳心驚，那不是母親的專利也是我最厭惡的事嗎？況且我還不到母親開始染髮的年紀，怎麼就輪到我了呢？難道我已未老先衰？

往日為母親在超市挑選染髮劑時，只是依著她的指示選擇色黑的即好，從未注意過品牌、原料、製造和使用方法，更沒有想過是否有副作用、會不會致癌等問題。現在輪到自己頭上，難免想得多些，觀望再三，決定試用美國製造的染髮乳霜，將小瓶催化劑倒入藥水塑膠瓶內搖晃均勻，再戴上附贈的塑膠手套往頭上抹勻，等個四五十分鐘後用清水洗淨，吹乾以後，馬上還我一頭烏髮。雖也有臭味但還能忍受，更重要的是，顏色還算自然，不致有潑墨的不實之感。

染了幾次以後，頭皮開始發癢，懷疑是對染髮劑過敏。但為了職場打拚不想予人未老先衰的感覺，同時也找不到更好的染髮劑，只好儘量減少染髮，非到鬢角頭頂洩密太多時才偶一為之。

當我忙著將頭髮染黑的時候，母親已燙成短髮。不知是因父親病故沒有心情，還是因年老癡呆不再吵著要染髮。她的皮膚白皙、腰板挺直，配著花白的頭髮並不顯得老態龍鍾。年輕的下一代卻急著擺脫傳統黑髮，有的在頭上挑染一抹金或一簇紅，有的索性染成滿頭金髮、紅髮或栗色髮，總之就是不要一團漆黑。

在我這染髮族看來，他們是暴殄天物糟蹋青春，他們卻認為我們這些中年人染黑了頭髮不過是欲蓋彌彰。剛好那些年，華人圈中流行使用印度生產的天然染髮劑，也許是成分不同的關係，每個人染出來的效果不盡相同，有人竟成了最流行的金褐色，實是始料所不及。更想不到的是，近來還有年輕人刻意將頭髮染白，不知是標榜白髮紅顏？還是反諷我們這些白髮人染黑了頭髮裝年輕？

年近花甲，身邊的嬰兒潮世代出現了一種有趣的現象，多是先生花白著頭而太太一頭烏黑，乍看好似老夫少妻，再看兩人臉上的皺紋才知是如假包換的一對。但其中一對卻讓眾人跌破了眼鏡，原來那一頭烏黑似緞的長髮是經年累月染出來的，而非我們豔羨的麗質天生。

我家先生也是自認年輕，堅持不染髮，卻志願幫我染髮。他不像我雙手在頭上亂抓亂抹了事，而是用密齒梳一層一層地仔細梳染，為我剪髮的韓妹好幾次都誇他染得好，他也就成了我的御用染髮師。但近年來總覺得他的技術退步了，怎麼才染了幾天鬢角和髮線兩側便各自鑲了一道白邊？

最近換用了西班牙產的天然洗髮精、潤絲精和染髮劑，掉髮及頭皮發癢的情況都得到緩解，但三天兩頭冒出的白邊讓人氣惱，於是先生加勁層層密染，隨著每一次翻梳便是一聲驚叫，怎麼下面都是白的？我自己洗頭吹髮時亦能感到頭髮上好像裹了一層霜，厚重沒有彈性，再也吹不出往日蓬鬆的髮型，更無須憂慮顏色過黑太假，反而要擔心這枯草似的頭髮是否還能持續著色？掉髮日甚，將來是否還有頭髮可染？

回想母親那一輩的老太太們，個個都是頭頂墨桶，黑得離譜，現在才明白他們不是不知道而是不得已，因為染髮日久白髮過多，頭髮已不能輕易上色。而華人的白髮並非一片雪白，而是不灰不白髒兮兮的雜色，若是髮質不好又是油性，那就成了連天衰草，只好加重劑量和次數讓墨汁浸透，寧可黑得離譜也不要讓滿頭枯草虐待他人眼目。

其中只有一兩位老太太得天獨厚，滿頭銀髮和白皙皮膚相得益彰，加上適度的衣著打扮，儘管青春不再卻老得優雅。

再看鏡中的自己，前凸的肚、微彎的背、下垂的眼袋和深刻的法令紋，還有那遠近都看不清楚的視力及轉眼即忘的記性，無一不是由初老漸入老年的表徵。不過我明白，我的肉體和心腸雖然會日漸衰殘，但只要在染黑的頭髮下依然擁有一張笑臉，能帶著希望的眼神看待周遭的人事物，就不信青春染不回。

（二〇一四年九月二十八日發表於《世界日報》副刊）

Meijer雕塑花園今生必遊

在底特律西郊一住二十年，只知Meijer家族經營超級市場非常成功，卻不知其業主Frederik Meijer於其故鄉Grand Rapids捐贈了七十點七英畝土地和全部私人雕塑收藏品，興建了一座植物園，並從一九九五年更名為Frederik Meijer雕塑花園，開始對外營業，十五年來已擴張至一百三十二英畝，每年吸引六十萬人次旅客前來觀賞。

玻璃藝品特展　結合景觀

二〇〇九年被《生前必遊的一千個地方》（*1000 Places to See Before You Die*）一書的作者Patricia Schultz，列為世界上三十個必看的博物館之一。今夏有玻璃藝品大師Dale Chihuly的特展，大型藝品散布室內外，與自然景觀相結合。

此園大致分為主體建築物、圓形劇場、兒童花園、農夫花園和雕塑公園幾個大區域。有室內室外花園、熱帶花房、視聽教室、會議室、餐廳、木棧道及人體形步道分布其間。原先奇怪說明書上所有景點均無標號和箭頭，地上亦無熊印或足印引路，半天走下來，不能不讚嘆造園專家匠心獨運，全部路徑好像一株樹木，沿著主幹前進，你隨時可以岔入分

〈Meijer 雕塑花園〉火樹銀花

枝，欣賞完了每一枝葉，又自然回到主幹，不怕迷路。

一下車即被園首的黑色雕像吸引，彎曲堆疊的抽象曲線，既像扭曲的人體又像是幾個人的側面輪廓。五層樓高的玻璃建築物在陽光下顯得明亮寬敞，購票入內後，左手第一道門外是英式球莖花園。引人入勝的並非奇花異草而是掩映在花木間的一人或多人高的玻璃藝品。灌木叢中有透明中揉合著淺藍及深藍色彩，展翅欲飛的「蒼鷺」；綠樹下則有覓食的灰黑「蒼鷺」。另一邊是淺藍色的「小喇叭」仰天合奏，寶藍的「蘆葦」屏風似地靜靜聆聽。黃黑二色的「虎紋百合」，看來卻像伊甸園中誘人犯罪的那條蛇般柔軟滑溜。紅花叢中有青綠的「大葉藻」搖曳其上。草地上有一株「紅綠香櫞樹塔」（Citron Green and Red Tower），塔身由無數細長彎曲的管子合成，狀似花莖藤蔓帶著花苞，顏色由底部的檸檬黃而萊姆綠至頂端的橘子紅，象徵著果樹由青澀而成熟的過程。造形多變、色彩富麗及玻璃特有的質感，在陽光下吸引了所有人的目光，我個人則認為「火樹銀花」才是更貼切的形容詞。

室內花園中有兩種仙人掌非常有趣，一名「金桶」（Golden Barrel），一名「銀炬」（Silver Torch）；一個渾圓一個高瘦。兩者比鄰而居，就好像是勞萊與哈台，讓人忍俊不住。「金桶」通體滿是一道道突出的楞線，其上長著一叢叢松針似的白刺，頂上戴著一頂白色絨帽，絨帽上有一圈小白花球，每一個小白花球上冒出一個棕色鳳梨頭，不知是棕色鳳梨頭開出了黃色鳳梨花？還是黃色鳳梨花謝了留下棕色鳳梨頭？「銀炬」渾身是灰色絨毛，偏橫向伸出一條細長紅蕊，不禁聯想起《木偶奇遇記》主角皮諾丘的加長鼻子。

熱帶花房內有多種蘭花，看著眼熟卻叫不出名字，有一盆白色不知名的蘭花十分特別，每一朵都好像是並蒂雙生，兩頭尖細如菱角，中空部分是黃色花蕊，兼有百合和水仙的純潔嬌羞。一棵闊葉木上結著袖珍木瓜似的果子，豔黃的顏色難以和「巧克力樹」（Chocolate Tree）的樹名相連。另有一株花樹上開滿了黃色帶白翼的花，似蝶非蝶，欲飛難飛，原來是「金蝦花」（Golden Shrimp Plant）。「雙生椰子」（Double Coconut），兩扇巨大的芭蕉葉好似借自鐵扇公主，能以呼風喚雨。花樹水池之間，置有多樣色彩鮮明的花果玻璃藝品，可惜我都叫不出名來。

〈Meijer 雕塑花園〉夢幻塘

一步出熱帶花房，高大的紫色「玫瑰水晶塔」（Rose Crystal Tower）即映入眼簾，造形不很特別，但水晶在陽光下幻化出深淺不同的紫紅，倒也有幾分奼紫嫣紅的味道。不遠處有一黑色童話人物的雕像，造形可愛，表情有趣，吸引大批遊人拍照。對面即是兒童花園，一組天空藍孩童打球的雕像，點出花園主題。別具創意的是在林木間以原木搭建了數間樹屋，以木棧道及索橋相連，孩子們可以上下奔跑玩官兵捉強盜的遊戲，大人足可在此追懷童年舊夢。

占地三十餘英畝的雕塑花園位於全園西北邊，依地勢景觀再分為幾個小區。圓形劇場旁邊的小丘上有一四片合成的「男女合體」

（Male/Female）鋁像，在不同角度光影折射下由男變女又由女變男，饒富趣味。另有一銅雕，明明狀如瘦馬，卻名曰「木屋溪」（Cabin Creek），令人百思不得其解，莫非自己眼力太拙？

最南端的「小樹林」（The Groves）裡有一個小池塘，塘東有「藍月」（Blue Moon），塘西有「黃舟」（Yellow Boat），外加滿塘五顏六色的Walla Wallas，我不能不稱之為夢幻塘。「藍月」在我看來有如一朵水花四濺的藍色大水球，水色由中心的深藍到淺藍、淡藍、泛白而至透明，亦如月色由豐盈飽滿而清虛空靈。「黃舟」乃是獨木舟上滿載著黃色為主的瓜果蝶鳥，春華秋實盡在其中。

略西的「藝廊」（The Gallery）內陳列有多樣小型雕塑藝品，造形抽象，就不是我這門外漢能欣賞得了的。最西邊是「瀑布」（Waterfall），疊石流水中有水草、睡蓮和紅綠「漂浮物」（NiiJima Floats），岸邊有黃白紫各色鮮花，一片怡然秀麗。

隔街的「幽谷」（The Glen）包括下瀑布及一彎小水流。下瀑布邊上矗立著一座「萊姆水晶塔」（Lime Crystal Tower），樹蔭下晶瑩透亮的黃綠水晶，喚起老歌〈檸檬樹〉（Lemon Tree）的回憶。水流下端聳立著一座「番紅花塔」（Saffron Tower），藍天白雲下，青草綠樹上，橙黃橘紅細絲纏繞的塔身倒影水中，五彩繽紛好看極了，但不知和番紅花有何牽連？由下流往上流看，盡頭是四十二呎高的中國紅鋼雕，飛揚橫斜的線條，看似卡通大白兔的長耳朵，不過從不同角度看更像是雲霄飛車。因其碩大也因其鮮豔，幾乎一路上都能看到這紅色身影，我們也就一路猜測著這究竟是個什麼玩意？

步出「幽谷」不久，草地上有一地球儀狀的銅雕，中間似有茅箭穿裂而出，看了說明不禁啞然失笑，原來它是「似沙漠玫瑰的磁碟」（Disk in the Form of a Desert Rose）。行過小丘，路邊濃蔭下有一張涼椅，坐下後意外發現那紅色尤物就近在眼前，在金陽藍天白雲青草綠樹的烘托下，明亮勻稱的色彩和優美流暢的線條，得到了最完美的詮釋，賞心悅目之餘，也就不再在意它到底是什麼了。直到回來上網查資料，才知道它的芳名是「詠嘆調」（Aria），想想也的確名副其實。

接著又有幾件雕塑品考驗著我們的藝術鑑賞力和想像力。幾根用鋼線相連的不鏽鋼管橫七豎八地支在地上吊在空中，冷冽的質色及抽象的線條，夠酷夠炫，就是不解為什麼叫B-Tree II？一個赭紅色的鐵雕，在我眼裡分明是一截生鏽鬆弛的彈簧，名為「雙線」（Two Lines）乃寓意人生是生與死的交替？或是苦與樂的交纏？草叢中有一對似鴕鳥下半身的鐵雕，名為「一二」，不知作何解釋？小山坡上有一不鏽鋼雕，側看好像是起重機斜吊著一把巨大的圓規，正面看兩根對稱斜角伸向天際的褐色長條，不是滑翔機翼還能是什麼？這回我們猜得更離譜了，它的名字是「Scarlatti」，至今不懂是什麼意思？

戶外雕塑　巨鏟斜插草地

好在還有幾件雕塑品是我們能夠一目瞭然的。斜插在草地裡的二十三呎高園藝鏟子，紅色鏟身、灰藍鐵柄配著土黃把手，造形雖簡單普通，在陽光照耀下卻煥發著動人光彩，

〈Meijer 雕塑花園〉美國駿馬

發掘著大地精華。一組三人鋁雕，各自盤坐在大石塊上，身上滿是鏤空的二十六個英文字母，「你我他」（I, You, She or He……）的眾生相不言可喻。紅磚堆砌成的拱門，具體而微，是情侶拍照的好地方。臨水處有藍紫色的「蒼鷺和蘆葦」（Neodymium Reeds and Herons），替平淡的池水增添了幾分顏色。

全園最受矚目的是那匹草原上的「美國駿馬」（The American Horse）。這匹二十四呎高的褐色銅馬，雄姿英發，前蹄輕揚，正是「春風得意馬蹄疾」的最佳寫照！

園北尚在規劃階段，只有一條柏油路可供步行。草地上長滿了白色小野花，此外空無一物，正自嘀咕樹林矮小隔著草地無處遮蔭時，看見兩隻鹿在樹林邊緣曬太陽。我家後院偶爾能看到鹿影，不過都是驚鴻一瞥，此次不但有時間拿出相機拍照，其中一隻還和我們對望了好一陣子才沒入林中，著實有意思。

東邊的農夫花園裡，有典型的穀倉、農舍和菜圃，遊人不多，愈發顯得慵懶閒散。當我們坐在廊下涼椅上休息時，有幾位銀髮族遊客，忙著打井水和扯鈴噹吆喝著「來吃飯」，一時讓人有時光倒流的錯覺。

緊鄰農夫花園的是一片濕地，有一條三分之一哩長的木棧道可盡賞濕地風光。濕地上雜有蘆葦、水草、大葉藻及浮萍，映著天光雲影，成就一幅幅美麗的圖畫，只可惜木棧道太短，走得不過癮。

在陽光下走了半天，此時最想吃的是台灣的刨冰，尋到餐廳除了飲料，沒有什麼可口冰品，一人花了三美元吃了一支雪糕有些心疼，所幸餐廳非常明亮寬敞整潔，不同尋常的是天花板上的花卉燈飾，全部出自此次特展的玻璃藝品大師Dale Chihuly之手，是園方的永久收藏品。

步出花園，不但飽覽美色，自己彷彿也沾染了一絲藝術氣息，覺得不虛此行。

（二〇一〇年六月二十七日發表於《世界周刊》No.1371）

不老的聶小倩

小時候對鬼故事是既愛又怕，聽多了以後，一襲白衣、長髮披肩的女鬼形象便深植我心。直到看了樂蒂主演的《倩女幽魂》才為之改觀，原來女鬼不一定非要披頭散髮不可，甚至還可以比人更加美豔多情。

由於當時年紀小，對劇情早已不復記憶，但對片中營造的鬼魅氣氛印象深刻，記得有好一陣子晚上都不敢單獨起床上廁所。至於片中寓意則不甚瞭然，只由大人口中得知故事出自《聊齋誌異》一書，卻不知《聊齋誌異》是何方神聖，亦無意探問，倒是「聶小倩」這三個字從此成了我心中豔鬼的代稱。

上中學以後，為了應付學校的暑假閱讀作業，不得不翻閱《聊齋誌異》，〈聶小倩〉自然是我最想讀的一篇。奈何自己的文言文程度太差，不足三千字的篇幅，在我看來既沒有電影來得緊湊精彩，又沒有白話小說的淋漓盡致，「肌映流霞，足翹細筍」何美之有？光只是「嬌豔尤絕」四個字如何就能夠迷倒眾生？遂將此書匆匆拋開。

其實在現實生活中，能真正稱得上國色天香的美女絕無僅有；閱人不多的我，想要在人間求證「嬌豔尤絕」這四個字，無異癡人說夢。

求學時見過一位校園美女，體形嬌小玲瓏，一頭長髮飄逸，十足的香扇墜。可是濃眉大眼加上笑聲爽朗，竟是典型的現代美女。雖然過目難忘，但總覺得少了點書中的古典靈秀之氣。

後識另一美女，一如盛開的芍藥，豔光照人不能逼視，然面有驕色，胸無點墨，自無悠長餘韻可言。遺憾的是，兩位美女均在我眼前老去（當然我自己更老），好像褪色的彩釉，讓人悵然若失。

儘管時光流轉科技發達，談狐論鬼的《聊齋》仍廣受大眾歡迎，更為影劇界提供了取之不盡用之不竭的故事題材。尤其無法忘情於那美豔的女鬼聶小倩。

新版《倩女幽魂》拜高科技所賜，無論燈光、攝影、音響和特效均較舊版聳動，鬼魅氣氛益發撲朔迷離。聶小倩也由瓜子臉、丹鳳眼、一身黑衣的閨秀妝扮，搖身一變為劍眉、圓目、紅唇、長髮與白紗齊飛的漫畫美眉；撫琴的手換作了撩撥的腳，來去如風，幻化似煙，原本貼近人界的鬼，竟欲飛升入仙界。

經典之後又有更新版的出現，繼而添枝增葉衍生出連續劇，創意的豐富恐怕連原作者蒲松齡也要瞠乎其後。眾家聶小倩自是難逃彼此被評比的命運，即使十年、二十年後的形象亦仍被關注。然而，偶像不過一介凡人，世上豈有不老的紅顏？慨嘆之餘，不禁好奇蒲松齡筆下的聶小倩到底是何模樣。

蒲松齡是個清初屢試不第的秀才，終身以遊幕坐館為生，對科舉制度和封建社會的弊端深惡痛絕。苦無功名無力改善現狀，於是假託神、鬼、狐、妖諷世警人，然因深受佛教影響，因果報應和宿命輪迴的思想貫穿全書。歌詠愛情的篇章頗多，不以形異，不以類分，無論神、鬼、狐、妖皆能與人譜出戀曲，且有美滿結局，棄惡從善的〈聶小倩〉便是一例。

聶小倩在十八年華不幸早夭，葬於金華蘭若寺旁，卻為妖物挾持，以美色和黃金迷惑過往行客，然後用錐刺足以供妖物攝血，先後為其所惑的不知凡幾。唯獨書生寧采臣不為財色所動，兼有俠客燕赤霞從旁護庇，她為寧采臣的正氣所感，由驚而懼而慚，終至不忍加害並告以身世，希望他能收埋其骨，使她早脫苦海。

他答應了她的請求，臨行燕大俠以劍袋相贈，使鬼魅不得近其身。攜骨歸里後他將她安葬在自宅附近，並為之祭奠祝禱，未料她幻化人形央求隨他回家。此番再見不同於北壁夜窺時的「彷彿豔絕」，但見「肌映流霞，足翹細筍，白晝端相，嬌豔尤絕」，原來此時的她棄暗投明擺脫了妖物的控制，回復了少女原有的嬌美容顏，在光天化日之下光采照人。

寧母雖喜其美貌，憐其孤苦，終究人鬼殊途，加以寧妻久病，只答應他們以兄妹相稱。她為了感恩圖報，除了洗手做羹湯操持家務外，更對寧母晨昏定省，曲意承歡。夜間則至他的書房秉燭讀經，等夜深欲寢時才淒然回到荒墓。

相處日久，寧母已與聶小倩親如家人，心喜她的乖巧賢淑，甚至忘了她是鬼非人，先是留她和自己同室而寢，待寧妻病故後更想要納為兒媳，但又怕鬼妻不能生育，聶小倩識破她的心事，告訴她說只因公子光明磊落，自己純為報恩而來，絕無加害之意，況且他命中注定有三子，不會因娶鬼妻而斷了子嗣。

於是好事成雙，親戚鄰里皆驚為天人，不相信她是鬼。她雖獲眾人歡心卻擔心金華妖物恨她私自遠遁會前來報復，於是請公子將劍袋高懸窗前。一日金華妖物果然尋仇至此，卻被劍袋收於囊中，化為清水數斗，邪不勝正的主題昭然若揭。

妖物除後，他高中了進士，她亦一舉得男，納妾後又各生一男，正應了她對寧母的預言。這樣美滿的大結局，大概是一般科舉士子夢寐以求的。然而仕途多舛，像聶小倩這樣「嬌豔尤絕」又能「曲承母志」的紅顏知己，更是可遇而不可求。人間既不可得，求之於鬼又有何妨？況且是一心向善、修成人形的豔鬼。

文末說聶小倩「善畫蘭梅」，蘭生幽谷，有王者之香；梅傲冰雪，有撲鼻之香。就是這股如蘭似梅的幽香，飄過一代又一代人的心頭，難怪書中的她總也不老。

（二〇一三年十月十六日發表於《世界日報》副刊）

安娜堡藝術博覽會

密西根大學（University of Michigan）的所在地安娜堡（Ann Arbor），在每年七月都會舉辦藝術博覽會（Ann Arbor Art Fair），是安娜堡最重要的年度盛事。平日在寸土寸金的安娜堡市區停車已是困難重重，更遑論節慶假日，先生便以此為由屢次拒絕前往參觀。直到去年在網上發現原來可以將車停在休倫高中停車場，然後搭乘專門巴士來往會場，這才如願前往湊了個熱鬧。

資料顯示，現在每年展位千餘，吸引逾五十萬人前往參觀。我們步下巴士，放眼望去盡是白色尖頂的帳篷和攜老扶幼的人群，馬上感受到了趕集的歡樂氣氛。會場充塞各種陶瓷玻璃藝品、珠寶飾物、攝影畫作、木雕石刻和手工藝品，可說是琳琅滿目美不勝收，各展位可隨意瀏覽，但所有藝品都不准拍照。

我們素無藝術修養，加上藝品標價不菲，只能抱著外行看熱鬧的心情隨處逛逛，好在藝術家們不似一般商家市儈，有的低首看書，有的盤弄手機，有的靜坐待客，對往來指點的遊人一概泰然處之。不過內行看門道，訪客更喜能與自己心儀的藝術家面對面對話和交易，還是有很多人大包小包地滿載而歸。我們聽說，有些藝術家在博覽會期間所接訂單足可維持半年生活費用。

有些大型藝品直接在街頭展示，人行道上亦有大幅畫作。特別吸引我目光的是州街附近的一組別出心裁的柱飾，鐵質柱頂上飾滿五顏六色的裝飾物，造形如花似葉，又像星月流雲，更讓我想起童年時常見的風車小販。

除了帳篷展位外，會場還設有三處表演場所，提供藍調、爵士、靈魂及鋼琴演奏和歌舞表演。由於時近中午，我們遂就近前往設有小吃攤的噴泉舞台（Fountain Stage），隨眾購買了希臘羊肉餅，坐在噴泉旁欣賞台上表演的夏威夷舞，舞者不是年輕美眉亦非專業名家，但表演認真熱情，觀眾一樣報以熱烈的掌聲。

市區主街上的商店餐廳紛紛在門前走道上擺起了攤位座椅，方便遊人採購進食，繽紛的色彩和各種香味讓人心情愉悅，大大刺激了群眾的消費力，看來當初的提議者確有先見之明，藝術和商業結合替彼此帶來無限商機。

真人雕像　裝扮逼真

街頭藝人自然不可少，不管是抱著吉他自彈自唱，或是吹奏小喇叭，或是以電子琴伴唱皆能吸引大批圍觀者，但最具噱頭的莫過於真人雕像了。

在安娜堡街頭藝術博覽會的標誌前有一尊帶著半截面具的銀色雕像，基座插著一把銀傘，旁邊放著一個小鐵箱，造形不甚突出。我不疑有他就從旁走了過去，等逛完商街回頭時正面對雕像，先生要我注意他腳前有一個鏤空籃子，裡面有一些零鈔。這才恍然大悟，這不是泥塑木雕的傳統雕像，而是活生生的真人雕像。

先生邊說他扮成雕像當空一站幾個小時挺辛苦的，邊走過去放錢，誰知正當他彎腰的一剎那，頭上帽子便到了雕像手中。先生尷尬地伸手想向他要回帽子，他卻頑皮地將帽子高舉過頭擺了一個新姿勢，於是先生做勢要搔他的胳肢窩，惹得旁觀的小朋友哈哈大笑，他這才將帽子還給了先生。然後，二人握手一笑，誰說這不是藝術表演的一部分呢？

藝術博覽　連接校園

安娜堡藝術博覽會選在富於藝術氣氛的密大校園內舉行真是相得

〈安娜堡藝術博覽會〉作者先生和藝術家互動

益彰。藝術博覽會展位由主街一路延伸至密大中心校區，在欣賞藝品的同時千萬別忽視了周圍的校園美景。一九三六年為紀念校長伯頓所建的伯頓紀念塔，尖頂柱狀的造形巧妙地揉合了裝飾藝術和現代藝術。一百二十呎高的紀念塔拔地而起，在校園內任何地方都可看到。頂層置有由五十三個鐘組成的貝爾德鐘琴，重達四十三噸為世界第四重。塔旁有噴泉即前述噴泉舞台的所在地。

一九〇四年專為男性所建的密西根聯盟（Michigan Union）現為密大的地標建築。紅磚建築外觀類似台灣的總統府但不及其巍峨，不過甘迺迪總統曾於一九六〇年在入口台階上發表過演講，身價自是

〈安娜堡藝術博覽會〉密大地標密西根聯盟

不同凡響。在進口上方立著兩尊雕像，左邊的運動員面對南校區的運動場地和密西根體育場，右邊的學者則面對學生生活重心的中心和北校區，德智體群的教育宗旨不言而喻。

校園內有百餘座的雕塑藝品，其中最富趣味性的是位於Regents Plaza的立方體（Cube）。這件密大校友的傑作重達二千四百磅，邊長八呎是當時載運卡車的寬度極限。單以一個尖角矗立在廣場上，用手輕推能依著它的軸心旋轉，學生們更愛騎著單車繞著它轉圈兒。

由哈欽斯廳、法律研究樓、約翰・庫克宿舍和律師俱樂部組成的法律四合院（Law Quadrangle），建材為淺褐色的花崗石，富英國哥

〈安娜堡藝術博覽會〉立方體雕塑藝品

〈安娜堡藝術博覽會〉密西根大學法學院圖書館

德式建築風格，華麗莊嚴堪稱校園華冠。在哈欽斯廳背後有一座連接哈欽斯廳和法律研究樓的空中陸橋。這座陸橋由一對事業有成的法學院校友夫妻捐贈，因而以兩人的姓氏命名為The Kim Frank Family Bridge。陸橋不長，兩側是飾有拱形窗飾的落地窗，透過格子窗望向中庭，彷彿置身中古歐洲城堡之中。

古樸校園　藝品處處

法學院圖書館進口處的燭台式壁燈，斑駁銅綠充滿古意，是出自名家的鐵製藝品。館內的燭台大吊燈、描金雕繪的天花板、彩繪玻璃、原木地板、壁飾、桌椅、書架及成排的精裝書，無一不讓人驚豔。這圖書館可說是華冠上最閃亮的一顆明珠。

北面中央為一雙塔形的走道，拱門與圖書館正門南北相對，無論由裡往外看或是由外往裡看皆是美景一片。拱門本身更是大有看頭，兩個拱形屋頂各由四條弧線交叉撐起，斜角弧線歸結於牆上形成拱門狀，六個歸結處皆飾以前任校長的頭像浮雕，大有不忘培育之恩的意味。法律四合院代表著古典建築藝術，而羅斯商學院（Ross School of Business）則彰顯著十足的現代建築藝術。鋼柱和玻璃建材、挑高透光的中庭、流暢簡潔的幾何線條和對比的色彩，在在使人強烈感受到瞬息萬變的時代感。

一九五九年一位當地商人提出了邀請藝術家於夏天廉銷期間在街頭展示創作藝品的構想，在商會多次協商後安娜堡藝術協會決定支持這項活動，於是一九六〇年在大學南街上誕生了第一屆的安娜堡街頭藝術博覽會。計有一百三十二位藝術家與會，其中九十九位來自當地。其後又有州街地區藝術博覽會、安娜堡夏季藝術博覽會和安娜堡大學南街藝術博覽會，從而形成的今日盛況。

（二〇一五年七月十二日發表於《世界周刊》No. 1634）

雕塑花園追蝶獵豔

位於密西根州大湍市（Grand Rapids）的Meijer雕塑花園每年春天舉辦蝴蝶展，是最吸引人的一大盛事，數以千計的蝶卵在此孵化成幼蟲即俗稱的毛毛蟲，然後作繭自縛為蛹，最後破繭而出成蝶，放飛於五層樓高一萬五千平方呎的熱帶溫室內供大眾觀賞，觀察這蝶化過程是非常好的寓教於樂的親子活動。

首先進入的是仙人掌室，「黃金桶」（Golden Barrel）和「吹雪柱」（Silver Torch）均別來無恙。一新眼目的是對面的三位芳鄰，一位通身披散著白色細絲，活像武俠小說中描寫的「白髮魔女」；另一位由小圓球體團聚簇生，圓滿富態簡直就是一顆白花菜；還有一位身穿綠衣，頭上纏著紅色布包頭的，不愧為花座仙人掌（Turk's Cap）。

隔壁花室滿是漂亮的春花，在花葉之間不時可以看到踽踽獨行的帝王毛毛蟲（monarch caterpillar），首尾皆鬚，全身均是黃白黑的環形條紋，不像小時候所見的綠色毛毛蟲那般可怖，確有帝王氣派。

美麗捕蟲草　致命陷阱

捕蟲草（Pitcher Plant）室裡有一小水池，種的掛的全是捕蟲草，由於它的食肉性，園方不餵養食物，而是任由蒼蠅、螞蟻、蜜蜂及昆蟲等落入它造形奇特的花葉陷阱之中，成為它的天然食物。它那懸垂的捕蟲器，上有開口及一片覆蓋葉片恰如有蓋的水瓶，尾端尖翹似荷蘭木鞋，綠身鑲紅邊，可嘆美麗的花朵竟是致命的陷阱。

接下來的英式花室內有噴泉雕像和多種蘭花，更有應景的百合。其中有一盆源自東方的萬代蘭（Vanda）非常特別，葉片較一般蘭花細長，排列對生，花朵複生於頂端，花瓣圓大，花色紫紅，透著一派富貴團圓喜氣。另一盆淺紫的卡特蘭（Cattleya，又稱嘉德麗亞蘭），花瓣細長，花梗似竹，非常清新娟秀。

通往熱帶溫室的花架上爬滿綠意盎然的鵜鶘花（Pelican Flower），葉片心形，花苞卷曲如茄子，盛開的花朵有著黃色袋狀花心，米黃圓大的花瓣上布滿紫色花紋，這形同豔麗的印染花裙對蒼蠅有著食物般的吸引力，紛紛前來一親芳澤，也因此順勢將花粉傳播了出去。

剛踏進熱帶溫室即有一股熱氣迎面襲來，也馬上感受到了嘉年華會的歡樂氣氛。嬌小的蝴蝶穿行在高大濃密的熱帶植物之中，很難捕捉其身影，常常還來不及按下快門便已翩然而逝。隨著人潮亂拍了一通，毫無所獲，只好放慢腳步仔細觀察。

「郵差」飛得快　小巧友善

在花叢中漫天飛舞的多是翼寬三吋以下的小形蝶。其中最多的是忙碌穿梭不停的「郵差蝶」（Postman）。通身黑亮呈一字形，外側各有一或二道紅白斑紋，下端或有或無一抹橫紋，由於顏色對比分明，很容易察覺。「小郵差」（Small Postman）下翼較寬，除了外側有一道白斑紋外，中間尚有多道橫直橘色斑紋，比「郵差」更加亮眼。「郵差」們雖然不能飛得很高，但飛行速度快，往往成雙或成群迂迴上下翻飛，看得人眼花撩亂。不過牠們也很友善，不時會展開雙翼停在花葉上任人拍照。

「藍白長翼蝶」（Blue & White Longwing）的數量不及「郵差」多，但身形斑紋相近，只是身體兩側多了一片藍，注意觀察下也不難發現牠們的身影，不像「橘釉蛺蝶」（Banded Orange），非刻意尋訪不能輕易得見。

我想大形蝶（翼寬三吋以上）中的「黑點大白斑蝶」（Tree Nymph）應是梁祝的後代，因為牠們總是成雙成對地出現。米黃雙翼上鑲嵌著黑色網狀圖案，是最為人熟識的蝴蝶形象。經常停在遊人的褲腳、背包或手上，深受遊人的喜愛，即連一位抱在懷中的男嬰都伸出胖胖的小手，想要抓住這翩翩蝴蝶。

「美鳳蝶」很酷　斗篷披身

相較於多情的「黑點大白斑蝶」，「美鳳蝶」（Great Mormon）就顯得過於冷酷了，披著一身黑斗篷，一動不動地棲息在樹上，任憑鎂光燈閃個不停，牠都無動於衷。

在眾人推搡中，我退至一叢綠樹邊，卻在綠葉中驚見一隻色彩斑斕的蝴蝶，還來不及按下快門牠已闔上華麗的雙翼，這驚鴻一瞥讓我念念不忘，後來才知道牠就是「統帥青鳳蝶」（Tailed Jay），果然具有被盯梢的美麗姿色。

眾多蝴蝶中，最受歡迎的應是「黑框藍魔爾浮蝶」（Common Morpho）了。蝶翼寬大，高飛俯衝來去自如，一身藍色熒光，閃亮如電光石火，稍縱即逝，為了拍牠苦候多時，也只能拍到幾個模糊的身影，不無遺憾。

溫室中置有糖水碟子，在旁觀看可見到不同種類

〈雕塑花園追蝶獵豔〉美鳳蝶

的蝴蝶歇息進食。在此除了賞蝶千萬別忘了賞花，說不定就能捕捉到蝶戀花嬌的美好鏡頭。等待中發現了一盆有趣的蘭花，黃蕊紅心和紫色花瓣上的白色花紋，正好勾勒出穿著中古歐洲蓬裙的少女圖案，雙花並列恰似一對姊妹花般討人歡心。初次見到的「繡球樹」（rose of Venezuela）教我驚豔不已，一朵團圓如繡球的大紅花朵綴在光禿的樹幹上，突兀與豔麗並存，不能不對牠多看兩眼。

當我正為金葉木拍照時，一隻「小郵差」飛來停在我拿相機的右手上，趕緊請先生拍下了特寫鏡頭。這隻「小郵差」外端是黑底白斑，中間則為橘底黑斑，不同於先前所見的橫直條紋。牠的鬚腳非常細長在我兩隻手上盤旋良久不願離去，因有被搔癢的感覺只好甩手讓牠飛走。誰知另一隻「郵差」趁機而上，在我手上開闔起舞，引來好多小朋友圍觀拍照。更奇的是接著又有兩隻「郵差」飛上了先生伸出的右手，惹得小朋友驚羨連連。

步出溫室，外面的四季花園尚無一點花草消息，

〈雕塑花園追蝶獵豔〉鋼雕藝品

只見枯黃的草地上矗立著藝術大師Bernar Venet的五組大型鋼雕藝品，兩組似纏繞的鋼絲，兩組為長短不齊的圓弧，三五參差並列湊成殘缺的圓，或斜或立一律缺口朝天，最後一組如被破壞的鋼圈碎段散落一地，不知是寓意人生的殘缺不全？還是象徵心靈的不甘受縛？不過在這藍天白雲的春日，我寧可相信那是一雙雙合圍向上擁抱幸福的手。

（二〇一三年四月十四日發表於《世界周刊》No. 1517）

草地溪大廳

道奇兄弟汽車公司（Dodge Brothers Motor Car Company）的聯合創辦人約翰・道奇（John F. Dodge），在一九二〇年偕原為其祕書的第二任妻子馬蒂爾達（Matilda）赴紐約參加汽車展，未料雙雙感染嚴重流感，回家後妻子獲得康復，他卻將流感傳給小女兒更不幸先後病逝。馬蒂爾達一夜之間成為世界上最富有也是最傷心的女人之一。五年後她帶著一雙兒女丹尼（Danny）和法蘭西斯（Frances）及大筆財富，改嫁木材經紀阿爾弗萊德・威爾遜（Alfred Wilson）。

他們在英國度蜜月時鍾情於旅途中邂逅的眾多英式豪宅，開始計畫興建屬於他們的草地溪大廳。道奇多年前在底特律北郊的羅切斯特市（Rochester）買下了三百二十英畝的農莊產業，四周丘陵起伏有樹林、溪流和草原是興建草地溪大廳的理想地點，遂於一九二六年在此正式動工，花了三年時間和四百萬美金完成了這座八萬八千平方呎計有一百一十個房間的私人豪宅。

一九二九年十一月十九日的新居落成宴會共有八百五十位賓客參加，一時衣香鬢影說不完的富貴榮華，誰想三個星期後股市大崩盤，帶來了有名的經濟大恐慌。為了顧及公眾形象及財務狀況，女主人只好在其後的數年間將豪宅關閉。

威爾遜在往後的三十年不單將產業面積擴充至一千五百英畝，還增建了五十個建築物，最後在一九五七年捐出全部產業成立奧克蘭大學（University of Oakland）。馬蒂爾達則一直住在草地溪大廳至死，在她去世四年後（一九七一年）草地溪大廳才開始對外開放，更成為新人舉行婚禮的熱門場所。又因其精雕細琢的都鐸復興式建築和大量豐美的藝術收藏品，被後人評選為美國第四大歷史性豪宅。

踏上位於溪谷上的入口小橋，入眼是紅磚道圍繞的大片橢圓形草地，其後即是號稱美國古堡的草地溪大廳。整棟建築外觀不是單調的一字形或傳統的ㄩ形，而是缺口朝北的L形。兩翼並不對稱，分別伸向東北和西北，不似中式建築般講究正規方位。東北翼為傭人房及公共設施，西北翼才是主人居所及客房。

古堡連同地下室計有三層，只有西北翼的少數房間對外開放，無論室內室外均須付費參觀，而且室內不准拍照。進入地下室陰暗的甬道彷彿走向電影場景，首先看到的是北面居中兩層樓高的跳舞廳（Ball Room），東西兩壁和地板乃同色同質硬木，音響設備隱於牆後。拱門迴廊對著厚重的石板外牆，頂上以黑色木框飾成道道拱門，外加彩繪玻璃、石雕窗櫺及壁爐，不脫近古歐洲教堂的影子。一般民眾在古堡行過婚禮吃過喜酒之後，即在此處翩翩起舞。

東南角是男賓遊戲室（Games Room），裡面有多台撞球台、橋牌桌、撲克牌桌、座椅擺設、迷你卡拉ＯＫ舞台及各式男士遊戲桌，誠可謂男人的洞天福地。

由兩翼交接處的樓梯上到一樓，遊戲室的上面是較其更加深長的晚宴廳（Christopher

Wren Dining Room），據說此廳可容二百賓客，長餐桌拉開後可坐四十人。核桃木地板及四壁、半圓凸窗、超大織錦地毯、金色吊燈和大理石壁爐固然氣派，但此廳的最大特色卻在雕飾華麗的天花板上，繁瑣的花卉和天使浮雕圍繞著中央鑲邊的橢圓形，和門框及壁爐上的浮雕相互呼應，燈火輝煌、觥籌交錯的婚宴場面自然而然地浮現眼前。

廳角一半向東凸出的圓形早餐室（Breakfast Room）小巧玲瓏，八個半月形的門、窗交錯環繞四周，不僅採光良好而且園中景色一覽無遺。

晚宴廳的隔壁是並排的男、女主人書房，對面是挑高中空的跳舞廳，由雕飾精美的窗戶下望，婆娑舞影盡入眼底。男主人書房內的地板和木牆的顏色質料均不同於晚宴廳，房頂一圈的裝飾木雕更是別出心裁，每一長方格內都雕刻著他從小到大的大事紀。女主人的書房格局較小亦無大事紀，但地板和木牆均採用杉木，每一片木材都筆直無結，處處透露出男主人的專業品味。

走道盡頭是入口大廳（Great Hall），雖然寬敞但並不富麗堂皇。南邊另接一廳現為紀念品商店，西邊有兩扇門各自通往分岔如燕尾的圖書館（Library）和客廳（Living Room）。

圖書館四壁皆書櫃滿是主人夫婦收藏的成套精裝書籍，牆上懸有數幅男主人欣賞的作家和音樂家的畫像，中間是長形書桌和座椅可供閱讀開會，是如假包換的圖書館。

客廳兩面皆是造形優美的落地長窗，雕飾木壁及硬木地板不出所料，天花板上則是四方連續的浮雕，英式座椅沙發散落其間，流露出悠閒的家居情調。西端壁爐之後還有一間三面皆窗的陽光門廊（Sun Porch），紅磚尖頂裡面飾以拱木裝飾，與半月形落地拱門相映成趣，常有新人在此行陽光婚禮。

由入口大廳登上二樓不覺眼前一亮，半桶形（Half Barrel）的天花板上綴滿花朵般的浮雕，不能不想起古典的新娘蕾絲婚紗。丹尼和法蘭西斯的套房，分別位於在圖書館和客廳的樓上，衛浴俱全不見奢華，門框卻較一般矮小。

二樓走廊從上到下均為硬木裝飾，弧形天花板上盡是幾何圖案，一眼望去如波浪起伏，讓人在時光長河裡錯亂了時空。左邊是育嬰房（The Nursery）和義式客房（Italian Room），右邊則是法式女賓休憩室及男、女主人的套房。令人莞爾的是女主人擁有位於晚宴廳樓上的最大臥室和古堡唯一的半月形陽台，並難得地捨棄了四壁木飾而選用了棗紅織金色系的壁紙和窗簾。

古堡雖大然人丁不旺，丹尼逝於二十一歲英年。威爾遜和馬蒂爾達並無所出，領養了至今健在的理查（Richard）和芭芭拉（Barbara）二人。他們和家庭醫生的臥室位於東北翼之首，出人意表平凡如普通人家。

由於女主人的偏好，無論磚、瓦、石材和木料及工匠多出於美國本土，處處予人堅實厚重的感覺，裝潢色調偏向英式古堡的古樸深沉，不過卻擁有全部現代化的電力設施、中央暖氣系統及兩座裝飾華美的電梯，另外還有四個廚房和一個大型家庭戲院。

環繞古堡有十二座大小不等的花園，各有特色。小丘花園（Hillside Garden）位於入口小橋的西邊，坡地上滿植玉簪、繡球和落新婦屬植物，榆樹濃蔭下有座小巧的六角亭，攀登石階而上可俯瞰古堡正面。入口大廳的外牆另以石板裝飾，門框窗櫺飾有浮雕，頂

〈草地溪大廳〉大廳外觀

端有一菱形壁鐘，單扇拱門和兩盞壁燈皆不夠豪華氣派，門首也只有兩個普通的石花盆，不同流俗但不失高貴典雅。

由六角亭的另一面循著磚牆石階而下，這才發現它的底座是一間茶屋（Tea House），屋前平台上有一個小小噴泉，右接假山花園（Rock Garden），斜坡地上沙岩間種著高山植物和矮小的針葉樹，各種多年生夏季花卉混雜其間平添些許瑰麗色彩。

平台左邊是一道直直的紅磚牆與圖書館連接，巧妙地將前庭及後院分隔開來。沿牆的英式花園（English Walled Garden）滿植斗篷草、飛燕草、毛地黃、雛菊、繡球與夾竹桃，牆上布滿爬藤，中央有一道半開的拱形木門，門後古堡半遮半掩，頗具歐洲油畫情趣。

與英式花園平行的石板路直達客廳的格子落地窗前。其上轉角處有一如半截圓柱鉛筆的小廂房，四周皆窗頂上還有個迷你陽台，好像童話故事中公主居住的地方。

轉到背後，在客廳與紀念品商店的接角處有一柱形的封閉城頭堡，石磚牆上有一面鐘、一扇窗及一個小門，不知其用途，卻難免想起中古歐洲囚禁廢后的高塔。紀念品商店和男女主人書房前有大片石板陽台，面對涼廊花園（Loggia Garden），接枝垂榆為其特色。在這整面牆上的磚飾、木框、窗櫺和門廊均各自不同，屋頂上一到三個一組的煙囪亦是造形圖案各異，在所有細節上力求變化。

晚宴廳前的這面磚牆頗有看頭，人字形尖頂，以不同色磚砌成別致的菱形圖案，半月形兩層格狀落地窗上是半圓石欄杆圍繞的小陽台，其後是方形石框鑲嵌的格子長窗，框頂飾以雲紋石雕，整體觀之如一頂皇冠。

落地窗前是露台花園（Patio Garden），有小徑將賓客引至南邊的白色夏季帳篷，現為舉行婚宴的場地之一。

在晚宴廳東側的空地上是紅磚矮牆圍繞的早餐花園（Breakfast Garden）和佩格瑟斯噴泉花園（Pegasus Fountain Garden）。顧名思義早餐花園位於早餐室之前，北牆凹壁上有一個被稱為「金羊毛」（Golden Fleece）的神話雕像，石板路居中貫穿草地通向隱蔽的八角形佩格瑟斯噴泉花園。噴泉中央雲狀花崗石基座上，立著一尊帶有雙翼名為佩格瑟斯小馬（Colt Pegasus）的青銅雕塑，神態栩栩如生，原來是以威爾遜的一匹愛馬為原型製作的。

斜角小徑往南通向橢圓形的玫瑰花園（Rose Garden）。中軸線上是鑲有圖案的紅磚道，兩邊豎著淺綠廊柱，各以矮樹籬排成對稱的弧形圖案，其間分種玫瑰及各色夏季花卉，十分賞心悅目。紅磚道盡頭是綠蔭覆地的八角形午茶陽台，一圈石板凳圍繞著一尊地

〈草地溪大廳〉玫瑰花園

球儀式的雕飾，確是喝茶賞花談心的好地方，難怪許多新人喜歡在早餐花園舉行戶外婚禮，以便就近在此拍照。

靠近訪客進口還有幾個小花園，不是特別出色，倒是那大片的石板天井和成排的車庫引人注目，當年賓客雲集的熱鬧場面早已風流雲散，感謝道奇的創業成功和威爾遜的遠見，這文化遺產才能伴著莘莘學子傳之久遠。

（二〇一四年十月十二日發表於《世界周刊》No. 1595）

日日吃苦苣

我從小不愛吃蔬菜，舉凡像芹菜、韭菜、香菜、茼蒿和九層塔等這些帶有「異味」的蔬菜，一概敬而遠之。至於帶有苦味的芥菜、苦菜及苦瓜等更是避之唯恐不及，沒想到老來卻要日日吃苦苣。

患青光眼多年，靠著藥物控制眼壓還算穩定，直到二〇〇八年失業之後，可能是憂慮過度，眼壓突然飆至二十一。年輕的眼科醫生邁可見狀，要我做雷射（Laser），說是不但可以減壓甚至還可以減藥，不疑有他，先將較壞的左眼做了雷射，結果眼壓下降不如預期，幾年都在十五和二十之間波動，而眼藥卻一點都不能少。於是邁可改口只要視野和視神經維持原狀，眼壓波動並無大礙，我對青光眼所知不多，便信了他的話。

前年春天，飛蚊症變本加厲，原如亂絲的飄浮物突變為一團黑雲，又轉化為許多黑色甲蟲，把我嚇壞了，於是急忙掛急診，不巧邁可出城度假去了，臨時見了年長的名醫科比。他非常仔細地閱讀了我厚於磚塊的病歷，問了許多問題，又用眼底鏡做了額外檢查，所幸並非我所擔心的視網膜剝離，視神經也沒有受損。不過他不贊同太早做雷射，因為雷射不是對每個人都有用，應該儘量用藥物控制以延緩做雷射或動手術的時間，否則撐不到七老八十即無法可治了。

覺得他經驗老到便換到了他的門下。誰知幾天後，眼前飄出了一團更濃更黑的烏雲，心下駭然，莫非是眼底大出血？雖是有驚無險，但我已如驚弓之鳥，不知何時眼睛會出毛病。雪上加霜的是，在此時發現了白內障，視力愈加模糊，頻頻擦拭鏡子和清洗眼鏡，總也拂不去眼前的霧氣和飄乎的蚊影。

年底做例行視野測試，測出左眼多了一片黑影，科比懷疑我的青光眼惡化會導致視力受損，又強調我已年過花甲且是亞裔，眼壓應維持在十二以下。先前做的雷射不足以控制我的眼壓，需要加藥，否則便須動手術。

一提到動手術，我便馬上想起母親白內障手術失敗後怨嘆連連的日子，若是失明，我的日子豈不更加悲慘？許多盲人的勵志故事曾經感動過我，現在全都安慰不了我，聖經中瞎眼得見的神蹟奇事更是可望不可即。軟弱平凡如我，無法在夜間歌唱「在黑夜，花香更濃，在黑夜，腳步更加堅定」，憂慮失明，晝夜難安。

加用新藥一週後，眼壓降至十三，科比認為加藥方向正確，要我再試三週。其後眼壓降至十一，總算鬆了一口氣，不必開刀，兩個月後回診。

從此我有三種藥水要點，早晚各一次，但時間要錯開，且有先後次序，大大考驗我的記性和耐性。未料眼睛開始發紅發癢兼有嚴重的異物感，等不到回診時間，我又跑了幾趟診所。科比否認藥物過敏，說是眼睛需要時間適應新藥，所有不適症狀均皆與青光眼無關，要我繼續用藥。因我即將前往芝城為女兒坐月子兩個月，他建議我行前去看青光眼專科珍妮佛。她做了全套檢查，不僅眼壓正常，情況亦未如科比所言的那麼糟糕，我遂安心前往芝城。

在芝城期間雙眼紅癢更勝先前，不敢私自停藥，捱到七月中旬回家以後，便直奔科比診所，他說雙眼紅癢可能是空氣污染所致，並非藥物過敏。因此我勤加打掃房間和勤洗床單毛巾，結果紅癢愈發不可收拾，眼壓更在十五和十八之間波動。到了八月下旬雙眼紅於兔眼，癢到快要抓狂，他終於承認我是對新藥過敏，要我即刻停藥，安排我十月初讓珍妮佛做選擇性雷射手術（Selective Laser Trabeculoplasty）。

對此手術我毫無概念，亦不知其療效如何，擔心萬一手術失敗，我的眼睛還有沒有救？原來用三種眼藥都無法穩住眼壓，現在只靠二種又如何能等到一個多月後動手術？憂心忡忡中，猛然想起一位網友曾經告訴過我菊苣（Endive）能治青光眼，趕緊上網搜索菊苣。

屬於菊科的菊苣別名苦苣，源自歐洲，是一種鋸齒狀綠葉蔬菜，富含多種維他命（如A、B、C、E、K、P等）和礦物質（如鈣、鐵、鋅、錳、鉀等）。一九七六年自美引進台灣，宣傳能治青光眼、白內障等眼疾而轟動一時。剛好我於那年出國，錯過了這熱門新聞而不識菊苣大名。

「味苦性寒，清熱解毒」是網上諸家對菊苣的一致看法，能治青光眼則多為民間傳說，並未獲得醫學界的證實。對此結果深感失望，然而眼下別無良策，姑且死馬當活馬醫，我開始每天吃菊苣。

其實在多種老美沙拉中均混有菊苣，只是我不知道罷了。網上有許多熟食吃法，但我個人認為生食較有療效，每天中餐就用一大碗洗淨剁碎的菊苣當飯吃。我本體寒而菊苣性寒，遂於餐前喝一杯生薑紅糖水以抗寒。菜葉脆而略乾須細嚼緩嚥，鋸齒葉緣更有幾分刺激喉嚨，入口稍苦但不致像苦瓜、芥菜那樣苦不堪言。

猶豫不決到底要不要做手術，遂於八月底先行諮詢珍妮佛。選擇性雷射手術的成功率是百分之七十，並不是對每一個人都有效，雖可重複做，但每個人一生也只能做一至三次。有效控制眼壓是青光眼患者求醫的最大目標，矛盾的是，既然我的眼壓正常，為什麼還要動手術？

拖到了預定做手術那天，眼壓依舊正常，眼睛亦無任何不適之感，我當場決定不做手術。珍妮佛沒有說非做不可，也沒有說不做會有什麼危險，只要我三個月後回診。

至此，我對菊苣有了信心，堅持每天吃菊苣。最近回診，眼壓已連續半年正常，當告知四個月後再見時，心下一寬，總算日日吃苦苣不是白白地吃苦。

（二〇一四年三月二十九日發表於《世界日報》副刊）

密西根湖畔落日

如同無縫手套般的密西根下州三面環湖，整個西岸面臨著浩瀚的密西根湖，在以水運為主的時代幾個西岸港口均曾盛極一時，如今運輸功能不再，被觀光旅遊業取而代之。

離我們最近的西岸大城便是以鬱金香花節出名的荷蘭市（Holland），此市位於Lake Macatawa東邊，湖水往西流入密西根湖中。十九世紀時荷蘭移民先裔即是看中了這水運優勢的地理位置，才決定落腳荷蘭市的，但未料到兩湖交會處泥沙淤積不能建港，幾經周折方始開通運河使得兩湖船貨交流暢通，並於一八七二年興建了首座四方形木造燈塔，成雙的人字形屋頂呈現濃厚的荷蘭建築風格，後因其通體大紅被人暱稱為紅屋（Big Red），於二十世紀初廢棄不用，在一九七八年被列為保護史蹟。

兩湖交匯處有一州立公園，內有數處沙丘及野餐、露營設施，並有沙灘可供游泳、戲水和遊船，除了水上活動外園內還有許多人行步道，園東的Mt. Pisgah為遊客首選。這條階梯式的木棧道計有一百五十七階，高低起伏在一小沙丘上，許多年輕人喜歡比賽看誰能最先一口氣爬到頂端，我們沒有這份豪情和腳力，逕自安步當車。好在木棧道並非直線陡進而是迂迴向上，且有許多轉折平台可供歇腳遠眺，夾道均是濃蔭，頂上則是耀眼的藍天，攀登其間有一種直上青天的錯覺。頂端視野遼闊，密西根湖、Lake Macatawa和紅屋盡收

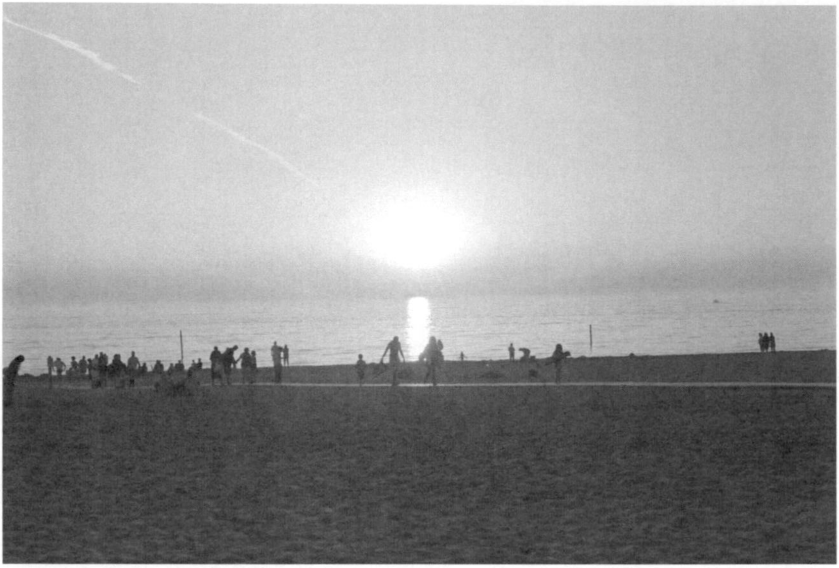

〈密西根湖畔落日〉落日美景

眼底。

另一沿湖木棧道，蜿蜒在沙丘上但起伏不大，濃蔭蔽天，遊人稀少，顯得十分清幽。在高處由林木空隙間可俯瞰密西根湖，但見水天蒼茫，一片遼闊空寂。

運河出口有兩道沒有欄杆的防波堤，是夏日遊客雲集的地方，有人散步，有人垂釣，有人閒坐，或細數過往船隻，或觀看海鷗翻飛，或靜聽潮水起落。又因此處有身在湖中的感覺，更能體會密西根湖的一望無際，也因此此地成了零距離觀賞湖上落日美景的最佳地點。

我們於黃昏時到達，沙灘上滿是游泳、打球和曬日光浴的人群。其時太陽離湖面尚高，白花花的陽光映照得湖面鱗光萬點，耀眼生輝，遊船快艇不時劃破湖面激起金色的浪花。

慢慢地沙灘顏色變得黯淡，太陽開始往湖面緩緩下沉，四周輻射出黃紅橙紫半圓光暈，形同孔雀開屏之姿，然後投影湖中，一時金碧輝煌，燦爛奪目。

在眾人注視下太陽一吋一吋地往下挪動，天色由黃橙趨向橘紅，光暈則由半圓橫向擴散成扇形，湖面泛著紅光隨波蕩漾，暮色中的水與天別樣溫柔浪漫。適有飛機經過，留下一道長長的白煙，彷彿由日宮飛升而出的仙女衣袂，一逕往南飄飛舞動。有幾艘快艇不斷來回行駛，好似隨時準備承接下墜的太陽，不讓它沉沒湖中。

當太陽十分貼近湖面時，雙日上下輝映幻化出奇妙的落日美景，尤其是輕吻湖面的剎那著實動人心弦。待日頭浸浴了湖光，群鷗驀地飛起，不知是不捨半輪紅日將沉？還是倦鳥欲返？

待紅日完全沒入湖心，群鷗亦不見了蹤影，只留下那縷白煙，娜娜婷婷如展翅的鳳凰獨擁天幕。

（二〇一三年十一月二十四日發表於《世界日報》走馬花旗）

Cranbrook——底特律藝術王國

在底特律西北郊區有一座占地一百七十四英畝的美麗莊園，由Booth夫婦喬治和艾倫於一九〇四年興建，以喬治父親的英國出生地Cranbrook命名。原為夏季別墅，後改為養育五位子女的居家之所，並逐漸修路造湖、加添翼房、擴充園地和修建花園。由於喬治本人對掛毯、木雕、家具、金屬製品、玻璃藝品及裝飾物等藝術領域多有涉獵收藏，許多藝術家皆樂於參與其莊園的改建設計，從而帶動美國手工藝運動風潮。

Booth夫婦認為這座莊園除了自家享受外亦應惠及大眾，遂於一九二二年起陸續興建了兒童學校、基督教堂、男子中學、藝術學院、科學研究所和女子學校，將Cranbrook擴建成了占地三百一十九英畝的藝術王國，曾被《紐約時報》譽為「美國最引人入勝的迷人處所」（the most enchanted and enchanting setting in America）。

喬治婚前為加拿大溫莎市的成功商人，與底特律報業鉅子之女艾倫（Ellen Scripps）成婚後，順利打入報業，其後更擁有個人印刷公司，創造了密西根史上最有利可圖的事業鏈，才能擁有如此雄厚的財力打造私人藝術王國。夫婦過世後子女後繼乏力，好在他們在生前即成立了信託基金會，如願於一九七三年成為教育社區。

居高臨下、坐北朝南的莊園，前有山後有水（皆為人造）是王冠上最閃亮的一顆明珠。建築帶有濃厚的英國風格，建材以石板、紅磚為主，紅瓦、紅牆和白煙囪在綠草地上分外顯眼。拱門、迴廊、中庭、陽台、短牆、石階、噴泉、雕像和紅磚道等英國建築特色處處可見。雙人字形屋簷下的單門進口，遠不及雙獅守護的中式侯門來得氣派，更不招搖炫富。二樓原為臥室現改為辦公室謝絕參觀，樓下廳堂雖多雖大，但室內家具、地板、壁飾多為深色原木，顯得陰暗，不若眾多的室外花園來得明豔動人。

位於東側的Sunken花園可謂群芳之冠。由於地形窪下，這座位於四面牆中的長方形花園猶如嵌於綠地中的一方浮雕。拾級而下，中間的紅磚道直通其後的野生花園，兩側綠草地上各有兩道花毯，由紅、白及粉紅的秋海棠組成鑽石圖案，牆邊植有白紫相間的花叢，牆上爬滿常春藤。首尾兩端的球狀灌木在一片花團錦簇中大有畫龍點睛之妙。每年所植花木圖案不同，不能不佩服園藝家無窮的巧思創意。

經過許願池、馨香花園來到北面右側，隱於質地花園之後的是圓形烏龜噴泉，為義大利文藝復興時期的青銅烏龜噴泉（La Fontana delle Tartarughe）的複製品。秋天時群葉變色，彷彿替噴泉拉起了一道絲絨帷幕，較濃綠的夏日另有一番風情。

北面居中的陽光室，面對漸次低下的半圓形石磚陽台和橢圓綠地平台，為舉行會議、婚禮和音樂會的絕佳場所。更下層的夾道柏樹如兩扇半闔的綠門，將其下的人工湖摒之門外，卻在門縫中露出一線天光水影，誘你步下台階一窺究竟。

西翼廂房是長排的圖書室，室前以短牆和石階往下分隔為兩層平台，上層平台植有艾倫喜愛的花草，並有「園丁與淑女」兩尊十八世紀的雕像南北對立。下層平台以石欄杆

〈Cranbrook——底特律藝術王國〉藝術博物館

圍邊，柱頭上有石雕花盆，中間入口處還有兩尊石獅子。底下是長方形的反映池（Reflecting Pool），池邊植有各色花草，淺藍池水在白色池中顯得清澈異常。

反映池的東端置有Mario Korbel的「和諧」（Harmony）石雕，半裸美女持琴採半跪之姿，頭上揚，手抬起，似有天籟之音將要流瀉而出。與其相對的是獨立的圓形噴水池，穿過其後的樹林可達藝術博物館。反映池、噴泉和白色的藝術博物館東廂方形穿堂，在此形成一道絕美的風景線，彷彿天上開了一扇窗，將天光水影連成一片。

藝術博物館以Booth夫婦的私人藝品收藏和書籍起家，稟承喬治藝術是活的也是和生活不可分的信念，展出收藏以當代的現代化藝品為主，並不定期提供影片、演講和家庭手工藝等活動以嘉惠藝術學院學生和一般大眾。

坐南朝北米色大理石的藝術博物館，南面正門呈一字形，中間是挑高的有柱迴廊。步上台階，首先入

〈Cranbrook——底特律藝術王國〉藝品「致德雷莎修女」

目的是位於前庭，以希臘神話中的文藝之神奧菲斯命名的圓形噴泉，八位或歌或舞的裸體男女雕像臉朝外環繞中心的水柱站立，身影巧妙地落在背後的四根廊柱之間，藝術殿堂的氣息油然而生。

藝館前後走道以白色大理石鑲嵌紅色小磁磚，形成簡中有繁的幾何圖案，堪稱一件賞心悅目的藝術品。穿過迴廊循階而下，長方形階梯式的噴泉在眼前豁然展現，當頭居中的是青銅雕像「歐羅巴和公牛」，其下第一階池中有數尊青銅人魚海神雕像，一路延續著前庭希臘神話的氛圍。池水碧綠，與池邊濃蔭和綠地融為一片和諧的綠。待從池底往上觀看，四根廊柱清楚倒影池中，上下呼應成了高聳的殿堂。希臘神話亦在此掀起了高潮，居中化身公牛的眾神之王宙斯，正馱著美女歐羅巴在眾海神的帶領下順流而下，前往克里特島。

在奧菲斯噴泉的西邊有一個大型的現代藝品，數根大紅的橫直條狀物聳立在青草地上，最上面橫條一端懸著一個銀色物體，卷曲的線條在陽光下閃閃

〈Cranbrook——底特律藝術王國〉藝術學院校園

發光且不停旋轉，忽而看似飛龍，忽而看似貓臉，另端基座邊的深褐色物件更是費人猜疑，我們在不同角度下看了半天認為這是一隻誤中機關的銀色老鼠。待看了手中說明才知是「致德雷莎修女」（for Mother Teresa），不禁啞然失笑。藝術真是奇妙，既能使人昇華更能顯出人的淺薄。將這樣主題的藝品擺在藝術博物館前，不知是否意味著人性的美更勝藝術的美？

博物館東廂穿堂中立著一尊中國石獅，面容和前爪盤弄的繡球均已模糊，可見年代久遠，但四周一無保護措施，想來不會是十四世紀的真蹟吧？

社區中的學校建築物均出自芬蘭裔的建築師Gottlieb Eliel Saarinen之手，女子學校帶著日本風味，我們比較喜歡英式的男子中學。這座紅瓦紅牆的四合院，外牆爬滿常春藤，四角各有雕飾精美的拱門相連，廣場以八角形的噴泉為中心，紅磚石板步道由此四通八達，且以不同的顏色尺寸鑲嵌出各種幾何圖案，行走其間，賞心悅目。

紅磚牆上凹凸有致，窗櫺、門框、簷下皆有不同

〈Cranbrook——底特律藝術王國〉男子中學的迴廊

裝飾，值得一一細看。南端狀如教堂的餐廳更在細節上下足功夫，亭狀入口的三面牆上，鑲有白色正方石塊，並在其上雕刻不同圖案，形成別致的格子牆。一式的拱形狹長落地玻璃窗，同中求異地在玻璃上飾以造形各異的線條圖案。據說晚上點起燈火，十足就是電影《哈利波特》裡的魔法餐廳場景，可惜餐廳不對外開放，無法一探虛實。

東面校舍並非單一直線，其中有一個轉折點，這轉角處的石柱花廊與人字形屋頂充滿線條美，黃門、紅瓦和綠藤則富於色彩美。彎過去後的百福亭使人眼睛一亮，藍天下白柱上的黑色鏤空蝙蝠，彷彿正翩翩起舞。

校區的最高點是西邊的霍伊塔（Hoey Tower）。圓柱塔形近似燈塔亦像穀倉，封閉的塔身讓人想問塔頂是否關有英國中古世紀的短命皇后？曾有校友在網上說住校生活寂寞，其實楓紅掩映中的塔影十分浪漫，只是少年不識愁滋味，更不解人生彩筆的滄桑之美。

塔後是低下的足球場，仰看台階上的高塔迴廊宛如古堡。中庭迴廊的每根柱頭上刻有不同的年分及學生浮雕作品，柱身上刻著應屆畢業生的名字，以最好的藝術形式在此留下了美的回憶。

（二〇一二年十一月十八日發表於《世界周刊》No. 1496）

密西根廊橋訪古

在密西根州境內有許多木製廊橋，但至今仍能開車通行的只有三座，其中兩座位於距密州首府蘭莘市（Lansing）西郊一百餘哩的地方，兩者相去不遠均座落在平河（Flat River）之上，趁著賞楓之便我們順路拜訪了Fallasburg和White's這兩座古橋。

二者皆以松木為建材，採用布朗氏的有桁結構，橋寬同為十四呎，上有山形屋頂，從側面看橋身很像台灣早期的一排排眷村房子。前者建於一八七一年，橋長一百呎，造價美金一千五百元；後者建於一八六九年，橋身略長為一百一十六點五呎，造價美金一千七百元，現為密州境內最古老的廊橋。

轉進Fallasburg公園不久，公路即在樹林中沿河而行，路邊草地仍然翠綠，橙黃橘綠的對岸卻展現著萬般風情，藍色的天映照著藍色的水，復又將樹上的各樣顏色一一投影河中，飄飛的落葉如天女散花般撒滿河面草地，秋陽更替眼前景致渲染上一層金光，五彩繽紛中沒有落紅滿地的惆悵，只有身在圖畫裡的幸福感。

造形簡單古樸的廊橋在金光燦爛中靜靜地跨於河上，有對新人正在橋前拍照，青春洋溢的年輕人使古橋沾滿喜氣，祝福新人能夠和它一樣長長久久。

公路於此彎上橋頭，一邊豎立著古蹟立牌上面記載著此橋簡史。為紀念Fallas家族首先在此駐足及興起製椅業、鋸木場和磨坊，遂以其姓氏為此橋命名。橋首簷下貼著一張有趣的告示，如果穿越此橋時車速超過步行速度的話將被罰款美金五元。

橋身內側及屋頂都有許多X形的樑木支柱，外側以木籬笆封閉，只有頂端留下一截空格以便透光，我想在沒有電燈的馬車時代通過木橋應有穿越隧道的感覺。

穿過木橋即是早期移民遺留下的小村落，沒有看到什麼古蹟，居民亦未必是起初移民的後代，只是隨處可見高大的黃葉林，使得整個村落都沐浴在一片金光之中，那條小河也在金黃豔紅的簇擁下蜿蜒南下，不帶走任何時光，只留下一片詩情畫意讓人悠然神往。

White's古橋位於Fallasburg古橋的東北面，和Fallasburg古橋一樣為紀念最早落腳的白氏家族而命名。蛇行平河在此呈東西走向，緊接著北拐形成另一個S形彎道。公路沒有太多屏障曲折便一路過了橋，停車回望發現此橋和彼橋有如雙胞胎，只是此橋抽換了一些木條，像打了一塊白淨的補丁，還有橋面上多了兩道突起的枕木供車輪行駛。

橋的南岸在一片黃葉林中有一條人行步道往西，由於時近黃昏便沒有走下去，轉而向東跨過護欄及亂石堆下到橋底，想不到這半月形河谷宛如世外桃源般讓人驚豔不已。

橋下河面稍寬，不知是角度的關係還是林木掩映的緣故，天與水在此形成上下兩個顛倒的半圓，有如一個巨大的滴露，裡面滿盛清藍透明的天光和水色，背後則是五顏六色的秋葉屏風，太陽由後方直射而來，在滴露兩側形成輻射而出的陰影帶，鵝黃粉紅的秋葉臨水照影，予人春花燦爛的錯覺。

陽光則將全部熱情傾注在滴露中間的X形地帶，由內往外迸射出萬丈金光，彷彿造物者的黃金寶座端坐在水中央，璀璨光華不能逼視。

日影西斜揮手道別這座為人遺忘的古橋時，不能不興起「夕陽無限好，只是近黃昏」的感慨。

（二〇一一年十一月六日發表於《世界日報》走馬花旗）

姊妹情緣

我是家中么女比大姊小了十五歲，一直被她當成不懂事的小孩子看待，因此和她之間始終存著若有若無的代溝。及長一美一台在聚少離多之下，就更不及比鄰而居的二姊來得親密。沒想到年過半百竟多了一位疼愛我的異姓大姊。

多年前有一天做完禮拜正吃午餐時，一位老姊妹過來問我，待會可不可以順路送她回家？我連聲說可以，同時認出曾和她在二姊家的福音聚會裡有過一面之緣。會中她曾經發言：「在美國的老人生活非常寂寞，因為每一個人都是五子登科——聾子、瞎子、啞子、瘸子和老媽子。」口齒清晰截然不同於一般老人一口含混不清的鄉音，讓我印象深刻。

在車上她主動做了自我介紹，她是天津人，北大醫學院畢業，提早退休來美替女兒帶孩子。我從來不喜歡醫生也沒有交過醫生朋友，更不習慣陌生人初次見面便自報家門，直到她提起自己今年多大歲數和她的愛人是在哪一年因病過世的，這才引起了我的興趣，因為她既和我大姊同年又和她是在同一年裡喪偶的，素來同情大姊的老來失伴，便對眼前的趙大姊起了好感，也想著等大姊定居美國後介紹她倆做朋友，誰知大姊因房產糾紛回台，一去就是十年，而我在這期間反倒先和趙大姊成了忘年之交。

趙大姊為人十分熱誠，知道我們是南方人不會做麵食，只要家裡做了餃子、包子、饅頭、韭菜盒子或蔥油餅等麵食，一定要我們趕緊過去拿好趁熱吃。原來她在天津時家住大雜院，和鄰里往來密切一如我們生長的台灣眷村，雖然我們和她不住在同一社區但相去不遠，她也就把我們視作了近鄰。

她做的麵食的確好吃，尤其是用洋蔥而非綠蔥做的蔥油餅，金黃酥脆足以使人聞香下馬，二姊的洋外孫可以一口氣吃兩三個而且百吃不厭。烤的芝麻燒餅堪稱一絕，剛出爐時香噴噴、熱騰騰的，任誰都受不了誘惑，即使放了兩三天後只要用烤麵包機一烤，仍然香酥可口。做的三鮮水餃絕對是真材實料，鮮蝦、絞肉和韭菜三足鼎立再外加現炒的雞蛋粒，手擀的餃子皮柔軟有嚼勁，讓人一個接一個地停不了口。

和她熟了以後從生活天氣、鄉土風俗到如何和四代人相處，我們什麼都能聊，她亦從不諱言文革時所受的抄家之痛，至於兩岸三通前各種不實的傳說皆成了笑談。也因著閒聊打破了我以為凡是北方人都會做麵食的迷思，原來她當醫生時根本無暇下廚，這十八般武藝都是來美後自學的。從小讀俄語的她，在社區成人英文班裡學習英文，不但通過了美國公民考試，還能為其他老人當翻譯，她的好學勤學可見一斑。

當兒女上大學時我上班的公司經常改組裁員，不堪龐大的工作和金錢壓力，我有一段期間頭痛欲裂幾乎無法工作，多方檢查卻查不出個所以然來，趙大姊見狀說她學過兩年中醫會一點針灸，問我，要不要試試看？由於父親崇尚科學和西醫，從小沒和中醫打過交道，心裡有些懷疑更對長針害怕，奈何眼下無計可施，只好硬著頭皮答應試試。

她帶來了全副新針，酒精消毒後邊解說邊要我放鬆心情，然後慢慢旋轉針頭扎進頭上六七處穴位。當針頭扎入時雖不像平日打針那樣刺痛但有些酸麻的感覺，隨著針頭深入更有種異物感，因要躺上十幾分鐘不能動不是很舒服，大概扎了兩三回頭痛便不藥而癒，於是趙大姊會針灸的名聲傳開了，一時求醫者眾，但她在美國並沒有行醫執照亦不求任何回報，為我治病純粹是看在私人情分上，不想卻替她帶來了許多無謂的困擾。

經此之後但凡有了任何的小病小痛我一定先請教趙大姊才決定要不要就醫，有一次她硬是將我從死亡線上拉了回來。

那是個週日早晨，鬧鐘響了我卻昏昏沉沉的怎麼也起不了身。由於我平日有暈眩和血壓低的毛病以為多躺一下就會好了，便叫先生自行前往教會。未料愈躺暈眩愈劇，感覺整個人不斷地往床鋪裡陷下去。先生由教會回來後要我馬上去看急診，但我根本無力下床更衣，甚至連轉動一下眼皮都覺得天旋地轉，怕脫水只勉強喝了幾口汽水後又昏睡過去。

到了黃昏絲毫不見好轉，心想我怕是要去見主面了，在無止境的下沉之間忽然靈光乍現，要先生去請趙大姊來。她量了血壓脈搏後低聲交代了先生一些話，然後對我說不要緊張沒事的。本來她一來我就覺心安，再聽此言只管放心昏睡。不久先生讓我吃了兩塊巧克力，接著喝下一碗糖水和一碗鹽水。不知過了多久她告訴先生密切注意我的情況，如果今晚一切穩定便等到明早就醫，不然的話就要立刻送醫急診。

次晨我好像從惡夢中醒來，終於可以自己下床了，更衣之後直奔急診室，直到那時我才知道昨晚我的血壓由平日的一百一十／六十陡降到六十／四十，心跳更低至每分鐘四十餘下，連趙大姊都嚇得變了臉色。經過半天的澈底檢查醫生查不出任何毛病，只好放我回家好好休息。事後想來若非趙大姊急救得當，我恐怕早已進了枉死城。

除了手藝和醫術，我和趙大姊還有另一重緣分。趙伯母只比母親小一歲零一天，有一年便一起在二姊家過生日。兩位纏足的老人見面非常有趣，母親高大而趙伯母矮小，二人俱都耳背，各自操著湖北和山東土話雞同鴨講了半天，誰也沒聽懂誰在說些什麼，不過看得出來都很高興，可惜之後母親的癡呆症轉劇，趙伯母不願出門，再沒能共度過生日。

母親每天在病痛中苟延殘喘，趙伯母卻在趙大姊無微不至的照顧下精神抖擻地活著，九十多歲的老人頭不昏、眼不花、手不抖，每天在小屋裡剪紙自娛，創作不斷直到臨終。

在母親逝世二週年忌日那天早上原打算買花去上墳的，臨出門忽然心血來潮想要先去看望趙伯母後去上墳，沒想到老人家已昏迷多日不思飲食，不像早先看望她時還直嚷著要趙大姊送我鹹魚和請我吃海鮮。趙大姊是醫生見多了臨終病人，告訴我老人家已在彌留狀態，可能今天便會回歸天家。果然在我回到家中吃過午飯不久即接到老人家安息主懷的消息，也許真是聖靈感動我竟然無巧不巧地趕去為她做了告別禱告。

趙伯母去世後，我們之間又多了個喪母之痛的共同話題，事母至孝的她頗為失落，亦開始懷念兒時母親做的地方小食，她每試做一樣都要讓我嚐嚐，同時教了我許多山東土話和俚語，完全把我當成了妹妹看待。

在我被裁最失意的時候，她非但沒有棄我而去反而為我操心不已，硬要她和我不同行的女兒幫我找工作，雖然事與願違但這份情意我永遠銘記心頭。等我開始投稿，每當文章見報，她比我還要興奮，人前人後誇我文章寫得好。很久以後我才由她妹妹嘴裡得知，她一輩子好讀醫書卻從來不是個文藝愛好者。為了鼓勵我，燈下「苦」讀我那青澀的文章，真可謂用心良苦。

歲月流逝老了嬰兒潮世代，紛紛開始學做大餅，從而撩撥起我的童年回憶，無限懷念那沿街叫賣的大餅。趙大姊既沒見過更沒吃過我口中的大餅，只為了替我解饞，二話不說做起了大餅，可惜好吃卻不是記憶中的味道。

未幾文友傳來了大餅的做法，我馬上向趙大姊獻寶，分頭實驗做大餅。遺憾仍然不是我印象中的大餅，心想莫非是我記錯了？還是當年台北和台中的大餅不一樣？

不甘心這家喻戶曉的大餅就此失傳，我再度上網苦搜，終於找到一個和我猜想的成分相符的食譜。我不會做麵食但慣寫電腦程式，秉著測試程式的精神，認真量測麵粉、奶粉、糖、牛油和牛奶，趙大姊則是一慣地自由發揮，儘管都不像，相信我的略勝一籌。

由於此地天寒地凍，趙大姊的女兒決定帶她到佛州度假，臨行她還殷殷交代等她回來做大餅，但她不知道我已偷偷試驗成功。

回想多年來的交往，她雖然無份於我的童年生活，但我們的姊妹情緣一如大餅的滋味是經得起咀嚼的。

（二〇一四年四月十八日發表於北美華文作家協會網站「品讀北美」四月號）

七湖公園

七湖州立公園（Seven Lakes State Park）位於密西根州奧克蘭郡的西北角，原為私人建地，後來賣給州政府，於一九九二年開發為公園。顧名思義公園裡該有七個湖泊，但因築堤併成一個大湖，現在裡面只有六個大小不一、形狀各異的湖泊，分布在一千四百三十四英畝的林地上。廣達兩百三十英畝的水域，擁有長達數哩的湖岸線，可供行船、釣魚、游泳等水上活動，另有露營營區及數條人行登山步道，是健身賞景或野餐的好去處。尤其秋來群樹變色，倒影湖中，上下輝映，彷彿築起了五彩繽紛的環湖長堤，將一片湖光山色渲染得如詩似畫。

入園以後沿著公路西行，首先拜訪的是位於最西邊的大七湖（Big Seven Lake），也是園中最大的一座湖。地圖上的南北向湖形好像是一個奔跑中的人，

〈七湖公園〉大七湖

有著尖鼻子、招風耳、厚實的胸膛、後彎的手肘和前踢的小胖腿，還且一腳踢出了形如躍魚的小七湖（Little Seven Lake）。就因這生動的造形使得湖岸線凹晶凸碧，分外地毫端蘊秀，口角噙香。

西岸中間最寬處也就是手肘揚起處有如口袋，右側彎口可供遊船下水，左側有線條平緩的沙灘和遊樂設施以供兒童玩耍。睡蓮浮萍盡兜於袋底，由此往東望去湖面寬廣，水清如鏡，藍天、白雲、岸樹一一倒影其中，天然一幅畫卷在水中向左右展開，分不清上下虛實。遠處偶有白鷗飛起，小舟行過，劃破寧靜的水天一色，激起了浮光掠影，在動靜之間皆美得自然和諧。

北面為大片的綠地公園，上有兩座四角涼亭，可惜一圈紅楓凋零殆盡，不過湖邊有一棵大樹，滿身黃葉在豔陽下金光燦爛，十足的就是一位臨水而立的金髮美女。湖中的唯一小島在此清晰可見，島上草木繁茂，宛如五顏六色的大盆栽，端然坐在湖心。

由公園沿湖往東行不遠，即是大七湖踢出的一腳和小七湖的相會之處，兩旁湖水略似兩個扭曲的半月形互呈合圍之勢。大七湖畔蘆葦水草環生，湖中沙洲點點睡蓮片片，遠處畸角林地迤邐入水，層層掩映中依稀有國畫山水意味。珠環翠繞的小七湖在晴空下閃亮如一顆藍寶石，卻在一個不經意的轉身後隱向林深不知處，徒留一道深藍弧線引人遐思。

南面居中的迪金森湖（Dickinson Lake）是園中的第二大湖，有不同步道分別引向大、小七湖和東南角的春湖（Spring Lake）及沙湖（Sand Lake）。湛藍的湖水中但見芳草萋萋、白雲朵朵、倒影處處，大有身在圖畫中的感覺。

縱橫交錯的步道穿梭於各湖之間，可從不同的角度欣賞各湖美景，由於大七湖的顎下有一觀景點，我們便先右行上山，厚厚的彩色落葉在腳下沙沙作響，藍悠悠的天光在樹隙間忽隱忽現，枝枝葉葉都染上了金黃，隨風灑下陣陣黃金雨，若有若無的藍色湖水不時從旁一閃而逝，面對這許多繽紛的色彩，目光不知往何處聚焦才好，常為了捕捉頭上的燦爛金光，卻忘了落葉下依然有著高低起伏。

觀景點並沒有亭台樓閣甚至連一把椅子都沒有，只是湖邊的一角草地僅容數人站立，但見開闊的藍天碧水一無遮掩地顯現眼前，拍岸湖水清澈透明，粼粼波紋下的石頭似可一一數遍，水中一幹枯枝旁竟有一朵紅蓮殘留，實是出人意外。

前往自然環形步道時途經春湖，此湖狹長，面積不大，周圍樹種亦似不同，細葉針葉林裡黃中有綠，暮色中的秋草無視斜陽逕自將湖岸烘托出一灣金黃。

隨著林地的高低起伏，樹種葉色漸有不同，其中雖無我們喜愛的楓紅，但金黃、橘紅、暗紫、墨綠諸色紛陳，彷彿彩霞滿天，無言地訴說著秋天的豐美。

攀上小山頭，沙湖營區靜靜地臥在谷底，四周暮色如火燃燒，漫山遍野俱成金黃。菱形湖面波平似鏡，在夕陽中閃著藍光。不見車影，不聞人聲，時間空間似皆遺失在這片靜謐之中，難怪范仲淹的「碧雲天，黃葉地，秋色連波，波上寒煙翠。山映斜陽天接水，芳草無情，更在斜陽外」能夠千古傳唱不休。

（二〇一二年十一月十八發表於《世界日報》走馬花旗）

莫以常識論斷人

日前和幾位久未謀面的老女人共進午餐，飯後聊起如何煲鴨粥，我傻傻地問了句：「是否要用大火煮粥？」其中一位老女人用打量外星人般的眼光看了我一眼後，極其優雅地說：「It's common sense（這是常識），你怎麼會不知道？」

我是生長在台灣的外省人，從小不愛吃稀飯，未曾動過學煮稀飯的念頭，剛好從不下廚的先生別的不會就只會煮稀飯，當家中有人生病時不愁沒有稀飯吃。至於後來流行的廣東粥，講究火候用料更不在我考慮之列。

教會中的粵籍姊妹擅煲廣東粥自不在話下，尤其喜歡用烤鴨架子煲鴨粥。據她們說熬粥一定要用大火，這樣米粒才會在滾水中不斷地翻騰而不致黏鍋，我只聽了個大概未知細節，況且俗話說：「大火煮粥，細火煮肉。」因此才會冒出了那句傻話。

餐畢人散，我卻為「It's common sense（這是常識），你怎麼會不知道？」這句話耿耿於懷。根據辭典的說法：「常識，指一般人所應有而且能瞭解的知識。」這是一句我從來沒有懷疑過的話，現在看來卻覺得太過籠統。何謂一般人？何謂知識？什麼又是一般人所應有而且能瞭解的知識？

當我逕自鑽牛角尖時友人適時傳來「大小剛好的鞋子故事」，作者不詳，文亦不長，讀罷卻讓我豁然開朗。

作者初到緬甸工作時非常好奇，為什麼緬甸人都喜歡穿著小一號的夾腳拖？終日穿著小一號的鞋子不僅穿的人不舒服，連看的人也不舒服，難道緬甸人都沒有常識不知道鞋子要比腳大一點才舒服嗎？

後來當地人告訴他，由於緬甸的雨季長而他們穿的沙龍長及腳踝，如果鞋子比腳大，每走一步都會將水濺起而打濕下襬。他這才知道原來小一號的鞋子暗藏玄機，進而明白他所謂的常識並不是放諸四海而皆準的。

小時候在台灣大家都知道自來水不能生飲，一定要先燒開了才能喝，可是到了美國不敢生飲自來水就成了笑話。老中都是先吃飯後喝湯，老美卻偏反其道而行，先喝湯後吃菜。

每次電腦出了毛病我便束手無策，只好老著臉求專攻電腦的兒子幫忙，他也總是告訴我：「這是常識，你怎麼學不會呢？」是啊！誰教我生長在家裡不要說電腦連電話都沒有的年代。

像這些都是日常生活中習以為常的事，我們以為是人盡皆知的常識，但在不同的時空地點是會因人而異的。其實何謂常識並不重要，重要的是要能包容尊重因文化背景不同而產生的不同觀念，切莫粗率地以「你懂不懂這是常識啊？」為回應。

（二〇一四年十月二日發表於《中華日報》副刊）

福特故居

提起福特故居，一般人馬上便想到了汽車大王亨利・福特（Henry Ford）的舊宅。其實福特故居有兩處，一是老福特的美好巷（Fair Lane），一是其獨生子、媳埃德塞爾和埃莉諾的福特故居（Edsel and Eleanor Ford House）。

老福特和其妻克拉拉（Clara）均出身農家，喜好田園生活，然而福特創業成功後無復生活隱私可言，遂決定搬出備受各界關注的底特律，於一九一三年在迪爾伯恩市（Dearborn）收購了大批農地打造他們的理想家園，並以其祖父在愛爾蘭的出生地美好巷命名以示不忘其本。

美好巷占地一千三百英畝，隱於林木深處的建築群計有主屋、發電廠、車房、花房、船屋及馬廄，主要建材為大塊灰色石灰石，外觀混合著英式古堡與中西部草原風格。主屋共有五十六間房間，其中一間套房是專門為好友愛迪生預備的。

老福特夫婦於一九一五至一九五〇年定居於此，二人先後過世後，產業在一九五二年歸屬於福特汽車公司，並將其中二百一十英畝捐贈密西根大學，納入迪爾伯恩校區之內，於七〇年代開始對外開放。二〇一三年產權轉入福特房地產（Ford Estate），為了紀念美好巷落成百年，現正大肆翻修內外，主屋則暫停對外開放。

我們久居底特律西郊，底特律第一市民亨利・福特的大名如雷灌耳，亦好奇他的故居是何模樣，但總覺得就在附近，前往參觀不必急於一時，直到數年前為女兒尋找婚禮場所才第一次踏進了美好巷。

主屋坐南朝北，前有寬大廊簷，進口處的木樓梯雖較平常樓梯寬大並有精美欄飾，但不像現代豪宅般浮誇炫富。西邊是休憩室（Lobby），外接花草圍繞的石板外庭，新人通常在此舉行戶外婚禮。由於休憩室不夠寬大，婚宴多設於東端的大廳（Ballroom），其後的舞會則在休憩室舉行。賓客須兩頭奔走是其缺點，不過大廳外的玫瑰花園是拍攝婚紗照的好地方。

後進的客廳及餐廳朝南面對胭

〈福特故居〉老福特故居

脂河（Rouge River），視野寬敞，風景優美。室內木質家具裝潢均採英式色系，深沉內斂不顯豪華，這是我對其內部的粗淺印象。

去秋在此參加了一場演講會，會後由密大教授帶領參觀園區，這才知道看似天然的園林設計均出自崇尚自然的延斯．詹森（Jens Jensen）大師之手。西邊外庭面對著林木夾道的曲線大草原，春夏芳草萋萋，秋日落紅滿地，冬來白雪掩徑，四時風光各自不同，但最讓賓客驚豔的還是那渾然天成的落日美景，不愧為大師的神來之筆。

當年的胭脂河水量豐沛能以行船，但自五〇年代起由於水質污染及廢物處理問題，運河淤塞以致船屋廢棄，但岸邊仍留有石板堆砌的河岸線，緊鄰船屋的岩山花園（Rock/Alpine Garden）層岩堆疊，綠意盎然，仍可見當初的匠心獨運，終於明白大量的金錢都花在了整地、修路、植林、濬河和造景上面。

曾由愛迪生奠基的發電廠至今仍在使用，屋後有水壩形成一道白花花的瀑布，水聲喧嘩，鳥聲啁啾，石階漫漫，落紅不掃，這紅圍翠繞的發電廠竟似人家的別墅，而非曾經照明整個迪爾伯恩市的發電廠。想起福特和愛迪生這兩位改變世界的巨人，不能不油然起敬，更慶幸自己生長在這個有車有電的時代。

底特律河的東北出口是聖克萊爾湖（Lake St. Clair），沿著湖岸線滿布私人豪宅，其中最有名的便是福特故居了。我們喜愛這一帶的湖光水色，但因是私人豪宅難親芳澤，只好加入會員才得一窺福特故居的四季風貌。

小福特從小便在福特汽車公司打工學習，到一九一九年只有二十五歲的他即被任命為福特汽車公司的總裁，並以其經營長才折服眾人，但他不似其父精通汽車的機械製造，而是擅長於汽車的外型設計，史上最優美的夢幻車——林肯大陸轎車（Lincoln Continental）即出自其手。夫人埃莉諾（Eleanor）為其青梅竹馬之交，具有深厚的藝術修養，喜歡花卉及收藏藝品和參與慈善活動。

一九二五年時小福特夫婦已育有三子一女亟需更多的生活空間，於是在其父擁有位於底特律之北的格羅斯岬湖岸（Grosse Pointe Shores），興建既有魅力又適合居住的新家。

小福特夫婦過去曾多次造訪位於倫敦西北九十哩的科茨沃爾德（Cotswolds），對這風景如畫的石屋鄉村景色十分喜愛，設計師遂以此為藍圖，不僅成功打造了這棟擁有六十個房間的湖濱豪宅，亦複製了草原、曲徑、樹籬、藤蔓和矮石牆等英式鄉村的特有景觀，室內則滿是英國和法國古董。

豪宅背水面西而立大異於中國的風水傳統，參天大樹下的兩層樓石屋，沒有現代豪宅的豪華氣派，爬滿藤蔓的灰色石牆和石瓦更予人古樸鄉土的感覺。推開厚重的木門進入陰暗的入口大廳，背後是鋪著紅地毯的十七世紀初葉三折式木樓梯，南翼廂房依序是長廊（Gallery）、客廳（Drawing Room）、圖書館（Library）、晨間起居室（Morning Room）和廚房（Kitchen）。除了廚房外每個房間都鋪有橡木地板及十九世紀的駝毛地毯。

兩層樓中空的長廊，頂端呈半桶狀滿飾英式浮雕圖案，其寬敞高大為全宅之冠，許多慶典宴會包括小福特夫婦獨生女約瑟芬（Josephine）的婚禮均曾在此舉行。其中十六世紀的英國裝飾壁板和漢朝的酒器均是價值連城的古董。

客廳裝潢充滿路易十五、十六風格，以埃莉諾喜愛的淺綠色系為基調，天花板上沒有圖案裝飾但四周有雅致的花紋鑲邊，沙發、座椅和茶几皆如歐洲古裝電影中所見。

棗紅色系的圖書館，四壁嵌有十六世紀的英國裝飾壁板和書架，上面除了大量十五世紀的古籍引人注目外，漢朝的公雞磁飾和書桌上的明代彩釉花瓶檯燈亦不遑多讓。

晨間起居室是福特家人進餐的地方，三面皆窗湖上日出美景盡收眼底。特別的是其中有一大一小兩個餐桌，大餐桌是成人用餐的正式餐桌，小餐桌則是專供未成年的孩子進食及學習餐桌禮儀之用。

廚房的最大特色是全部廚檯以標準純銀打造（當時還沒有不鏽鋼廚具），並有十二套精美磁器供不同宴會使用。隔壁更有一間花室專門貯存新鮮採摘的鮮花，以便愛花的埃莉諾裝扮各個房間。

北翼有小福特的私人辦公室，寬大豪華均不及他為其三子所修建的現代室（Modern Room），尤其是辦公桌比一般人家的書桌還小，可見辦大事不在乎桌大桌小。

小福特夫婦除了喜愛收集古董外對現代化的家具裝潢亦同樣感興趣，由同一設計師為其子設計的現代室和樓上臥室及起坐間即為其明證。隱藏式的燈光、灰褐色皮質牆板及鏡飾為其特色，更有當時流行的音響設備和遊戲桌。

主臥房位於客廳之上，以粉紅色系為主，有一迷你陽台面向中庭。埃莉諾的化妝間牆上滿是手繪花卉圖案，充滿女性柔情。獨生女約瑟芬的閨房亦採用粉紅色系，她不像其兄

〈福特故居〉小福特故居內的夏夜音樂會

弟參與福特家族企業，而是和母親一樣喜愛藝術，並克紹箕裘成為藝術和其他慈善組織的贊助人。

園林設計同樣出自延斯・詹森大師之手。豪宅前面是大片精心設計的草原，由東至西一望無際，豪宅後面是聖克萊爾湖，朝暉夕陰氣象萬千。仲夏夜陽台上的底特律交響樂團演奏，往往吸引數千民眾前來觀賞，水聲、樂聲伴著清風明月再現當年的美好時光。到了冬天整個湖岸線冰封雪埋，水天一色的清冷景觀與碧波蕩漾的夏日風情大異其趣，不過聖誕節時的燈飾營火卻是熱鬧溫暖的。

由湖邊沙洲延伸而成的半島，不僅是北邊屏障也形成了一個小湖灣供男主人停泊各式船隻。島上廣

〈福特故居〉小福特故居

植種子軸承草本灌木，吸引大批會唱歌的鳥類前來棲息，因而被命名為鳥島（Bird Island）。春天島上開滿藍白野花，是賞花觀鳥散步的好地方。

在長廊南邊的樹林裡有一個美麗的祕境。不規則形狀的游泳池漫溢至下一層的水塘（Lagoon），水塘再匯入聖克萊爾湖（現因安全考量已將出口關閉），由下仰視恍如瀑布三疊，由上下望只見綠水悠悠流到天際。春來藍色野花開遍，水塘有如一面明鏡悄悄地反映著長廊倒影，一片靜謐中予人夢幻泡影的錯覺。

英式圓形對稱的玫瑰園（Rose Garden）以四方水池為中心，滿栽埃莉諾喜愛的紅黃玫瑰，是她最喜歡流連的地方。只惜花朵不似當年茂盛，有點名不副實。緊鄰的新園（New Garden）出自不同的設計師之手，以幾何圖案為主，風格迥異於力求自然的玫瑰園。

在花園外圍有一道波浪形的花道（Flower Lane），所有栽植花樹均經過精心挑選，以反映季節的自然變遷。水仙、雛菊、飛燕草、羽扇豆和鬱金香先後為花道鑲上黃白藍彩色花邊，漫步其間賞心悅目。秋天群樹變色或紅或黃又是另一番景色。

位於草原南端的多鐸式遊戲房（Play House）是約瑟芬祖母送給她的七歲生日禮物，裡面有廚房、臥室和起居間而且家具俱全，除了比例是實體屋的三分之二外，是一棟如假包換的小市民住宅。

這環境清幽的福特故居，終年遊人不多，可隨心所欲地優游漫步。入口處的小餐廳窗明几淨，食物新鮮可口，我們常在此享受一頓美食後心滿意足地回家，更對富二代留給我們這樣一個休閒的好地方心存感謝。

（二〇一五年五月四日發表於北美作家協會網站五月號）

秋水盈盈楓葉紅

汽車大王亨利・福特（Henry Ford）在一九四九年捐贈土地，興建了位於底特律西郊的漢斯林蔭大道（Hines Drive），卻意外地以韋恩郡公路委員會會長之姓漢斯（Edward Hines）命名。公路全長十七哩，東起迪爾伯恩市（Dearborn），西至北村市（Northville），沿著彎曲的胭脂河（Rouge River）而行，途經好幾個城市和小湖及數個歷史性的磨坊，其中有幾個磨坊曾為福特製造過汽車零件，最有名的非南京磨坊（Nankin Mill）莫屬。

希臘式白色三層樓的南京磨坊建於一八三五至一八四二年間，在一九一八年被福特收購改為汽車零件廠，然而自然優美的生產環境並未能創造利潤，遂於二戰結束後關閉。一九五六年由韋恩郡政府接管成為自然中心（Nature Center）。

公路沿線修有許多小型公園、球場、野餐區、兒童遊樂區及單車人行步道並有船塢，為社區提供了多元化的活動功能。

夏日濃蔭蔽天宛如一條綠色長龍，是散步休閒和玩船的好去處，秋天群樹變色好似打翻了調色盤，由十月初開始層層渲染繪出一幅又一幅的美麗油畫，更為湖泊鑲上了錦繡花邊，盈盈秋水倒影著天上浮雲，彷彿情人的眼淚，既有柔情萬千又浪漫動人。

〈秋水盈盈楓葉紅〉紐堡湖

南京湖（Nankin Lake）位於南京磨坊的西北邊，形如狹長的地瓜，由南端最寬處往北縱觀，但見一彎繡帶圈住了一湖秋水，湖水並不清澈亦非湛藍，但天光雲影上下輝映，形成了水天一色的美景。

西岸有大片樹林，在繽紛樹影中有一條環湖小徑，滿地黃葉堆積頗有曲徑通幽之感。由樹隙間可以窺見湖心有小片沙洲及蘆葦叢，湖中有鴛鴦和白鵝戲水並不時飛撲而起，激起圈圈漣漪。諸色紛陳的岸樹一一倒影湖中，鋪展出了流金泛紅的連綿畫卷。

蘆葦叢前有一個迷你小島，上有幾棵變色中的樹，頂端一株驀地橫斜而出，神似一葉搖櫓的小舟。旁有一棵枯樹獨立湖中，枝椏橫歧

〈秋水盈盈楓葉紅〉紐堡湖

的倒影恍如一隻盤絲結網的巨蛛，湖水泛著藍光伴著幾截黝黑的縱橫枯木，透著詭異之美。

往前低處岸邊有一棵枯樹逕自彎腰入水，虬結的枝幹在水面上畫出了優美弧線，陽光由背後直射對岸的黃葉，金光反射中出現了一扇水上黃金門，引向幻想的深處。

西行的第二個湖泊是東西向的紐堡湖（Newburgh Lake），狀若扭曲的葫蘆，是四時皆美的一個湖，湖面寬，水量豐沛，能夠玩船。船塢附近湖岸凹凸有致，形成許多秀麗的迷你半島。沿岸林木優美，黃葉似金，紅葉如火。晴空萬里時，水天一色湛藍，恍若明鏡；秋雲滿天時，雲水上下漂流，美如夢境。

其旁的一個半島掩映在一片楓林之中，是全湖精華所在。走入小徑左邊樹叢中隱藏著一泓碧水，一棵枯樹橫臥其中，背後一排楓樹色彩斑斕地投影湖中，恰似一道天然彩屏獨立於水天之間，靜默無言卻有風情萬種。

左岸畸角有蘆葦叢叢、睡蓮片片，簇簇楓紅替湖水塗上了胭脂，迤邐浮萍為其鑲上了綠帶，紅圍綠繞中滿了富貴之氣。

站在半島的尖端，三面環水，雲影波光似乎唾手可得。畸角有垂釣的小舟和戲水的鴛鴦、白鵝，船塢前有點點人影，湖水東西分流沒入林深不知處，這一切在藍天白雲下皆如詩似畫，無論水天雲樹均讓人徘徊流連不去。

過了紐堡湖，胭脂河如九曲迴腸漸行漸小，在一處陸橋下面驚見一片奼紫嫣紅，急忙停車相尋，但見橋下一彎溪流在夾岸秋葉中向北隱去，豔紅金黃與翠綠交雜的樹影清楚印在河上，忽見一葉藍舟行過，這美麗的畫面激起我尋幽探勝之心，顧不得岸邊無路可行，我分開枝葉踩著泥濘的濕地摸索前行，幾個轉折之後果然另有天地。此時橋上所見的那片亮麗色彩在樹蔭下變得幽微，周圍細長的橫直枯幹將畫面切割得神祕莫測，前面再無處可以下腳，溪流迂迴不知去向，頓有誤入盤絲洞之感。

進入普利茅斯市（Plymouth）後有大片高大的楓林，落葉滿徑，紅黃相間，漫步其間頗有秋意。河邊有三兩白樺伴著一二紅楓，訴說著白髮紅顏的故事。林外有大片綠草地其上覆滿黃葉，回望夕陽中的樹林一片金光燦爛，正想說真像電影場景，不料還真有一組人打著燈光在拍攝，於是這一幕被我的鏡頭捕捉。

威爾科克斯湖（Wilcox Lake）略呈扇形，四周較為空曠無法形成倒影美景，卻如一面明鏡反映了所有雲影變化。浮橋前有四株紅楓，風華正茂時豔麗不可方物，只惜今年紅顏未老先衰，落紅滿地讓人悵然若失。湖中有一很小的狹長半島，僅有一條土徑可供單人獨行，充滿探險的童趣。

最後的鳳凰湖（Phoenix Lake）形如鳳凰亦美如鳳凰。晴時無風是工筆畫，一筆一畫上下對稱分明；晴而有雲是寫意畫，滿湖色彩繽紛，惹人遐思。

湖的北端有一二迷你小島及小片沙洲，有白鵝和鴛鴦優游其間，湖水在此分流，鳳凰頭則隱入狹小的胭脂河。此處不像鳳凰身圓潤如珠，卻因地形地勢的關係別有幽深的韻味。環湖皆無人行步道，所幸在停車場附近發現一條被人踩出的土徑可以通往湖邊。底下有一個水泥排水墩，站在上面可以一窺白鵝和鴛鴦的世界。時值黃昏，岸樹轉為暗紅，湖水則泛著深淺不同的藍光，枯枝和沙洲皆染上墨影，卸下了白日的彩妝，反倒衍生出些許詩意。

漢斯林蔭大道終於北村市的一座公園，內有光盤高爾夫球場（Disc Golf Course）其旁有一個綠色小丘陵，其上為楓林，向陽的一排紅楓如身穿火紅舞衣的金髮美女當空而立，將秋色推向了豔麗的極致。

（二〇一四年十月五日發表於《世界日報》走馬花旗）

火車晃啊晃

今春在棕櫚灘（Palm Beach）的弗拉格勒・凱南紀念館（Flagler Kenan Pavilion）內，看到了佛州鐵路之父弗拉格勒在一九一二年參加西礁島通車典禮時所搭乘的九十一號私人火車車廂，非常驚訝。因為以今日眼光看來車廂既不豪華亦不寬敞，速度想來也快不到哪去，由紐約晃蕩到西礁島怕不要耗上個幾天幾夜？沿途亦無奇山異水可賞，而這樣的火車旅行還只有富人才享受得起。哪像現代傳媒上的觀光旅遊火車豪華舒適兼便捷？

其實在以汽車為主要交通工具的美加兩地，不要說觀光旅遊火車，即連普通火車我也只乘坐過兩次。

頭一回坐火車是到加拿大看楓葉。加拿大是楓葉王國，想到火車在漫山遍野的楓紅之中穿梭不知是多麼地浪漫動人，我與先生和二姊夫婦遂興沖沖地開了八個小時的車北上美加邊界的蘇聖瑪麗（Sault Ste. Marie），在當地住宿一夜，次晨起個大早趕去加拿大搭火車，雖然車資不菲卻不劃座，只好早去排隊希望能搶到靠窗座位。

出乎意料，這所謂的觀光旅遊火車根本就是台灣淘汰多年的老舊慢車，廁所很小也沒有餐車，座椅兩兩相對談不上寬敞舒適，觀景窗亦不夠大，加上我們是背著坐而車行快速，很難好好欣賞風景。

最洩氣的是才九月底沿途楓紅就已寥落無幾，看來是錯過了賞楓巔峰期，偶爾一兩處豔紅金黃也只能匆匆過目，無法細賞。到了目的地，大夥又得忙著排隊買餐進食和上廁所，所餘時間連走馬看花都不夠，只能對這楓林遍野但無法自行開車前往的美地徒喚奈何。

另一次因外孫女急病，女兒臨時請我前去幫忙，適逢天雪路滑而我又因眼睛不好不能開長途車，女兒便買了e票讓我坐火車前往芝加哥。

先生開車送我去安娜堡（Ann Arbor）搭火車，候車室裡坐滿了返校的學子，外面既無印象中的室內月台，也不知該在何處排隊候車？過了開車時間許久火車才姍姍來遲，沒有廣播也沒有收票員，旁人熟門熟路地上了車我卻被攔下，原來這節車廂是專供有孩子的人乘坐的。

好不容易上對了車廂，由於不劃座窗口座位自然沒有，即連空位也所剩無幾，先生替我搶到了一個座位將行李箱放上鐵架隨即下車，誰知這火車逕自一聲長鳴便匡噹開了起來。

多年來已習慣了美國中西部公路兩邊一馬平川的單調景觀，想來火車路線也不會好到哪去，果然一路白茫茫的沒啥看頭，難怪年輕人不是睡覺便是一機在手，對不時的咔哧聲毫不在意，只有我這個土包子擔心鐵軌會不會結冰打滑？

火車途中多次靠站，看不到站牌也聽不到廣播，乘客自行上下車，無人收票、查票卻人人有座位。直到車過半途終於有人來查票，但只查去終點芝加哥的票，不能不讚嘆這是何等的誠信制度。更妙的是儘管火車停停走走也不過比自己開車多個半小時而已，但不方便的是往返皆須有人接送。

這兩次搭乘火車的經驗都不甚美好，出門旅行自然不會考慮火車。直到看了名作家蔡碧航的新書《搭ＪＲ鐵道遊北海道•東北》才知道原來火車旅遊可以如此地悠閒愜意。

作家是個喜歡旅行的人，尤其喜歡坐火車旅遊。她隨時整裝待發，喜歡在異國他鄉悠閒自在地漫遊著，不光是追夢而是在廣闊的天地之間與自我重逢，再度煥發出生命的光彩。日本是她喜歡旅遊的國家，北海道的夏天更使她魂牽夢縈。多次來去她摸熟了鐵路路線，除了知名景點外還有作家的私房景點及許多迷人的小站風情和小城故事。

我從來沒有去過日本旅遊，北海道對我來說更是遙不可及，但讀著她的書，讀著讀著好像我也隨著她在火車上晃啊晃地，晃進了她的異國夢鄉。富良野的薰衣草之鄉和彩虹花田，滿了紫色浪漫情懷。知床的原生景觀和鑽石湖泊，是天地盡頭的人間祕境。黃金崎的不老不死溫泉和海上落日，既可回春又足驚豔。白川鄉的薑餅屋和皚皚白雲，延續了童話故事。一路上的美酒、海鮮、佳餚還有詩人咖啡，都隨著火車晃啊晃地讓我醺然欲醉。

（二〇一四年十一月二十八日發表於《中華日報》副刊）

綠野史蹟公園

白籬圍繞的綠野史蹟公園（Greenmead Historical Park）離我家不到二哩，多年來雖經常路過卻總是過門而不入，只因其是個名不見經傳的小地方又在自家門口。直到這幾年才發現這不起眼的地方也有其動人之處。

這座占地九十五英畝的希臘式農莊，由約書亞・西蒙斯（Joshua Simmons）在一八二〇年興建於位於底特律西郊的利沃尼亞（Livonia）市。原名清溪草原（Meadowbrook），百年後易主亦易名為綠野農莊（Greenmead）。一九七六年被利市收購闢建為史蹟公園。現有十一座建築物，其中四座為農莊原有，餘皆由他處搬遷至此，多為建於十九世紀中葉的黑瓦白屋。不過這些古蹟房子並非隨時開放，而是配合每年的特殊活動分別開放。

秋天群樹變色時，往往在此舉辦南北戰爭生活實境展。在園區主路旁支搭起一溜白色帳篷，有身著古裝的男男女女進出其間，活像電影場景。帳篷內有手挽藤籃的古裝老婦熱心講解戰爭背景，也有男士現場表演當年的打鐵製鈎術，更有一家人圍坐在餐桌旁，媽媽在泥坑起火，用鐵架鐵鍋烹煮胡蘿蔔、馬鈴薯和香腸等食物，重現了戰時晚餐情景。

會議廳（The Friend's Meeting House）裡面有老婦邊做著手工邊等候戰爭消息，上半身皆罩著一件毛線織的叉形胸衣（Bust Clothes），它形似等邊三角形，但兩個斜邊非常狹長並綴有細帶，先將其披在肩上於胸前交叉，然後由腰際往後收攏，再繞到前面以細帶固定，和早期台灣的嬰兒背帶有著異曲同工之妙。

門外草地上擺著一管一八六二年的機關槍（Gatling Gun）模型，有五個彈道可輪流發射，改進了一般步槍連續發射造成槍管過熱走火的缺點。

兩位聯軍站在野戰帳篷前講解野戰實況，另有伙夫示範野地炊食。美國國旗和聯軍軍旗在秋風中飄揚，雖不帶絲毫戰爭氣息卻激起了些許思古幽情。

往西的蕭氏民房（Thomas Shaw House）內，有一婦人扮作戰時寡婦講解喪葬習俗。她說女人死了丈夫須著黑衣，服喪兩年半，而男人喪妻只須守喪三個月便能另娶，可見中外都是同情鰥夫多些。至於寡婦只能佩帶黑耳環和黑胸飾此一習俗，我倒是頭一次聽見。

婦人的丈夫則在廚房內講解戰時槍支的操作方法，笨重的長槍上膛、裝子彈有好幾個繁瑣的步驟，看來要在漫天烽火中從容不迫地裝彈射殺敵人而又不誤傷自己，還真不是件容易的事。

這棟四平八穩的二層樓房有一個很奇怪的特點，推門而入即是陡直微彎的樓梯，每一階面均為狹長的三角形，最寬處亦窄如手掌而且沒有扶手，非有功夫不知如何上下？

展區北邊的草地上有一排綠頂白牆的建築物，其中有工具房、馬廄和穀倉，油漆斑剝，鐵鏽處處，想來應是原址原物。

西南角保留著一片楓林，內有一條單向泥巴步道，飄滿了各色落葉。群樹高瘦挺拔，彩葉在高處交覆成蔭，彷彿撐起了一座座五彩帳篷，篷與篷間篩下的縷縷金光，在小徑上錯綜複雜寫著秋字。步道雖短卻美如油畫，只惜如今太過靠近高速公路，幽而不靜。

整個西北角用樹籬及樹叢圈起自成一個天地。大片綠草地上有花架涼亭和花園及兩棟相似的二層樓綠頂白屋，門前各有一棵十分高大的楓樹，滿身火紅金黃讓人驚豔。其中一棟是暖房和馬車房，有涼亭的那棟則是西蒙斯夫婦的私人宅第，只有聖誕節時才對外開放。

由南邊的陽光室進入，首先入眼的是充滿櫻桃木壁飾的書房，兩壁書牆瀰漫著濃厚的書卷氣。

書房北邊是寬敞的起居室，牆角有一架古老的鋼琴，窗外有迴廊。西翼為大門玄關、客廳及主臥室，東翼則是餐廳和廚房。整棟房子都鋪有原木地板，並大量採用帶著維多利亞風格的櫻桃木家具，色彩、質地和線條皆十分典雅莊重。餐廳牆上有莊園原圖及雪景油畫，寧靜安詳的田園風光和現在的城市景觀大異其趣。

二樓有三間臥室及兩間廁所，正在整修之中，暫不對外開放。這棟房子即使以現代眼光來看，也算得上是很好的私宅，在一百多年前的農業社會自能當得起豪宅二字。

園東的單間學校建於一八六三年，使用至一九二二年止。裡面仍保留著原有的鐵架木桌椅和風琴，還有一本泛黃的《韋氏大字典》，設備遠較我當年念的國小為佳。

有著尖頂鐘樓的教堂於一八四八年建於別處，在一九七七年捐給利市後搬遷至此，遲至一九八四年才對外開放。鐘樓和西翼主日學教室均是在多年後增建的。現以一九〇二年加裝的彩繪玻璃和弧形木座椅聞名，並深受新人喜愛，曾有一百多場婚禮在此舉行。

教堂內布置有聖誕樹和聖誕燈飾，配上原有的彩繪玻璃，就是一張活生生的聖誕卡。弧形木座椅果然名不虛傳，每一排皆由整片木材製成，質地厚重，線條優美，歷百餘年而不變形。八扇彩繪玻璃圖案各異，依然光鮮不見歲月痕跡。半圓形的講台和古老的管風琴引人懷舊，利沃尼亞市市立合唱團的聖誕歌曲演唱，則將歡樂聖誕的氣氛推向高潮。

（二〇一五年一月四日發表於《世界周刊》No. 1607）

Frankenmuth——聖誕不夜城

不管你有沒有宗教信仰，無論大人小孩都喜歡過聖誕節，因為有可口的美酒佳餚、精美的聖誕禮物、動人的聖誕歌舞和美麗的聖誕燈飾，在在使人沉浸於歡樂祥和的氣氛之中。小孩子更恨不得天天都過聖誕節，想不到在密西根州中部（離底特律市區八十六哩）還真有這樣的一個地方。

Frankenmuth是由十五個德國宣教士於西元一八四五年建立的德國城，德文原意為紀念他們來自的勇敢種族Franconians。小城占地二點八平方哩，現有居民四千餘人，以富有德國傳統文化色彩的觀光業為主要營生。

由七十五號公路轉入八十三號公路不久即進入Frankenmuth城南，老遠便可看到一個紅色聖誕老人俯臥在「全年開放三百六十一天」的巨型看板上，就知道世界上最大的聖誕商品店（Bronner's Christmas Wonderland）到了。有六十六年歷史的紅瓦綠牆的木板平房並不起眼，可是當你一推開玻璃門即進入了聖誕奇幻異想世界。

迎面而來的是駕著雪車笑咪咪的聖誕老人歡迎你光臨；耶穌臥在馬槽的模擬場景點出「聖誕節」的來源。商店由南而北設有十五個專區陳列不同種類、主題的商品。舉凡聖誕樹、聖誕鐘、聖誕紅、聖誕燈飾、聖誕老人、聖誕擺設、聖誕長襪、玩偶、雪花、雪人、

〈Frankenmuth——聖誕不夜城〉聖誕商品店

卡片、天使、燭台、冬青、花圈、胡桃鉗、拐杖糖、耶穌誕生圖像等，只要你能和聖誕節聯想到的東西應有盡有。

大小高矮不等裝飾顏色各異的聖誕樹充斥每一個角落，懸掛的燈球、珠串、雪花、星星、彩燈、吊飾隨處可見，在一片晶晶亮亮中傳來陣陣聖誕歌聲恍如置身嘉年華會般華麗熱鬧。

眾多精緻的商品本身已讓人眼花撩亂，而二層樓高的空中櫥窗情境擺設更讓人目不暇給。其中有耶穌誕生、報佳音、聖誕老人的北極玩具工廠、聖誕老人送禮物、感恩節、胡桃鉗、南極企鵝等各種傳說故事的再現。

滿牆滿櫃的聖誕樹裝飾彩球，

晶瑩圓潤好像一道道彩色珍珠牆，並有專人當場應眾要求繪上不同的人稱、音符或祝福話語等。另外有成堆不同主題的聖誕樹懸掛物像帆船、球類、樂器、咖啡、茶、水果、糕點、冰淇淋等，每一個都小巧可愛但也都價值不菲，大約在美金五到十元之譜。各式各樣的玩偶、香袋、雪人、洋娃娃、紀念杯、馬克杯、啤酒杯、聖誕餐盤、聖誕老人、木屋模型、玩具熊、玩具標兵、玩具麋鹿等，很難不勾起你的童年幻夢，想要擁有一個歡樂聖誕。

為了紀念〈平安夜〉（Silent Night）這首膾炙人口的聖誕歌曲的誕生，商店業主Bronner家族於西元一九九二年建立了「平安夜紀念小教堂」，仿造西元一八一八年〈平安夜〉首次獻唱的小教堂（位於Oberndrof, Austria）。步道兩邊豎立著許多白色看板，上面用不同文字書寫著琴譜和歌詞。

八角形的小教堂有兩層樓高的白色底座，上覆一層黑色傘形屋瓦，再上是一個小小的白色拱門亭子，同樣覆有黑色傘形屋瓦，最頂端針狀物上是一顆閃耀生輝的金星。兩面相對牆上有拱形彩繪玻璃，正門入口有小小的三角形屋簷及兩根廊柱，整體造形簡單樸實但黑白對比分明，別有一種聖潔光輝。

裡面有小小聖壇及兩排計四張的手工木製靠背長椅，聖壇一邊牆上是作詞（牧師Joseph Mohr）作曲（Franz Xaver Gruber）者的肖像和原始歌譜，另一邊牆上是〈路加福音〉二章一到十九節有關耶穌誕生的經文，在〈平安夜〉的歌聲中讓人對小教堂的裡裡外外過目難忘。

〈Frankenmuth——聖誕不夜城〉鐘樓

回到八十三號公路續往北行很快進入Frankenmuth市中心。彎曲的Cass River橫跨南北向的主街（Main Street），河的南岸以River Place購物街為主要景點，有很大的免費停車場，我們即將車子停在此地開始步行觀光。

紅磚拼花路、紅瓦彩色粉牆、人字形尖屋頂、格子窗櫺、木條牆飾及窗台花卉顯現出濃厚的巴伐利亞建築風格。臨河有人工瀑布及觀光遊船碼頭，可乘著涼風坐船遊河，也可沿著河邊悠閒漫步，享受異國風情。

沿河走過草坡一圈色彩亮麗的巴伐利亞古堡式建築物臨

河而立，樓前、窗櫺和陽台植滿鮮豔的夏季花卉，尖頂雙塔拱峙的Bavarian Inn Lodge近在眼前。這家頗負盛名的旅館有三百六十個房間、五座市內游泳池、二間禮品店和餐廳及娛樂室，非常適合全家旅遊住宿。

旅館北鄰Heritage Park，裡面有好幾個球場和帳篷式展示館，其中最有名的是藍色的Kern Community Pavilion，夏季經常在此舉行節慶活動或音樂會，有三千五百個音樂座位。

Cass River在此處形成一個倒U字和對岸的紀念公園（Memorial Park）和玫瑰花園隔河相望，可惜無橋可通，我們只好原路走回然後步上建於一九七九年的傳統有蓋木橋（Covered Bridge）。橋長二百三十九呎，以X形木板格子牆間隔出中間車道和兩旁人行步道，橋身兩側則採取帶有樑柱的開放式結構。透過格子看兩岸風光別有一番風情，因此許多新人喜歡在橋上拍照。回程時適逢遊船經過兼有新人在此取景，一片喜氣洋洋。

穿過有蓋木橋進入最熱鬧的市中心，此時耳際傳來陣陣炮響，想起River Place購物街四月至十月每個週末都有節慶活動，便穿過另一座新的水泥橋循聲而去。一群穿著古裝的人正在烈日草坡上表演攻占戲碼，還沒來得及搞清楚是哪國和哪國開戰和是哪一年代的事件，表演即在一陣轟隆炮聲中結束了。

仿古小街上飄著甜膩的fudge味，我們不好此味卻難擋冰淇淋的誘惑，便一人一杯坐在路口矮牆上吃將起來。隨後至小小的露天劇場聽蘇格蘭老歌演唱，一堆穿著古裝的人或坐或站在台上，二男一女手持古琴又彈又唱，熱情不因台下的冷清而絲毫稍減。

再次回到熱鬧的市中心，兩家以德國炸雞出名的餐廳Zehnder's of Frankenmuth和

Bavarian Inn Restaurant有如兩大門神般隔街對立著，看起來競爭激烈，其實是兩兄弟開的。前者為較摩登的白色建築，有格子落地窗、拱形迴廊和陽台，臨街有草坪花圃，並以花樹修剪出一隻招牌雞招徠顧客。後者為紅瓦白牆褐木的傳統建築，彩繪窗櫺、門扇和屋簷，窗前窗台植滿紫紅花卉，最匠心獨運的是它的鐘樓，每逢整點鐘數，小小的旋轉舞台會上演約十分鐘的木偶戲，孩子們小時最喜歡在此翹首仰望，雖然空巢已久我還是喜歡站在下面捕捉童趣。

唯一的主街兩邊商店林立，以餐廳、紀念品店、fudge糖果店為主，每一家店面都各有特色，櫥窗擺設亦精緻可愛。街道非常整潔，古典式街燈上懸掛著兩籃怒放的鮮花。路邊有許多小小花園和家家戶戶窗台上的盆花爭妍鬥麗，而不時的的走過的馬車更帶來思古幽情。

Bavarian Inn Restaurant和緊鄰的古堡商店（Castle Shops）無論門窗、洋蔥頭尖塔、牆飾、城頭堡都非常有看頭，門首的兩個高大木偶標兵亦頗引人注目。

旅遊中心內無論花園、噴水池、城頭堡、尖頂涼亭等均色彩豔麗充滿歐洲風味，是不容錯過的一個景點。

兩層樓高的健康食品店（Healthy Habitz 4 Life），整面牆上爬滿了長春藤，人字屋簷上豎著一個尖錐裝飾物，屋簷下是木欄杆圍繞的小巧陽台，沿邊裝飾著紫紅盆花在一片綠中格外的豔光四射。

尖頂雙塔的Rummel Platz，有如一座童話古堡，拱形門窗和迴廊窗飾均值得好好賞玩。

一八六二年建造的Frankenmuth Brewery曾是密西根州最大的釀酒場，現已改為餐廳並有免費導遊，解說酒場歷史和製酒裝瓶過程。退伍軍人紀念碑在它斜對角，花園中矗立的四柱圍拱的地球儀紀念碑，簡潔明暢卻招人眼目。

由此東行不遠便是與Heritage Park相對的紀念公園，廣大的草地上有網球場、高爾夫球場、滑雪小丘、露天音樂台、玫瑰花園及多功能性的活動場地。山字尖塔形的音樂台並不大，但草地上可容數百人觀賞。玫瑰花園裡玫瑰不是很多，搶眼的是半圓形的白色花架，也是新人拍婚紗照的好地點，當我由坡底往上爬時，穿著紅色禮服的新娘團正好落在藍天白雲下的半圓形內，意外形成一幅幸福美滿的圖畫。

經過整日步行旅遊飢腸轆轆的我們決定去吃「吃到飽」的德國炸雞大餐。那兩家兄弟餐廳我們都吃過幾次，無論價格、菜色和服務皆無分軒輊，便信步走入了白色那家，我們沒有預定座位等了二十餘分鐘被帶進古老的小包廂，比人高的高背雕花木椅將前後完全隔開。座位不是很寬一個人坐很舒服，要是並排坐兩個人便太擠了。麵包、果醬、起士、鵝肝醬、雞湯麵條和五花八門的小菜一下子塞滿了整個桌面，吃不了多少只好撤去否則隨炸雞而來的洋芋泥、雞汁、寬麵條和胡蘿蔔青豆均無處可放。老實說除了麵包果醬和甜點（香草或巧克力冰淇淋）外其餘食物都不是很可口，尤其炸雞淡而無味遠遠不及中式炸雞，不過價格還算公道（一客美金十九點五元），食物花樣份量多且有穿著德國古裝的女侍和服務人員穿梭其間，可享受德國家庭聚餐的歡樂氣氛，而橋上巧遇的那對新人正好在隔壁大廳擺喜宴，不時歡聲雷動也讓我們沾染了喜氣。此外地下室有德國糕點雜貨店，德

〈Frankenmuth——聖誕不夜城〉聖誕不夜城夜景

國糕點精緻美觀又不似美式甜點甜膩過頭，值得一試。

步出餐廳已是華燈初上，廊橋倒影河中，上下兩排燈火相互輝映煞是好看。回程路過聖誕商品店被一片晶瑩璀璨的聖誕裝飾吸引急忙停車拍照，想不到白天平淡無奇的停車場，現在亮起了各式各樣的聖誕裝飾燈搖身一變成了五彩繽紛的童話世界。天使吹號報佳音、東方博士來朝、耶穌誕生馬槽等聖經故事在夜空下一一呈現。聖誕老人更是忙碌不堪，有當街而立的；有攀牆爬戶的；有駕雪車而行的；有忙碌工作的不一而足。雪花、雪人、星星、聖誕禮物、聖誕樹、鈴鐺、拐杖糖、馬車等俱都誇張地閃耀著。

夜空下的白色小教堂和隔街的白色十字架相互輝映，在〈平安夜〉的歌聲中愈發顯得聖潔。此時一輪滿月由教堂和聖誕樹中間的屋簷上緩緩升起，心中不禁充滿了感動與對和平的嚮往，的確「從日出之地、到日落之處、耶和華的名是應當讚美的」。因為「他名稱為奇妙、策士、全能的神、永在的父、和平的君」。

（二○一一年十二月十一發表於《世界日報》走馬花旗）

雪地驚魂

週日早上下樓，發現一向勤快的先生居然躺在懶人椅上閉目養神，原來他一時心血來潮捨鏟雪機不用而用手鏟雪，不料車道盡頭雪下藏有薄冰，一腳下去還來不及有所反應，人已臉朝下仆倒在地，雖是左側身子先著地，卻牽動了右肩舊傷，一時右手無法行動自如，但他和上回一樣認為急診室人多效率差堅持不就醫，自信只要多休息慢慢活動右手便可無事。

大約是七八年前，他開車由外州出差回來，途經一處收費站，他反手伸向後座提取公事包拿錢付費，但公事包出乎意料地沉重，大力拉提下拉傷了右肩，沒有及時就醫，於是夜夜痛得無法入眠而且無法抬舉，後來雖看過一次家庭醫生，並未做進一步診斷，只給了他一條寬橡皮帶，讓他每天自行做拉扯的復健動作，他心下存疑也沒有認真做，就這樣白白地受苦。

〈雪地驚魂〉那場大雪

幾個月後，我們教會邀請加州證道福音神學院院長劉富理牧師前來主持三天的培靈會，由先生負責籌備和接待的工作，誰知在培靈會前幾天母親驟然回歸天家，瞻仰遺容的時間剛好和首夜的培靈會衝突，思量再三我勸他以主的事工為大，不必守在母親靈前。

當晚他前往教會事奉，會後以全人醫治為專長的劉牧師呼召有病痛的人上台，他可以為他們禱告求主醫治，大約有一二十人擠滿了講台，先生也是其中之一，禱告完畢既未看到異象亦未感到異樣。不料清晨四時許先生激動地搖醒了我，說他的手不但不痛了而且能夠行動自如，要我趕快下床和他一起做謝恩禱告。

睡眼惺忪的我雖然隨他做了禱告，但心中卻充滿了懷疑，像瞎眼得見、啞巴開口和癱子行走這類神蹟奇事聖經多有記載，不過都是主耶穌在世時親手所為，在科學醫藥發達的二十一世紀如何還能有這樣的神蹟奇事？然而無可否認的是自那夜以後他的手真的不再疼痛，他堅信主已親手醫治了他，因為剪草、鏟雪和刷油漆都沒有問題，慢慢也就忘了右肩曾經受傷。

週一他如常於清晨出門上班。他上班必經的公路是條六線道的主要交通幹道，流量大車速快，平日上下班高峰時刻已是困難重重，在未及清雪灑鹽的冬日更是容易出意外。偏偏氣象預報又是個風雪連天的日子，想到他的右手不便操縱方向盤，著實擔心他的安危，遂打電話勸他去看家庭醫生，確定一下右肩無事也好安心。他說雖然右手不是很靈活不過疼痛已經減輕許多，而且他是用左手把方向盤慢速行駛在最右邊的車道上，沒有什麼大礙，不需要看醫生。

豈料人算不如天算，回家時剛上路不久，左側和他平行的一輛四輪帶動的越野車，在毫無預警下突然搶進他的車道，天雪路滑煞車不易，為免撞上來車，他只好猛打方向盤往右邊路肩閃去，由於用力過猛車子開始打滑，萬幸路肩積雪尚厚不致掉入路溝之中，但車子也因此反彈回到車道上，在車流中Z字滑行了一小段，然後開始打轉，轉了三四圈之後才在最右邊的車道上停住。

驚魂未定的他這才看清楚自己正面對著一輛大貨櫃車，而彼此距離不到二十呎，多虧司機機警及時煞住了車並攔阻了後面連綿不斷的車隊，否則必定釀成連環大車禍，後果不堪設想。

待他回過神來重新發動車子，那輛Century老車居然難以置信地完好如初，只是他的右手疼痛難當，忍痛用左手掌控方向盤轉進旁邊小路慢慢開回家。

到家後已痛到臉色發白，右手無法抬舉。匆匆趕到急診室，好在人不多不須排隊，但辦理手續填表格仍然頗費時間，進入病房後當值護士見狀，答應送來止痛藥，卻一直等到回家前才送到。

值班醫生看了先是認為可能骨折，等照了X光後方才確定骨頭無損，但肩頭的旋轉肌腱（Rotator Cuff）可能拉扯受傷，要他次日去看骨科醫生並約時間照MRI，開了止痛藥方，又讓他將右手吊起和冰敷。

推薦的骨科醫生非常忙碌排不上時間，只好見了他的合夥人。此時他的右上臂全部一片烏黑青紫，好像受了極刑十分恐怕。醫生問了幾個問題並要他做了幾個動作後，認為旋轉肌腱其中的一條可能斷了，要等ＭＲＩ結果出來後才能決定要不要開刀，目前不須吊手臂亦無須冰敷，不過可以開始做復健。

一週後照完ＭＲＩ，骨科醫生確定那條肌腱並沒有斷，而是往後挪了一吋，建議做關節鏡手術（Arthroscopy），只要不是舊傷的話便能將它挪回原處，不過不動手術無從斷定是新傷還是舊傷，要先生儘快安排時間做手術，手術後大約休養十天便可上班，然後做四到六週的復健。對他這似是而非的說法我們聽得一頭霧水，但因自身懂得不多只好尊重醫生決定準備兩週後動手術。

據說關節鏡手術是目前最新快速和安全的治療肩傷的方法，無須像傳統手術般開上一刀，只要打上三個小洞，一個方便輸液，一個供伸入關節鏡將影像投射到電視螢幕，另一個供醫生使用手術儀器，在傷處即時施以治療。傷口小復原期短是其最大優點，但一樣有發炎、血管或神經受損和儀器故障等風險。

在等待動手術期間，先生避免舉重物和幹粗活，只每日慢慢增加活動量，手已能高舉過頭，穿衣、洗澡、洗頭均已無礙，處方止痛藥亦已停止服用，於是我們兩人都懷疑有沒有必要做手術。

好友趙姊妹是位退休醫生，骨科雖非她的專業亦對醫生動手術的決定有所懷疑，認為也許只要通過按摩復健便能收到療效，不一定非要動手術不可，並主動打電話詢問她國內的骨科醫生朋友。

我也忽然想起搬往他州的袁姊妹的女兒是骨科實習醫生，何不聽聽她的意見？同時間二姊夫亦打電話向先生推薦教會的吳姊妹，說她在國內時曾為骨科醫生，定能幫我們解答疑問。

非常奇妙三方的回答不謀而合，一致認為沒有動手術的必要，因為旋轉肌腱縱橫交錯十分複雜，如果是新傷會經由按摩復健自己慢慢癒合，若是舊傷恐怕筋肉早已混生一處很難分辨，此時動手術很可能造成意外傷害。袁姊妹的女兒更強調除非痛到手不能動一般都避免動手術，只要先生能夠自己動手洗頭髮便表示沒有大礙。

感謝神藉著姊妹們的話語安慰我們亦去除了我們心中的疑惑恐懼。於是我們決定不動手術只做復健，未料復健員得知先生不動手術後拒絕替他復健，一再強調肩傷不開刀光靠復健不能痊癒，想來是她的生意全靠外科醫生推薦，不敢得罪醫生所致。

為了安全起見，先生經由二姊夫推薦另外找了一位骨科醫生聽取第二意見。妙的是這位醫生一家父、子、女五人均是同一家醫院的骨科醫生，這一位排行老三，他一進門便說他是外科醫生最喜歡開刀了，可惜由先生的檢查報告看來他無須開刀。接著要他將右手上下前後左右轉動，然後表示雖然他的右肩曾經受傷已非正常的肩膀，但其他的旋轉肌腱早已自動替補發揮功能，既然一切運作如常，自然不必開刀亦不須復健，只要照常活動即可。

對這天淵之別的診斷結果我們自是喜出望外更心存感恩，若非主的看顧保守，如何能在那樣危險的狀況下避免連環車禍的發生並使人車兩皆無損呢？感謝主，「你救我的命，免了死亡；救我的眼，免了流淚；救我的腳，免了跌倒」。

（二〇一三年三月一日寫於密西根州諾維市）

〈密州聖誕燈秀〉入口

密州聖誕燈秀

密西根州韋恩郡漢斯林蔭大道上的聖誕燈秀，全長四哩，由超過百萬隻的燈泡妝點出近五十組的大型動感燈飾，號稱是美國中西部最大和最長的聖誕燈秀。今年適逢二十週年紀念，我們湊興參加了由郡長主持的開燈式（Lightfest Grand Opening）。

十一月十四日那天晚上當我們抵達梅里曼空地（Merriman Hollow Area）時，只見車隊早已排成長龍，空地中間搭了一座臨時舞台正有學生獻唱，另一帆布帳篷內則有茶點供應。數曲歌畢，小朋友們紛紛登上舞台等候郡長和聖誕老人一起按鈕開燈。按鈕同時響起一聲巨響，第一隻煙火燃亮了夜空，入口的燭台拱門燈飾亦應聲開始大放光明，二〇一三的聖誕燈秀於焉正式登場。

便於在不大的空地上觀看，煙火多為低空施放，當煙火在葉落枝空的樹頂綻放時，恰好造成火樹銀花的視覺效果，雖然煙火施放時間不長，花樣新奇不足但是歡樂熱鬧有餘，每個人都帶著興奮的心情準備入場觀賞一年一度的聖誕燈秀。

駛進入口拱門之後，迎面的陸橋上閃爍著橫幅紅綠聖誕花飾彩帶，另有聖誕樹、聖誕老人和美國地圖分立兩旁歡迎你入內一探究竟。

經過陸橋，兩邊草地上散布著木馬、積木、小鼓、泰迪熊和洋娃娃等各種幼兒玩具，另有雪花、雪橇和麋鹿散布其間，充滿童趣，背後五顏六色的雪花拱門通道更將你引向幻想的深處。

穿越白色方洞時光隧道（Time Tunnel）後，來到沒有聖誕節時的大地，從恐龍、犀牛和舊約中的金燈台，到耶穌誕生東方博士來朝的畫面一一呈現眼前。接著出現了南極企鵝、愛斯基摩人的冰屋和慈祥的聖誕老人臉譜，可見聖誕節是普天同慶的節日。

由聖誕老人自然想起了雪人、聖誕樹、薑餅屋、拐杖糖、木偶兵、遊樂場及各式各樣的聖誕禮物。然後有了揮桿的高爾夫人，當然也少不了現代的遊船、火車和汽車。

這些燈飾造形非常可愛又有創意，而且除了明暗還能如動畫般閃動變換圖案，於是忍不住下車拍照卻意外招來了警車，警告我們不能隨便停車在路上行走，嚇得我們趕緊上車往前開，因此錯過了幾個主題區。

公路中間一段設有路燈，其上綴滿球狀的紅白藍雪花，頗有張燈結綵的意味。在拐杖棒棒糖的帶領下進入另一聖誕童話世界，充斥著各色各樣的糖果屋。巨大的聖誕紅燭台燈飾異常醒目，跳躍的燭光透著一片溫馨。由層層光環形成的聖誕樹，閃爍著不同的色彩圖案，既有現代感又不失傳統聖誕之風。聖誕老人駕著雪橇趕著送禮物到人間的燈飾，可說是聖誕節的經典畫面，麋鹿揚起的漫天雪花，就像是無數等待實現的童稚心願。

兩位天使分立於告示牌邊，祝福每一位過客都能擁有歡樂假期。飛翔的白鴿傳遞出了祈望地球和平（Peace on Earth）的人類共同心願。隨後的白色拱門通道似乎寓意著，唯有潔淨心靈才能達成地球和平的心願。跳躍的五彩音符拱門好像奏起了聖詩〈平安夜〉，訴說著天使將大喜的信息報給在曠野中的牧羊人的古老故事。

終點是一棵巨大的聖誕燈樹，圓錐體的樹身布滿了密密麻麻的彩色燈泡，樹尖飾以一顆超大的金星。不僅金星一明一暗，樹身亦以帶狀呈現千變萬化的光色組合，或明或暗或通體璀璨在在引人注目，歡樂聖誕的氣氛盡現於此，亦為熱鬧滾滾的聖誕燈秀畫下了完美的句點。

（二〇一三年十二月二二日發表於《世界周刊》No. 1553）

我的聖經故事

祖母在陳媽媽向她傳教的第二天便受了洗，然後在每個禮拜天帶著我們三個小蘿蔔頭上教堂。我不懂為什麼要上教堂，也不喜歡坐在那聽主日學老師說些枯燥無味的聖經故事，但為了那些花花綠綠的聖誕卡只好跟著去。

記得那時我們三兄妹都沒有聖經只有祖母有一本大字本聖經，黑皮燙金字，她抱在胸前顯得高貴又聖潔。她青年守寡，一個大字不識，不知為何竟對這本聖經有著極大的興趣，每晚飯後都要在燈下翻閱。上小學的我其實斗大的字認不得一籮筐，卻要在祖母面前逞能搶著教她認字，由於生字太多又不懂文義，因而對聖經內容沒有留下絲毫印象。

沒多久祖母病逝，那本聖經做了她的陪葬物，從此再不用去沒趣的教堂自然也看不到聖經，更以為我這輩子都不會和聖經打交道，沒想到它總在我人生低潮時不期然地出現。

拿到碩士學位後在綠卡和工作經驗的相互牴觸下，我的求職之路走得備極艱辛。生了兩個孩子之後又逢失業，只好不甘心地在家帶孩子。那時先生工作繁忙終日不見人影，我一個人忙裡忙外心情苦悶煩躁，臉色必然不好看。

每當我帶著兒女在門口兜風時，都會看到一位住在巷尾的矮小美國老太太拄著拐杖蹣跚而來，她面容慈祥似祖母但語音含糊，遇上我的爛英文往往是雞同鴨講，不過看得出來她很喜歡孩子尤其是我那胖嘟嘟的女兒，還親手織了一件粉紅色的小外套給她。

一天她突然按鈴送來了一本英文聖經並說了一番話，對這突如其來的禮物我瞠目結舌不知何以應對。對聖經我從沒興趣更何況是英文的，隨手就擱在了書架高層。未幾聽到老太太過世的消息不免心下黯然，這本聖經便留下當作紀念品，只是我從來沒有翻開過它。

數年後二姊和我們兩家意外地搬到了同一社區，父母遂由台來美探望子女，未料父親的腎臟病在旅途中急速惡化，迫不得已留下來和我們同住並開始洗腎。

其時二姊早已意外地碰到了睽違二十餘年的陳媽媽一家人，重新上教堂，更在多年後成了陳媽媽的媳婦，此為後話暫且不提。總之二姊不但說動了父母同去教堂還讓他們很快地受了洗。教會送了他們一人一本和合本聖經，母親不識字自然不會去讀聖經，但不知是否有樣學樣，她早早聲明這本聖經將與她同葬。讓我百思不得其解的是一生篤信儒家和科學的父親，居然會戴起老花眼鏡讀起聖經來了。

由於中年危機作祟，我冒然辭去電腦工作開了一家連鎖店，然而隔行如隔山就此陷入了泥沼無法自拔。所有生活開支及健保均仰仗先生的收入和福利，豈料他無緣無故地在一夜之間丟了工作，那時經濟大不景氣，想要找份好工作簡直難於登天，眼見著就有斷炊之虞，幸虧抱病的二姊夫及時伸出援手，拜託他的舊同事之弟給了先生一份工作。

我們的燃眉之急剛解，二姊夫卻被確診為肝癌末期，只有三個月的生命。他歷來從事科學研究工作，博學好問，腦筋轉得飛快，我永遠跟不上他的思維和邏輯，所以我們之間往往無話可說。現在他病了而且是要命的病，我感激他的拔刀相助亦為他的病憂心如焚，但見了他不知從何安慰，他卻不時勸我要讀聖經，不要像一隻鑽出岩穴的螞蟻，只因自己沒看到上帝便說上帝不存在，要知道這世界真的有一位創造者。

二姊怕父母承受不了白髮人送黑髮人的悲傷，不讓我告訴他們實情。眼睜睜看著二姊夫一天比一天消瘦，出入醫院的次數愈來愈頻繁，我憋得快喘不過氣來，唯一能做的便是在他住院期間每早在開店之前去看望他。

探望病人一般都是送些糕點、水果或鮮花，然而癌末的他既無食慾又對某些花香過敏，我實在不知能為他做些什麼，情急之下居然脫口而出連我自己都無法相信的話：「我替你禱告吧！」因為我這輩子從來沒有禱告過，更不知何謂禱告和如何禱告。

就在我開口替他禱告不久，有一天在開往小店途中，心裡莫名其妙地冒出一句話來：「〈約翰福音〉十一章×節。」儘管我對聖經沒有任何印象卻沒來由地相信此話和聖經有關，晚上回家後迫不及待地找出了父親的聖經。我不記得到底是哪一節經文，只記得看後根本不知所云，於是我讀了第十一章全文，發現這是一個講述拉撒路死後四天復活的故事，於是非常興奮地告訴二姊這是一個好兆頭，二姊夫肯定能死裡逃生。

信主多年後我才為自己的斷章取義感到汗顏。拉撒路的故事其實是告訴我們他雖然死後復活過但最終還是免不了一死，肉體的死並不可怕，唯有靈魂的滅亡才是萬劫不復的。

後來我又得了好幾節經文，可惜我不懂聖經不解其意也沒有想到要把它們記下來，現在無論如何也追憶不得。不過我清楚地記得最後一節經文是：「凡是我的都是你的、你的也是我的，並且我因他們得了榮耀。」（約十七：十）

這節經文我反覆看了多次都是一頭霧水，好奇之下如實告訴了二姊夫。那天是週四，晚上有教友去他們家禱告查經，二姊夫遂請長老為他講解〈約翰福音〉十七章。這讓長老十分為難，因為此章的標題即為「分離的禱告」，也是耶穌上十字架前為門徒做的最後禱告，難免會引起病人的傷感。不過它也暗示了二姊夫的靈魂已經得救，可以榮耀神並與主合而為一了。

到了下週一晚上他的病情急轉直下，連夜叫來救護車送往醫院急救，二姊拜託我照顧孩子，自己則帶著一本聖經隨車前往。次晨我帶著兩家四個孩子前往送終，他口已不能言正靠打嗎啡止痛，見了我眼角流下一滴眼淚，並比了一個告別手勢，拖到黃昏才安息主懷，得年四十七歲。

在他病重期間我即相信天地間有一位創造者，不過目睹他的英年早逝，我的震驚遠大於悲傷，死亡怎可無視於人的長幼尊卑和善惡輕易地就臨到任何一個人？人死是否真如燈滅可以一了百了？暮年的父親不再說「不知生焉知死」，在死亡的陰影下他應是思考著聖人無解的人生題目，才會轉向聖經尋求解答。

其實所羅門王早在二千餘年前便說過萬事均有定時，勸勉人不要行義過分也不要自恃聰明，人生在世不管是義人也好歹人也好所遭遇的都是一樣，唯有死後去處不同，或是靈往上升，或是魂下入地。

做夢也沒想到我會在這種生離死別的情況下打開了被我漠視經年的聖經。這本書以耶穌的誕生為分水嶺分成舊約和新約兩部分，創作年代橫跨千餘年，作者人數多達四十餘人，其中有達官貴人亦有販夫走卒，但內容結構卻前後呼應渾然天成，是全世界銷量最大、流傳最廣的書。

在這本書裡我認識了以色列人的歷史，瞭解了耶穌在世時的光景，聽到了先知們的泣血吶喊，看到了詩人們的讚美篇章，領受了智者的箴言和訓誨。書中的一字一句都成了我腳前的燈和路上的光，「使我躺臥在青草地上、領我在可安歇的水邊」。

（二〇一五年七月六日發表於北美作家協會網站七月號）

白色聖誕

小時候在台灣上教堂，不是為了信仰，而純是為了那花花綠綠的聖誕卡，尤其是上面灑有金晶亮粉的那種，大夥都搶著要。卡片上的美麗圖案，更讓我對遙不可及的西方世界充滿無限幻想。

白雪覆徑的鄉村，有三五透著燭光的木屋，門上掛著聖誕花環，簷下樹上懸滿五彩繽紛的聖誕燈飾。門內壁爐爐火熊熊，上面吊著大紅的聖誕長襪，爐旁美輪美奐的聖誕樹下滿是包裝精美的聖誕禮物，餐桌上有精緻的燭台、磁器和佳餚美酒。

遠處小教堂和雪地一色潔白，古色古香的鐘樓響起悠揚的鐘聲。階前有聖母、聖嬰在馬槽接受東方博士來朝的模型，傳遞著古老的聖經故事。教堂內的燭光與聖誕紅交互輝映，教堂外報佳音的歌聲和來往雪橇上的叮噹聲互相唱和。

天際雪花紛飛，眾星閃亮生輝，聖誕老人駕著麋鹿拖拉的雪橇滿載禮物，正風塵僕僕地趕往天涯海角為孩子們發送聖誕禮物。

長大來美後，幾乎每年都會在電視上看到經典的歌舞老片《白色聖誕》，由平克・勞斯貝主唱的同名主題曲在聖誕節時更是唱遍大街小巷，歌詞所述正是我童年時所幻想的聖誕情景，然而現實和幻想卻存在著不可跨越的距離。

白色聖誕差不多年年可期，在陽光照耀下粒粒晶粒反射出五顏六色，這才明白了何以卡片上要灑上亮粉。壁爐卻因煙味嗆人，試過一兩次後再也不敢問津。人工培植的聖誕樹雖有清香但散落的松針很難清理，而且容易引起火災，至於搬運和丟棄更是困難。原以為塑膠聖誕樹可以一勞永逸，沒想到年年安裝和拆卸打包成了重擔，由地下室搬上搬下更是不勝負荷。

搬進新家的第一個聖誕，特別偷偷為兒女另外選購了幾樣聖誕禮物放在壁爐下，希望在聖誕節那天早上給他們一個驚喜。當我們偷偷摸摸躲在一邊觀望，兒子石破天驚的一句「這紙條不是聖誕老人寫的，這是爹地的字。這也不是我要的玩具，我要的是……」將所有有關聖誕老人的美麗傳說澈底粉碎。

因病滯留美國的父母，有家歸不得，思鄉之情無以排遣，轉而盼望著一年一度的聖誕親人大團聚。他們會和孫輩一起扳著手指頭數算還有幾天才是聖誕節，孫輩盼的是學校放寒假和聖誕禮物，他們盼的則是哥哥一家的到來。病中的父親雖然住在女兒家中，卻不諱言人老了還是喜歡兒子多些。

一到十二月母親便排好了日程表開始打掃房間、清洗床單毛巾、大肆採購和烹煮燒烤，期間也不忘提醒先生布置聖誕樹和懸掛室外聖誕燈飾。那時的紅綠聖誕燈泡多由台灣進口，除了一明一暗外沒有什麼花稍，長長一串燈泡經常有好些不亮須不時更換。聖誕飾物多是我趁大減價時七拼八湊買回來的，就像劉姥姥沒見過世面般死活戴了一頭，自然和卡片上的聖誕樹有著天淵之別，直到多年以後我才知道聖誕樹和人一樣是要靠衣裝打扮

〈白色聖誕〉德國城夜景

的，不單需要時間金錢，更需要美感和創意。

在寒風中攀梯懸掛室外燈飾亦非易事，電線既長又不聽指揮，往往歪歪扭扭自成一格，只能說是聊勝於無罷了！但有些老美鄰居不像我們這樣草草了事，他們是當成一件大事認真來做的，既有圖案設計又有故事看頭。其中兩家有如競賽般，每年大肆鋪張將整棟房子打扮得燈火輝煌，許多人特別開車來看，甚至引來地方電視台拍照報導。但歡樂之後在風雪交加的一月，拆除聖誕燈飾絕對是苦差一件。

不過這些都是太平盛世時的事，幾次能源危機之後，聖誕燈飾的明暗完全取決於失業率的高低。汽車公司更是喜歡在節日之前裁員以減輕開支，從此聖誕夜不再是平安夜，更有甚者先生在某年聖誕假期之後莫名其妙地被解聘了，全家生活頓時陷入困境，往後每屆聖誕節總是心頭忐忑不安，不知會不會又有什麼倒楣事發生。等到汽車公司破產關門之後，聖誕燈火空前黯淡自不待言，所幸汽車公司在政府伸出援手後起死回生，於是人們又有心情餘錢張燈結綵。

〈白色聖誕〉家人團聚德國炸雞店

雖然母親喜歡看聖誕燈飾，但在生活煎熬之下，除了路過，我沒有心思特別帶她趕赴各處觀賞，更不知何處有聖誕燈秀可看。直到近年來為了尋找寫作題材，這才發現常於夏天造訪的德國城（Frankenmuth）是有名的聖誕不夜城，一年三百六十天聖誕燈火通明，而我卻一次也沒有帶母親看過。

父親只和我們共度了七個聖誕便安息主懷了，留下母親和老年癡呆症掙扎了十年才歸回天家，兄妹三家人共度聖誕的傳統亦隨之告終。沒想到下一代中雖有結婚生子的，卻都認定共度聖誕是家族傳統應想辦法維持，於是在前年聖誕節趁二姊搬家到加州前，再度全家大團圓。

這回我們冒著風雪前往德國城共進聖誕大餐，三家三代十九口人占據了窗邊一長排桌椅。頭一次在聖誕節時光臨這家相熟的德國餐廳，竟有煥然一新的感覺。窗櫺、門框、壁燈、壁爐、餐檯似乎眼所能及的地方皆飾以彩帶、燈飾，古典吊燈下的聖誕樹華麗璀璨，觥籌交錯中瞥見穿著德國古裝的侍者穿梭其間，幾疑身在聖誕卡中。

步出餐廳，雪花依然紛紛揚揚，整個德國小城在聖誕街飾下煥發著夢幻光彩。遠處黑頂白牆的「平安夜紀念教堂」在雪夜裡一樣黑白分明，〈平安夜〉不朽的旋律正以各種語言不停地播放著。在一片雪白之中恍悟卡片上的美麗圖案是可以模仿複製的，所不能的只是那寧靜和平的意境，也就是我心頭那不能言說的幸福感。

（二〇一三年十二月二十五日發表於《世界日報》副刊）

郵差來按鈴

二十多年前搬進這個新社區時，已不時興在自家門前隨意設置信箱，而是由住戶委員會決定信箱的質材、顏色、式樣和地點，兩兩相對的四戶人家合成一個單元，不僅美化了環境亦方便郵差送信。

每年聖誕節時我會將一份聖誕禮物放在信箱內送給郵差，郵差亦回贈謝卡，但我只知她的名字叫貝蒂，卻從來沒有和她打過照面。直到這幾年賦閒在家，這才得識她的廬山真面目，她是個身材樣貌普通的白人婦女，飽經風霜的臉上看不出年齡，但肯定不年輕了。除了冬天路況不佳時，她大多在早上十一時左右來送信。

每當她來按鈴時我的心情都特別愉快，因為準有包裹或掛號信。每次她都會順便將我的其他信件和中文報紙一併捎過來，並寒暄幾句。讓我意外的是她居然還記得我的父母和兒女，關心他們的近況如何，當她得知家父母已故去多年時臉上掠過一絲傷感。

去年聖誕節時兒子剛好在家上班，我記性不好怕忘了遂特別囑咐兒子，若是郵差來按鈴時千萬記得將那份信箱塞不下的聖誕禮物拿給她。

還真巧那一天郵差來按鈴時是兒子開的門，他早已認不出貝蒂其人只是照我交代的將禮物交給了她。聽到他們的談話聲我急忙從廚房中跑出來想和她說聲聖誕快樂，一見之下發現不是貝蒂本人，而是一位素不相識的白人女郵差，她大概看出了我的尷尬急忙撇清說她會將禮物轉交給貝蒂。兩天後果真收到了貝蒂的謝卡，我也就放下心來，更欣慰美國郵差的誠信度足可媲美台灣的郵差。

新年過後二姊告訴我和往常一樣寄了一箱帶殼桂圓乾給我，因此一聽門鈴響我便急忙前去開門，結果是一位從未見過的年輕黑人男郵差，他十分和善地告訴我這是一個欠資包裹須補繳十七點九元的郵資。

包裹是二姊慣寄的小號快遞紙箱，上面也有她親筆寫的姓名和住址，包裹應該假不了，然而破天荒頭一遭收到欠資包裹，心中難免有些起疑。因為不久前在鄰近城市發生過幾起搶案，有人利用小孩子前去按鈴，搶匪便趁屋主在毫無戒心下開門時強行而入，然後打劫一空揚長而去。電視新聞報導記憶猶新，愈發決定不下是否要轉身進屋拿錢。

郵差見我遲疑不決便說我也可以憑單到郵局去領，隨即踩著盈吋積雪將包裹送回郵車另寫了一張通知單給我。

經與二姊電話聯絡確定郵資已付，次日我便去郵局查問，但因我無法證明是加州郵局的失誤只好依數補繳郵資，櫃台黑人小姐將包裹遞給我後，嘖嘖稱奇包裹由加州寄至底特律郊區須經過多個關卡，欠資包裹理應早被退回給寄件人了，怎麼會如此順利地送達收件人手中？

回家後我仔細查看了包裹，其上十字交叉貼滿了快遞郵件（Priority Mail）的紅色膠帶，但右上角指定的郵資標籤處則一片空白，這很可能只是櫃台小姐的一時疏忽，卻險些害我以小人之心度君子之腹，誤會了那位黑人男郵差。

從這個郵差來按鈴的小插曲中，我悟出凡事要小心但切莫先入為主。無論工業如何標準化和自動化還是少不了人的參與，難免會有人為疏忽。

（二〇一五年三月十二日發表於《中華日報》副刊）

打糍粑過年

年關將近，陳會長要我寫篇有關年節的應景文章，這才驚覺自從空巢以後再也沒有過過中國年。望著窗外的皚皚白雪出神良久，就是不知從何下筆。忽見牆角花盆上覆著厚厚的一層雪，圓潤粉白神似小時候吃過的糍粑，驀地想起全家打糍粑過年的童年往事。

我們家過年時不像一般台灣人家做年糕，而是沿襲父母湖北老家的習俗打糍粑。當年家中只有一張破舊的四方桌，不足應付這做糍粑的浩大工程，只好將一扇門板拆下來權充桌面，擦洗乾淨後撒上一層糯米粉備用。

母親通常是在頭一天開始浸泡糯米，次日邊用蒸籠蒸糯米邊將木桶、木棒擦洗乾淨，再將木桶和木棒分別抹上一層油，待糯米蒸熟後趁熱倒入桶內，父親和堂叔們輪流分執木棒對面而立，一聲吆喝後二人便一上一下地搗擊糯米，一時熱氣蒸騰，糯香四溢，惹得我們饞蟲大動。

這搗擊動作看似簡單卻是十分吃力，因為糯米本身已有黏性，搗擊之後形同黏膠沾附於棒上，往往一棒下去好像身入泥沼怎麼也拉扯不出來，而且兩人之間需要有良好的配合默契，否則同上同下或互相打架這戲便沒法唱下去了。

這期間母親還得不時地用熱毛巾將黏於棒上的糯米褪下來，重新抹油才能繼續打下去，直到看不出米粒形狀有如麵團時為止，這時也是我們盼望的高潮時刻。

只見母親用熱毛巾揪起一團打爛了的糯米團扔在門板上，用力按壓摶成圓餅狀這就是所謂的糍粑了，直徑從六吋至一呎不等全視糯米團的大小而定。看著母親按壓糍粑覺得既好玩又容易，我們便搶著要做，但母親一直要到最後才讓我們插手，一方面是為了湊足了數量，另一方面也是怕我們燙著了手。等到終於有了上手的機會，趕緊先揪下一小坨糯米團塞進嘴裡解饞，然後才隨心所欲地揉捏糍粑。

完工以後母親會拿出幾個糍粑切成長條，放入抹油的鍋中煎至兩面金黃，讓我們沾著白糖吃。這是我最喜歡的吃法，外面脆裡頭軟糯，雖有些許黏牙卻是愈嚼愈香。

有時母親在煎黃後不立即起鍋，而是灑些糖噴點水做成糖漿包裹的甜糍粑，外表黏黏乎乎的，不若前述的乾爽而且不能用手拿著吃，因此我不太喜歡。

吃年夜飯時母親總會燉上一大鍋排骨湯，臨吃時尤喜加入數條糍粑同煮，糍粑遇水軟爛，有時甚至爛如稀飯，湯水因而黏糊不清，無論吃著看著都讓我倒胃口。直到母親一舉拔去了滿嘴牙齒使用全套假牙後，我才慢慢理解她為什麼會像《紅樓夢》裡的賈母般特別喜歡吃軟爛的食物。

至於父親懷念的則是老家的烤糍粑，然而在台居住的眷村既無大竈又無烤箱，這烤糍粑的風味固然無從領會，他所提及有關老家的人與事更如空中樓閣不可捉摸。

台灣天暖加以那時家中沒有冰箱，母親便將做好放硬成形的糍粑泡在大水盆裡，每天換水可保數週不壞。要吃時從水中撈起瀝乾水分後可如常處理，吃起來比新鮮的稍微乾硬些。

不數年堂叔們先後成家，再沒空來我們家打糍粑過年，而父親已老、哥哥尚未長成，這打糍粑過年的傳統便中斷了好些年，其後才又由大姊夫和哥哥接棒打了幾回。也許是因人手不足無法像往日般大量製作而改用較小的鐵盆，但它不若木桶來得重心穩固，於是我和二姊派上了用場，奉命撐住鐵盆兩邊。外甥們則接替了我們的原來角色，在旁穿進穿出，覷空偷塞一口糯米入口，或揪兩坨糯米團捏泥人。

後來台灣經濟起飛，各種地方小吃都有得賣，父親喜孜孜地在商店買到了糍粑，個頭小小圓圓的，吃在嘴裡有些粗糙亦不夠軟糯，母親說這是摻了在來米做的，自然沒有自家用純糯米做的細軟黏密。

可是即連這樣的山寨版糍粑在我們居住的美中小城也吃不到。對過年過節永遠充滿熱情的母親，在和我們同住的頭幾年裡還想著打糍粑過年，但看看眼前的三代人——父親老邁、女婿瘦小而孫兒年幼，實在無濟於事，只能將就吃著沒有糍粑的年夜飯。

遙想父母當年，懷念的是回不去的老家，咀嚼的是無盡的鄉愁。而如今的我，父母雙亡，親友離散，兒女遠去，連頓年夜飯也沒得吃。好在還有這打糍粑過年的童年往事，供我在冰天雪地之中細細回味。

（二〇一四年一月三十一日發表於《達拉斯新聞》）

豈獨傷心是小青

小時候父親喜歡聽平劇廣播，咿呀的胡琴聲吵得我心煩意亂，對平劇自無好感，認為它不過就是個過時的老古董罷了。高中時碰到了同學張冬青，這才知道在平劇之外還有個更老的古董叫崑曲，但我對二者都沒有興趣，更無意探究它們的淵源、特點和異同。

那時她正學吹笛子並加入了崑曲社，不時向我叨唸有關崑曲的一切，有一次還硬拽著我去看她們崑曲社的演出。不知劇情亦無字幕，我一人獨坐但覺噪雜無趣，半途便溜回家了，往後再沒看過崑曲演出。

大學時我們同系不同組，沉迷於崑曲的她和我漸行漸遠，出國沒幾年即斷了線，沒想到在失聯三十餘年後竟然又搭上了線，她的聲氣語調一如當年，還是滔滔不絕地談著崑曲點滴。

由於牙齒有縫無法再吹笛子，她遂成立了「冬青崑曲社」身兼業餘製作人，由一九九五年起每年在大華府地區公演數場崑曲，公餘之暇則奔波於海峽兩岸三地，為振興崑曲不惜投入大把的時間和金錢，希望人人都能欣賞崑曲之美，對我這個老同學自是不厭其煩地說教，更極力推薦我觀看他們今春公演的折子戲〈題曲〉。

我想很多人和我一樣，以為崑曲的「曲」字即現代的流行歌曲之流，竟不知它是繼

「唐詩、宋詞、元曲」之後文學上的一脈傳承。源起江蘇崑山的崑山腔，其時只能清唱無法表演。明嘉靖年間先由民間音樂家魏良輔在演唱與伴奏兩方面加以大力改良，後由梁辰漁創作出《浣紗記》以崑曲首做舞台演出，開創了日後的崑曲戲劇，風行兩百多年號稱百戲之祖。

改良後的水磨腔婉轉細膩，很快贏得大眾的喜愛，更吸引了大批文人雅士的創作參與，崑曲愈發成熟興旺。等到萬曆年間湯顯祖的《牡丹亭》橫空出世，崑曲達到興盛的高峰，明代晚期更進入宮廷，成為皇家娛樂。

清康熙年間洪昇的《長生殿》和孔尚任的《桃花扇》，則為崑曲迎來了的另一波高潮。然而隨著戲劇大師的日漸凋零，過於雕琢的歌詞和悠長緩慢的節奏慢慢為大眾所厭倦，由清朝中葉起崑曲終於由盛而衰。

為挽頹勢民間藝術家不再搬演全本劇目，而是挑出一些精彩且具獨立性的片段加以再創作，無論歌舞唱做皆能引人入勝，於焉誕生了「折子戲」，因其經典魅力而能流傳久遠。〈題曲〉乃明吳炳所作《療妒羹》中的第九齣，為「五折獨腳戲」之一，亦是表現六旦（樂旦）功力的好戲。吳炳被後世譽作湯顯祖的傳承人，作品刻意模仿湯顯祖，《療妒羹》雖以明才女馮小青為本事，卻處處帶著《牡丹亭》的影子。

馮小青是明萬曆年間廣陵太守的獨生女，名玄字小青。從小才貌雙全，能詩善畫，極得父母寵愛，不幸其父得罪當朝，被抄家流放。時小青隨遠親楊夫人外出，始得倖免於難，其後又隨楊夫人逃至杭州寄居本家馮員外家中。

馮家乃殷實的絲綢大賈，小青固可衣食無慮，但家破人亡帶來的憂憤抑鬱難以排遣。元宵夜她為一條燈謎謎面吸引，初次邂逅了馮家大少爺馮通。不意數日後在院中梅林再度巧遇，因同樣雅好梅花便一起收集梅雪，進而應小青之邀烹煮品嚐梅雪茶，共度了一個美好的下午。

經過這次的集雪品茶和談詩論文，馮通難以忘懷可人的小青，情不自禁地想往小青處跑，而小青亦覺得他知書達禮是個可以談心的人，於是他背著夫人崔氏和小青時相往還。二人日久生情，自然想要名正言順地長相廝守。來年春天他稟明父親要納小青為妾，馮父原本就憐惜小青這個落難的名門千金，加以崔氏婚後三年一無所出，很快地便應允了他納妾的請求。

然而好景不長，蜜月剛過崔氏即妒性大發，處處為難小青，馮通亦難得來到小青房中，孤寂中她只能藉詩詞以遣愁懷。一日信筆寫下了兩首絕句，卻為粗通文墨的崔氏窺見，認為「雪意閣雲雲不流，舊雲正壓新雲頭」正是諷刺她這位大婦不能容小，因而吵鬧得闔府皆知，馮通不敢得罪富商岳家，無奈將小青送往孤山別館居住，不意小青在此抑鬱以終，得年十八。留下畫像詩稿多為崔氏所焚，楊夫人遵其遺囑將餘稿結集成冊發行，是為《焚餘稿》。

孤山是西湖中的一個小半島，亦是人稱「梅妻鶴子」的宋處士林和靖的隱居之處，縱然時過境遷仍留有大片古梅林，小青獨居於此見梅傷心，難免顧影自憐，留下了千古名句：「瘦影自憐春水照，卿須憐我我憐卿。」

在她為數不多的遺稿中最為感人的一首便是：「冷雨幽窗不可聽，挑燈閒看牡丹亭；人間亦有癡如我，豈獨傷心是小青？」亦是〈題曲〉一折的創作所本，不過將劇中女主角化名為喬小青。

崑曲講究音律之美，詞雅曲工，載歌載舞之中將劇中人的喜怒哀樂婉轉細膩地抒發出來，往往人戲合一令觀者感同身受。此次明州公演，著名音樂家陳濤做了突破性的嘗試，在原有曲牌之外創作了序曲和結尾曲，並在獨白時以笛子伴奏，強化豐富了整體音樂，搭配上海崑劇團當家花旦沈昳麗的優雅演出，如陳酒佳釀耐人尋味。

空曠的舞台上只有一桌一椅，幽怨的笛聲悠悠響起，在冷雨敲窗夜不能寐的淒冷氛圍中喬小青飄然上場，挑燈夜讀《牡丹亭》。喬小青深羨書中人杜麗娘夢裡逢夫，死後尚能譜出人鬼戀，至終還魂得偕鴛夢，不禁慨嘆這樣的好夢，她喬小青怎麼就夢不著一個？

【長拍】中喬小青既歌且舞，舉手投足，舞袖回眸，無一不美，唱做唸白，聲聲動情，入耳傷悲，尤其唱至「若都許死後自尋佳偶，豈惜留薄命活作羈囚？」絕望之情動人心弦。

歌舞詠嘆既畢，喬小青在曲本上題詩一首，即前述之「冷雨幽窗不可聽，挑燈閒看牡丹亭；人間亦有癡如我，豈獨傷心是小青」。此乃〈題曲〉之名的由來。

我完全不懂崑曲，亦非顧曲周郎，看罷〈題曲〉一掃我對崑曲曲高和寡的既有印象。沒有平劇的鑼鼓喧天，清越動聽的笛聲貫穿全場，將觀眾全然帶入戲中情境。折子戲短小精美不流於冗長沉悶，易為忙碌的現代人接受。欣賞崑曲可說是一場美的享受和情的交流。

然而最令我感動的是戲中小青為愛情癡迷，吾友冬青則為崑曲癡迷，堪嘆：「人間亦有癡如我，豈獨傷心是小青？」

（二〇一五年一月十五日發表於《世界日報》副刊）

范進中舉

平生第一次也是唯一一次讀《儒林外史》是在初中時，那時我對章回小說沒興趣亦不知作者吳敬梓是何許人也，只因是老師指定的暑假閱讀作業不得不讀，囫圇吞棗之下僅對「范進中舉」此一章回留下了深刻的印象。

然而此一深刻印象並非來自主角范進，而是那橫披衣服腆著肚子的配角胡屠夫。在我眼裡范進不過就是個熱衷功名的失意士子罷了，尤其無法理解他在中舉後怎麼會「喜極而瘋」？不像胡屠夫那張前倨而後恭的小人嘴臉躍然紙上，看得人心大快。

直到今秋意外得獎後，卻莫名其妙地想起了「范進中舉」，開始認真思想這回事還有作者吳敬梓這個人。

吳敬梓是清全椒人，字敏軒，因書齋名「文木山房」晚年自號文木老人。曾祖吳國對是順治年間的探花，其後一甲子吳門是一門兩鼎甲、三代六進士的簪纓之家，直到他過繼的父親吳霖起才開始家道中落。他隨其父於贛榆教諭任內十年，親眼目睹為官正直且對地方頗多建樹的父親如何被官場排擠以致罷官歸里，對貪腐的官場文化深惡痛絕，更看不起熱衷科舉功名的芸芸士子。

二十三歲時考取了秀才，不巧其父於同年去世，隨即發生了族人爭產糾紛，由此看穿縉紳人士的虛偽面目，不到三十歲便將二萬多兩銀錢的鉅額遺產揮霍殆盡，以致鄉里傳為子弟戒。三十三歲時遷居南京開始了他的賣文生涯。三十六歲時安徽巡撫趙國麟等人推薦他參加博學鴻詞科廷試，卻被他稱病拒絕了。其後雖窮愁潦倒仍絕意仕進，冬夜無法禦寒每每與友人繞城行走謂之暖足。五十四歲至揚州訪友時醉酒而死。

他這一生經歷了康、雍、乾三朝，個人生活由富而貧，政治上則先有箝制士人思想的文字獄後有籠絡士子的八股科舉，痛感政治的黑暗和文風的敗壞，於是花了近二十年的時間，將官場士人追名逐利的勢利嘴臉一一寫入了小說《儒林外史》。歷來的三甲進士大多湮滅於歷史長河中，而科舉不第的他卻因這部諷刺小說而名垂千古，筆下人物個個栩栩如生。

范進這個小人物，二十歲開始趕考，考了二十多次直到五十四歲那年碰到主考官周學道才得中秀才，取得參加鄉試的資格，由於這是功名的起點尚無實利可言，岳父胡屠戶自不把他放在眼中，還說宗師是看他老捨給他的，而他亦對胡屠戶的冷嘲熱諷一貫地唯唯諾諾。

當他向胡屠戶借盤纏以便到城裡參加鄉試時更被罵了個狗血淋頭，說他是「癩蛤蟆想吃天鵝肉」。但他心想：「宗師說我火候已到，自古無場外的舉人，如不進去考他一考，如何甘心？」竟然不顧家裡有沒有飯吃進城趕考去了。

放榜那天家裡真的無米下鍋，只好遵母命出門賣雞，錯過了鑼鼓喧天的報喜場面。老母央求鄰居將他從市集尋回，只是一見「捷報貴府老爺范諱進高中廣東鄉試第七名亞元。

京報連登黃甲」，當即拍手大笑往後一倒不醒人事，竟是歡喜得瘋了，多虧胡屠戶一巴掌將他這個「該死的畜生」打醒，一下子由「現世寶」變成了文曲星下凡。從此平步青雲，自有享不盡的榮華富貴。

反觀我生長的年代，雖無科舉制度但有初中、高中和大學聯考，不曾像范進那樣十載寒窗苦讀，儘管考得不好倒也能一次次矇混過關，只是學非所願、用非所學罷了！對一個從來就胸無大志的人來說，能有一口飯吃即足堪告慰天地君親師，哪知一場金融海嘯將我的飯碗砸得粉碎，好在我不像范進要養活老娘和老婆，反而有一位老公可以養活我。

本來我大可關起門來過我的小日子，奈何現代胡屠戶還不少：「你啊！只能給人當保姆去！」一言驚醒夢中人，母親享壽九十五而我年未及花甲，豈能就此混吃等死？

於是老婦聊發少年狂開始舞文弄墨起來，胡屠戶自然又有話說：「投什麼稿嘛？你那文章幾塊錢一斤啊？連個獎都沒得過！別以為有幾篇文章上報，就癡心想當起作家來了！」

我沒有范進「自古無場外的舉人」的那股自信，從沒想過下場一試更不敢妄想得獎。今春在老同學一再地鼓勵下才第一次參賽，心想萬一能混個名次也好為我那貧乏的作者簡介裝點門面。為了自壯聲勢，我請了一位家住紐約的文壇前輩當我的推薦人，非常幸運素昧平生的他居然答應了。

到了十月放榜期間既無人報喜又無黃榜張貼，幸虧我在網上一則恭喜他人得獎的新聞中發現自己得了獎，感謝老天有眼不枉我這幾年的辛勤筆耕，從此開始日等夜等得獎通知和頒獎典禮。豈料別人的領獎照片紛紛上了報，而我這卻消息全無。向主辦單位查詢才知他們已將獎品、獎金寄至推薦人的紐約住所，以便推薦人頒獎給我，久居底特律西郊的我自然不知有此慣例。

好不容易和推薦人聯絡上了，誰知他已將紐約的房子賣了，現客居台灣，難怪掛號郵件第一次投遞時無人簽收，但兩週後有不知名人士至郵局將郵件領走。主辦單位要我自己向紐約郵局交涉並請推薦人幫忙查詢，推薦人則建議我直接向主辦單位申請補發，而我非收件人無權向郵局交涉，就此落得個妾身不明。

拜託家住紐約的小叔數度前往拜訪新屋主，怪的是不管白天黑夜均無人應門。於是我寫了一封中英對照信請小叔放在信箱內，希望新屋主會主動與小叔聯絡歸還郵件，結果石沉大海。

其後小叔拜託他的郵局朋友打聽才知此屋至今無人居住，等到感恩節前夕終於有人將信取走，卻杳無回音。再經郵局朋友幫忙查出簽收郵件的存底，簽名字跡潦草模糊，但根據英文拼法應是華人姓氏，我遂再寫了一封中文信掛號郵寄紐約。

與此同時和主辦單位交涉補發無果，因須先確認無人冒領或溢領支票才能展開補發作業程序。獎金非重點，可是既無獎狀又無頒獎典禮，我無從享受得獎的喜悅更無法取信於人，上書陳情後終獲體諒將先行補發獎狀和獎章。

正當我慨嘆這輩子與獎無緣時，事情突然峰迴路轉，小叔竟然和新屋主聯絡上了且將郵件取回，將於下週寄還給我。

下週郵差來按鈴時，不會有鄰人圍觀道喜，年過花甲的我也不會和范進一樣昏倒，更不會喜極而瘋，只希望能做一個好夢，在夢中告訴范進我在寫作路上看到的海市蜃樓。

（二〇一五年一月五日發表於北美華文作家協會網站元月號）

眼見未必是真

中午出門剛開到第一個T字路口就碰到換紅燈，只好乖乖停下。我欲左轉的八哩路是主要幹道，車流量很大左轉不易，耐心等到左轉燈亮我剛踩動油門還來不及反應時，左邊八哩路上的一輛轎車竟然無視於交通燈由綠轉黃變紅一路飛馳而去，好在我的手腳慢一拍，不然豈不當場被撞成了輪下冤魂！

驚魂方定，不禁暗罵此人不守交通規則亂開車，最好在下一個紅綠燈被交通警察逮個正著開一張大罰單。可是此念尚未轉完，一篇廣為流傳的網文突然闖入腦際。

一位中年父親帶著一位小男孩搭乘地鐵，不管小男孩如何哭鬧搗蛋和騷擾其他乘客，做父親的均視若無睹，過了幾站情況絲毫不見改善，有人實在無法忍受這位父親如此放縱小孩，遂開口請他管教自己的兒子。這位父親方才大夢初醒地向大家道歉。原來孩子的母親剛剛在醫院因病過世，他正沉浸在巨大的喪妻之痛中而忽略了管教兒子。眾人聽後十分慚愧，因為大家只看到了兒子的頑劣，卻沒有注意到父親的失魂落魄，更沒有想到背後隱藏著一個悲傷的故事。

雖然作者不詳亦無法辨其真偽，這個故事卻深深打動了我的心，帶給我許多啟示。我馬上原諒了剛才那位莽撞的駕駛人，誰知他是不是趕著去見親人的最後一面？或是和我以前一樣正遭遇了某重大的事故。

多年前的一個晚上，突然接到老闆電話，通知我次日早上九點不要先到辦公室，而是直接前往某某旅館開會。不疑有他，第二天早上準時前往開會，進去後才發現整個部門的人全都在場，原來不是工作開會，而是宣布裁員。平生頭一遭經歷裁員，不敢相信千辛萬苦找到的這份工作，才做了不到一年就此灰飛煙滅，心想，難道我的人生已走到了盡頭？

開車回家途中想到要告訴父母、先生、兒女和朋友我失業了，還有要改寫履歷表四處投寄和碰壁的不堪場面，頓覺了無生趣。剛好開到轉接另一條高速公路的弧形高坡附近，心想何不由此直衝而下，將一切煩惱置之度外？然而就在這千鈞一髮之際，我突然閃過一個念頭，下班時誰去托兒所接兒女回家呢？於是我一個大轉彎開上了回家的路。現在回想，當時跟在我後面的駕駛人肯定在心裡罵我：「會不會開車啊？」好在他沒有向我按喇叭或比手勢。

從小就接受了「眼見為真」的處事原則，凡事不可輕信謠言，一定要親眼所見才能作為憑據。可是隨著年齡閱歷漸增，不但愈來愈覺得眼見未必是真，而且發現眼睛其實挺容易為假象所蒙蔽。

畫家的三D畫作，魔術師的無中生有，常常讓我們信以為真。物尚且如此，至於人的面目就更看不清楚了。銀幕上的笑匠諧星不知帶給眾人多少歡樂，卻往往是不為人知的憂鬱症患者，喜劇演員羅賓・威廉斯的自殺身亡就是很好的例證。

認識一對婆媳，出身貧苦的婆婆一臉的精明幹練，說話咄咄逼人，常教人招架不住。來自富家的媳婦卻生得嬌小玲瓏，一派溫言軟語很容易討人憐愛。從表面上看，大夥都認為媳婦嫁進門一定會受到婆婆欺侮，果然婚後不久即傳出了種種流言蜚語，儘管眾人都不知事情的真相，卻是一面倒地同情媳婦。

時間久了，大家才開始奇怪，怎麼聽到的都是媳婦的怨言，做婆婆的則始終一聲不吭。後來有人在臉書和推特上面看到媳婦對婆婆的不斷咒罵，用詞用語惡毒下流已到不堪入目的地步，自然無人敢傳給婆婆知道，這才紛紛暗嘆人不可貌相。

本來居住在同一屋簷下就很不容易，更何況是沒有血緣關係的婆媳二人。價值觀、金錢用度、生活習慣甚至三餐口味的不同，都要靠愛與包容來相互融合，在家裡沒有所謂的絕對的對與錯。其實這位婆婆私下經常照顧孤寡老人，十餘年如一日，而且從不張揚，如果沒有真正的愛心是很難做到的。可惜她這種隱藏式的愛不易為人接受，反而以訛傳訛被誤認為惡婆婆。

有人冷面冷口卻有副熱心熱腸，自然也有人滿臉忠厚卻是一肚子詭詐。有一對郎才女貌的夫妻，人前人後永遠笑臉迎人，滿嘴都是甜言蜜語，妻賢子孝的招牌形象不知羨慕死多少人，然而多年後卻被爆料這模範家庭實乃家暴一族，這駭人的反差足可跌碎眾人眼鏡。

去夏我單獨搭機去亞特蘭大，只有一件隨身行李，在機場內拖著走沒有問題，可是進了機艙麻煩就來了。別看我長得人高馬大卻沒有什麼力氣，加上我是青光眼患者，醫生嚴禁手提重物，這在年輕人眼中不算什麼的行李箱，我怎麼也舉不上行李架，偏偏空服員遠在機首而後面乘客大排長龍，只好硬著頭皮請隔道的一位密西根大學運動員幫忙。他二話不說馬上照辦，下機時亦主動幫我將行李箱拿下。他這種熱心助人的精神在當今現實社會裡十分難能可貴。

回程時我如法炮製，沒想到這位高大的年輕男士打量了我好幾眼後才不情不願地照辦。下機時他提前離座站到前面去了，我心裡雖不是滋味，但能理解他的反應，因為任誰看我都不像是需要幫忙的老弱婦孺，憑什麼要他幫忙呢？這也使我想起了有人不滿非老弱婦孺者強占博愛座而引起爭執的新聞報導，不過現在我已能從不同的角度來看這件事，也許這些人並非如我們所想的愛占便宜，而是身體有所不適，只是外人看不出來，亦不便逢人就解釋。

中年危機時我不知死活地辭職去開店，未料一腳踏入泥沼不可自拔。產品雖好，但由於不懂行銷，每天門可羅雀，而各樣帳單紛至沓來，金錢壓力讓我喘不過氣來，哪裡還顧得上做家務和管孩子，不單生活嚴重失序情緒亦常失控。

一天當我蓬頭垢面地在超市買菜時，一位中年白人婦女突然開口問：「你沒事吧？」這突如其來的一問有如當頭棒喝，這才驚覺自己竟然將滿懷心事都寫在了臉上。我勉強擠出了一個比哭還難看的笑回說我沒事，但她並不放心又再次追問我真的沒事嗎。面對她真誠關懷的眼神，我自然無法告訴她說眼見未必是真。

眼見究竟是否為真，除了審時度勢慎思明辨外，對人尤應以誠相待，切勿妄自論斷。因為有多少不為人知的故事是眼睛看不見的，只能用同理心和包容心去看待。就像那位陌生人的關愛眼神，即讓我感動難忘。

（二〇一五年六月五日發表於《世界日報》副刊）

〈何日再聚首〉作者大姊與其長子攝於芝加哥街頭

何日再聚首

大姊走了！我沒有像其他親人病逝時般地嚎啕大哭，然而心中卻有股悲涼，總也揮之不去。

八月中旬的一個週日早上意外接到大外甥從紐約打來的電話，他說大姊週前因小中風住院，經連日追蹤檢查才發現是由肺癌併發血栓引起的，癌細胞業已擴散至肝臟和脊髓。外科醫生極力主張做進一步的切片檢查和化療，主治醫生則認無必要，不過美國法律規定應向病人說明病情並由病人做最後決定。

自從大姊定居紐約么兒家後，每天清晨走路到公園做體操和一日三次出門散步，不但減肥成功，即使每個週末上館子，吃遍了山珍海味也沒有復胖，誰能料到她竟是肺癌末期！

兄弟倆深知她現在左腦受損，時清醒時糊塗，無法接受癌末的事實和做出正確決定，便依華人傳統向她隱瞞病情。所幸她沒有通過精神科醫生的測試，由兄弟倆決定放棄治療和急救，免得她徒受痛苦折磨。

大姊只有三個兒子，老大在邁阿密經商，老二遠在台灣，老三剛換高管新職，都無法長時伺候病榻而健保亦不容病人久住，於是醫生開了控制血栓的藥方讓她週五出院，當晚去吃了她最愛的韓國菜，次晨她還帶路到公園散步，下午由全時保姆替她洗了個舒服的澡，一切看來如常。週日早上老大放心地飛回邁阿密，不料晚上她再度小中風入院，這次不僅右腦受損心臟亦受血栓波及，情況大為不妙。

抗戰時大姊和母親在鄉下外婆家共度了十年堅苦的逃難歲月，因而和我們三個在台灣生長的弟妹有所隔閡，尤其認為我這個小她十餘歲的老么年幼不懂事，以致我和她反不如她那小我九歲長住我家的老大來得親密。

在台時年少氣盛看不慣她對丈夫、兒子的百依百順，更不懂為什麼大姊夫總是有忙不完的應酬，老是讓她單獨帶著孩子回娘家，而她和母親則一見了面就爭執不斷。

我們兄妹三人先後借錢出國後，各自為生活掙扎不已，全家人再沒有團聚過，和大姊的距離也就愈來愈遠，她亦不懂窮留學生一輩子只為一棟房子打拚的辛酸。

正當她的房產和股票兩相興旺時收到了等候多年的移民通知，為了三個自費留美的兒子，她不得不每年來美坐移民監。其時父母和我們同住，她便就近住在二姊家，每天走路往來於兩家之間。

第二年坐移民監時，適逢二姊夫被診斷出肝癌末期，在二姊懇求下她推遲了去邁阿密和老大團聚的時間，留在二姊家幫忙照顧病人。二姊夫自知只有三個月的壽命妥善安排了後事，珍惜每一分鐘和家人團聚的時間，放下一生鍾愛的科研工作開始每天讀聖經，終於坦承在天地之間有一位掌管生死的創造者，弄明白了人的終極去處，在臨終前一週受了洗。從他身上我和先生看出苦難的背後有著永生的盼望很快就受了洗，然而仍是富貴中人的大姊卻無動於衷，當然那時誰也沒有料到二姊的兒子日後會成為牧師，會替她主持安息禮拜。

父親因腎臟病安息主懷時，她隻身由台來美奔喪，未及安慰母親即接到台北次子電話，大姊夫因食道癌入院，她只好匆匆回台。次年她和老大自台攜大姊夫骨灰返美安放，特別繞道底特律，三姊妹和母親難得再聚一堂，奈何物是人非，唯有相顧無言。

在美沒幾年她就回台做股票去了，財富與體重皆如滾雪球般愈加膨脹，只是一人獨居寂寞可想而已知。想不到的是她這一去就是十年，老年癡呆的母親一直念念不忘她的ㄚㄚ（大姊小名），然而她因房產官司終究未能來美見上最後一面。

再見她時是在我女兒的婚禮上，她的福態教人大吃一驚。其時二姊早已覓得第二春，因同有喪夫之痛加上感念她的照顧恩情，二姊每年都會邀請她前來小住，帶著她旅遊做禮拜亦趁機向她傳福音。去夏她終於說出她高中上的是教會學校，對福音有所認識，也希望死後能夠身穿白衣，讓我們放下心來。

接連兩天兄弟來電不斷，一下說她不認識人了，一下說她不能下床了，當我聽說她無法進食時心下一涼，馬上和在德州的哥哥及在加州的二姊商量，看來是等不及十月為她做八十大壽了，分頭買了週四的機票趕去見上一面。

週四中午當我抵達醫院時，老大已在醫院門口等我，他憂心地說她現在雖能吃半流質食物了，但不管是誰都說是他。當我踏入病房時她正半臥於床，見了我脫口而出「我是小妹」，跌破了大家的眼鏡。

三年不見，她的形銷骨立和從前的富泰模樣判若兩人，臉上雖滿是笑意但難掩倦態更無法閒話家常。不過由兩兄弟輪流餵食雞湯和魚湯的景況看來，胃口還是不錯。

飯後兩兄弟前去參觀挑選臨終安養院，我則和她的長媳陪同她去照心臟片子。回到病房後她喊冷且身上有異味，護士替她擦澡更衣不久哥哥嫂嫂到了，她不但認得是弟弟也說出了他的名字，反應出人意外地正常。

將近六點她一眼看到隨後而至的先生便說是小姨爹來了，正好兩兄弟也從外面回來，大家便圍著病床打招呼。我當時正站在床頭便問她還好嗎？她回說不舒服、全身都不舒服，可是臉上並沒有痛苦的表情。稍後她莫名其妙地對我說有好多人都要去一個地方，因為有一個人叫他們都去，問她是誰和要去哪裡她卻說不出來，由於她素來有幻聽幻覺的毛病我便沒有再加以追問。

就在我轉頭和先生說話的當兒，聽到她猛咳了一聲，好像有口濃痰堵住了喉嚨，緊接著一陣急促喘咳，門外五六個醫護人員聞聲衝了進來，經過十餘分鐘的搶救終是回天乏術。她既不知身染何疾亦未留下任何遺言，更不知有何心願未了就這樣悄然走了。

哥哥未信主而二姊夫婦和其牧師兒子仍在由機場趕赴醫院的途中，倉促中只好由我這個小妹為她做了告別禱告，願她能安息在青草地上的溪水邊。

雖然壽星不在，由台趕來的老二夫婦還是擺設了國宴級的壽宴招待大家。這是二十多年來我們三兄妹和大姊三子兩代人的首次團聚，我們固然鬢髮已霜，他們也不再年輕，但「聯考放榜日，母親斷腸時」仍為兄弟間的笑談。

看著眼前的大姊三子，一個是成功的貿易商，一個是優秀的外交官，一個是傑出的設計家，心想如果父親還在，恐怕要深自後悔當年替他們補習時不該老說「萬般皆下品，唯有讀書高」了。

紐約華人多，殯儀喪葬業亦由華人企業經營，裡面神佛俱備，各種宗教儀式都有。有人不信主，但因找不到和尚、道士便請牧師前來證道權充唸經，更不介意焚化場位於天主教墓園之內。生前文化信仰既已不同，死後自然也不能殊途同歸。

跪拜家祭和安息禮拜結束後，老大按下了電鈕，大姊的遺體即將灰飛煙滅，她與母親的逃難情結亦已告終，然而嬰兒潮世代的凋零則將開始。

駛出墓園，外面依舊是車水馬龍，眾聲喧嘩，但不知天上人間，何日再聚首？

（原載於海外華文女作家協會叢書《世界美如斯》）

不再迷路

說起迷路的經驗大概人人都有，只是過程和結局不盡相同而已。其實在日常生活中我很少迷路，因為我的生活極其簡單，來去的不外乎學校、公司、教會、超市和銀行等少數地方，偶爾出外旅遊，倘若迷路，也都能靠著先生的超強方向感化險為夷。然而不知為什麼我卻經常在夢裡迷路，結果則是千篇一律地找不到回家的路。

中年時，我總是夢到在台北的街道上像無頭蒼蠅般奔跑著，不是找不到對的公車站牌，便是搭錯了車，在我不認識的地方轉啊轉地，認不得回家的路，心裡又急又怕卻死也不敢開口向人問路，儘管街頭人潮洶湧，但無人注意到我的異樣，更沒有人停下腳步來問我一聲是否需要幫助，即連做夢的我都為夢中的自己著急，為什麼不開口問路啊？回不了家該怎麼辦？像這樣的夢做過了無數次，怪的是每次夢中奔跑的路線都不一樣，而且都是我從來沒有去過的地方。

空巢以後，我仍然屢屢在夢中迷路，只是場景由台北換到了美國，同樣都是我未曾到過的地方，不同的是，夢中的我卻認得那些街道，也知道那些建築物的名稱，更知道左彎右拐之後能到什麼地方。每次所走路線都大同小異，但也有重複的。說不通的是，我既然認得街道，為何還要來來回回地奔跑尋找卻無論如何也回不了家？

我既沒有讀過心理學，也不懂得如何解夢，不免困惑為什麼老是夢到迷路，尤其不喜歡夢中那種驚惶不安的感覺。難道真如老話說的是「日有所思夜有所夢」？但誰會吃飽沒事幹老惦記著迷路呢？莫非是第六感作祟或是潛意識裡的攪擾？

在家時，凡事由父母作主，不准學文我就乖乖地念了商，說要留學我便趕鴨子上架出了國。但從沒想過，一旦出了家門、國門，我需要對自己的人生完全負責。下了飛機後，獨自面對錯綜複雜的人生道路時，頓時茫然失措，學業、工作和家庭都先後搞得一塌糊塗。

起初兒女幼小，父母老病，已是內外難以兼顧，而我的求職路偏又一波三折，終日勞苦愁煩，真不知生趣何在。我後悔念錯了系，後悔入錯了行，甚至後悔嫁錯了人，雖然後者並非父母之命。但人生既沒有「早知道」，也沒有「後悔藥」，更無法預知錯過了的路是否就是更好的路。

日子在柴米油鹽中打轉，看不到生的喜悅，只見老、病與死的囂張跋扈。時當盛年從事科研的二姊夫，素來抗拒宗教，面對肝癌末期的死亡宣告時毫無懼色，卻在臨終前俯首承認天地之間真的有一位創造主。行伍出身的老父雖已洗腎多年且已受洗，但對死亡一直有著莫大的恐懼，沒想到彌留時，忽見白光引道穿過隧道而去。為官的大姊夫一生富貴榮華，甫一退休即得了食道癌，病床上再無人阿諛奉承，極度害怕死亡中對各路神佛來者不拒，結果還是含恨以終，不知他是否找到了最後出路？

五年之間，我目睹三位親人驟然凋零，驚覺生命並不操之在我，死亡的忽然臨到與長幼尊卑全然無關。而靈魂的終極去處從來沒有人可以回來告訴我，如果人云亦云的「人死如燈滅」並不是真的，那我該何去何從？

長時以來，我一直處於焦慮不安之中，沒有安全感更懷疑人生意義何在，壓抑的情緒在現實中找不到出口，於是在夢中奔跑，尋找安定的力量。我人生最好的避風港便是有父母呵護的家了，然而自小生長的眷村早已拆遷無遺，父母雖在身邊但已老病纏身，再不是當年的擎天支柱，我成了無家可歸的遊子，只能於夢中迷失在陌生的台北街頭。

父母走後，我自己成了家庭支柱，需要為離家的兒女預備一個避風港。不幸千禧年澈底顛覆了我和先生所分別從事的電腦及汽車業。臨老被迫不斷學習新的東西和接受新的公司文化及制度，每天疲於奔命仍難與年輕人一爭長短。

當時雖被二姊夫的死亡見證震撼而受了洗，但對信仰真義模糊不清，不懂得一天的難處一天當就夠了，依舊日日為明天憂慮，害怕裁員，害怕減薪，害怕公司關門，害怕被迫拍賣房子，害怕會失去目前所擁有的一切，更害怕那未知的未來。

夢中徘徊的雖非陌生之地，但惶恐不安更甚以往，因為所住的汽車城隨著房市和股市的泡沫化幾成鬼城，中產階級更難保不隨著汽車工業的沒落而消失。在金融風暴中，家已不再是最安全的避風港，隨時有可能會易主銀行，哪裡還找得到回家的路？

要來的終歸是要來，被裁之後，自認人生已走到了窮途末路，反而不再在夢裡迷路。憤怨不平中，意外走上了寫作之路，卻發現這條錯過了的路，並非我想像中的平坦易行。原來每條人生路上的風景不同，端看你抱著何種心情和態度去走，才不致走岔了路，甚至走迷了路。

不再茫然趕路後，我有了時間細讀思考聖經，亦因當了外婆，身分和心境皆隨之轉變，由兒孫身上看到生命傳承的奇妙，感受到生活的美好，方始明白，世間萬事萬物都有定時：生有時，死有時；哭有時，笑有時；工作有時，賦閒有時；行路有時，自然也迷路有時。

如今回顧既往，雖曾在人生道上多次迷路，但在神的指引下，終於找到了那條回天家的窄路，靈裡得到安息，往後無論夢裡夢外，都不再迷路。

（二〇一六年七月二十五日發表於《世界日報》副刊）

十年生死兩茫茫

初中時第一次在《詞選》上翻到蘇軾的這首〈江城子〉時，不知作者生平和寫作背景，純為哀婉詞句所感，自然而然地存記於心。其後拜連續劇之賜，才知道這是千古才子蘇東坡的悼亡詞。他與原配夫人王弗伉儷情深，奈何紅顏薄命不能與之偕老，但他對亡妻的思念並未因時空的改變而中斷，無須刻意想起即無時不在念中。

當時年輕不懂死亡為何物，認為十年夠長夠久，對一位幽冥兩隔的故人還能如此念念不忘，大概也只有像蘇東坡這樣至情至性的人才做得到。豈料轉眼我已超過了他的壽數，更飽經喪親之痛。今年母親已故去十年，而父親更已故去了兩個十年！然而這悠悠思念何嘗或斷？

十歲那年，一向健康的祖母突因腦溢血去世，萬般不捨慈祥的祖母，但不知她到底去了哪裡，為什麼不再回來？她是基督徒不要紙錢，迷信的母親便在遺相前改奉鮮花，年節和生、忌日則供上時鮮水果，因母親纏足出門不易，多是父親帶著我們三兄妹上山掃墓。

儘管母親言之鑿鑿勤於上墳祖母會保佑全家平安，我還是不高興去上墳，因為當年前往六張犁公墓並非易事，不但要轉兩趟公車，還要爬上大段山路才到得了山頂墳前。有時抄近路改爬陡峭的台階，連我都爬得氣喘吁吁更不用說發福的父親了。

我們三兄妹和父母相繼定居美國後，上墳的事便全丟給了在台的大姊。我以為在美國再也不用上墳了，誰知比鄰而居的二姊夫因肝癌英年早逝，上墳又成了家庭慣例。美國的平面墓園滿是鮮花青草和小橋流水，不像六張犁公墓那樣陰森悲情，但母親還是每次上墳都要哭上一回。

因著上墳，父母開始安排他們的後事，首先買下了鄰近二姊夫的四塊墳地，心想有女婿作伴，不會成為孤魂野鬼亦不怕將來無人祭掃。父親再三交代病危時不要急救，不要插管氣切，不要死在醫院，最好是在子孫環視下死於家中。母親更千叮萬囑要穿戴整齊，不能赤身露體地走，要以銅棺入殮，以鮮花供奉百日，逢年過節一定要有人上墳掃墓。

母親兩歲沒了父親，姊倆在鄉下由寡母一手帶大。淪陷後只有她隨軍撤退到了台灣，從此與老家斷了音信。後來千辛萬苦打聽到了外婆的死訊，在善導寺大做法事，然而燒再多的紙錢、紙房和紙衣也無濟於事。因此她格外看重自己的後事，對壽衣、壽鞋和遺照的挑選尤其挑剔。

感謝二姊在九〇年代初帶領父母受了洗。母親從此不再燒紙錢，一天三次在臥室大聲為家人禱告。她不懂什麼基要真理，只是單純地訴說心事，居然也有人說她禱告靈驗請她代禱。在先生無故被炒魷魚最黯淡的時候，她每天跪著替他禱告，求主替他開路，結果一個月後在絕無可能的情況下，他真的得到了一個合適的工作。

二姊夫蒙主寵召未及四年父親因腎臟病去世，因早有心理準備，除了大姊在台趕不到外，我們兄妹三家全體守候病床前，父親如願在白光引道下安息主懷。父親的喪事一切都照著母親的意思辦理，只是我們挑選的上好銅棺她並不滿意，原來她中意的是此地沒有的紫銅棺木。

次年大姊夫因食道癌過世，大姊捧著骨灰罈子來給父親上墳，母女相見分外淒涼，此後是誰給誰上墳還真是難說。不過我早已知道人死不能復生，死去的祖母並沒有能力護庇活人，唯有她信靠的主才能救贖世人。我可以確定祖母、二姊夫和父親都已在天上團聚，只是沒有宗教信仰的大姊夫，是否在臨終前接受了主，能否和他們在一起便不得而知了。

然而看重死遠過於生的母親，並無權掌控自己的死期和死法。父親走後她頓失依靠，因而老年癡呆得愈發厲害。她不識字又不相信任何人，將綠卡、護照、存摺及醫療卡等重要文件鎖在一隻○○七手提箱內，將鑰匙拴在頸上的黃金玉墜項鍊上，聲言此鍊永不離身。

結果在一個淒風苦雨的夜晚九十五高齡的她獨自回歸了天家，胸前睡衣和項鍊均因急救被扯破扯斷，鈕扣、金項鍊、玉墜和鑰匙串散落了一地。礙於殯儀館規定且身體已開始僵硬，當晚無法換上她選定的壽衣壽鞋。可嘆我與二姊家近在咫尺卻都未能替她送終，自然無從知道：她是何時走的？怎麼走的？走時是否和父親一樣有白光引路？

也許是怕我們不記得她的忌日，擔心無人上墳供花，她選在了九月十一日離世，無論如何在那一天都會有許多喪親的家庭在哀思默念，弔唁的鮮花肯定也不會少。

其實我們怎麼會忘了她呢？她無論住在誰家生活模式一成不變，黎明即起，灑掃庭院，洗衣燒飯，下午午睡，醒後洗熱水澡，餘暇幫忙摺衣服或打毛衣，晚上早早上床，卻常是一夜無眠到天亮。

她喜歡玫瑰，在我家車房側邊種了一排粉紅玫瑰，每天踮著一雙小腳提水澆花，也不知她是如何照顧的，這排玫瑰開得特別茂盛，甚至將我們後來另栽的名種玫瑰全部同化，年年花開花謝，其中都有著她的身影。

父母初來美國時我們的經濟狀況都不好，附近也沒有像樣的中餐館，阿比的牛肉餅和肯塔基炸雞即是父母的美食。後來包你肥餐廳盛行，水煮蟹腳成了母親的最愛，每次都能吃上幾大盤，即連最後在不分飽餓的狀況下，還能面無表情地照吃不誤。

常去的那家超市仍在，裡面的藥房也在，只是藥劑師已換過幾輪，應已無人知道母親，但她因藥方改變或藥品更換包裝時，操著湖北鄉音和藥劑師吵個沒完沒了的場景，就是無法從腦海抹去，有時還會發愁如何才能向她解釋清楚。

祖母生前曾經當選過模範母親，母親十分羨慕，奈何子女庸碌不能如願。沒想到教會每年慶祝母親節的活動讓她得到了補償，因為她經常是最年長及在場子孫最多的母親，手捧雙份禮物她笑得合不攏嘴。時至今日做禮拜時，我都覺得父母仍並排坐在前面，不時慢悠悠地打我眼前晃過。

父親走了不到一年母親就有了幻覺幻聽的毛病，這才知道她並非生性多疑而是早已老年失智。服藥以後她的情緒不再大起大落，但也不再禱告、做禮拜和打毛衣，甚至連住了四十年之久的台灣也不記得。大小便失禁後仍堅持每天自己洗澡，只是她不記得洗過澡了沒有，往往一覺醒來就吵著要洗澡。

同樣地她也不記得吃過飯了沒有，常說我們想要餓死她故意不給她飯吃。無論春夏秋冬，日穿毛衣夜蓋絲被，但病魔並未放過年老體衰的她，在九十二歲那年又動了大腸切割手術。

復元以後仍然每天上下樓梯，不幸在一次下樓時踩空一步摔裂右邊股骨。住院復健期間，她認為我們要遺棄她，每天發了瘋地和醫護人員爭吵，吵著要回家。出院以後股骨疼痛，右腿不良於行，她的日子就此剩下吃睡二字。除了抱怨各種疼痛外，經常叨唸的只有她的媽媽、姊姊和ㄚㄚ（大姊的小名），但她不能理解正在打房地產官司的大姊為什麼不來看她。偶爾清醒，見了我就要我給她一瓶毒藥，免得她活受罪，聞之鼻酸而我卻愛莫能助。

在她去世前不久有一天她突然幽幽地對我說：「你不想我，我好想你。」錯愕之中淚流滿面的我卻說不出口：「媽，我也好想你。」誰知母親驟然離世這句話再也沒有機會說出口。

我以為這輩子我們會終老密西根，上墳自是責無旁貸。然而世事難料，二姊家於三年前搬去了加州，大姊於去秋因肺癌病故，今年初我們追隨兒女也搬到了加州，千里阻隔上墳不再是件容易的事。

明知他們不在墳裡安歇而是在主懷中，但為今生割捨不下的親情，在搬家前趁著還未下雪，我還是一趟又一趟地上墳。半邊墓園早已改建成了新社區，不是父母當年所見的原樣，他們周圍也添了許多新墳，有的鮮花不斷，也有的無人聞問。墳前野草拔了還會再生，碑上泥沙掃去依舊重來，只有來自塵土的永歸塵土，但這悠悠思念又豈僅止於明月夜短松岡？

（原載於《宇宙光》二〇一七年三月號）

比鄰加拿大

1
2
3

1.〈溫莎威利斯莊園〉莊園背後的四角紀念亭
2.〈皇家植物園〉Hendrie Park
3.〈尋蝶〉加拿大最南端霹靂角

國王海軍公園覓戰爭遺跡

美國北鄰加拿大，絕大多數邊界都是陸地相連，只有位於大湖區的安大略省西南角伸入底特律市南端，形成一個很特別的地理形勢。和底特律市一水之隔的溫莎市因此成為唯一位於美國之南的加拿大大城，兩城可經由河底隧道或大橋來往，在九一一之前美加兄弟之邦的門禁十分鬆散，當美金強勢時我們經常過河吃早茶或遊玩。

過河以後我們喜歡沿著底特律河往南開，路上人煙稀少滿是田園風光，位於Amherstburg的皇家海軍公園（King's Navy Yard Park）是我們的必停之處。

公園沿河呈帶狀分佈，鐵欄杆和紅磚人行步道與河並行，青草綠樹間有紀念二戰的紀念碑，並不時可見紀念一八一二美英戰爭的大砲，一派悠閒中如雕塑品般安然靜坐，絲毫不見當年的硝煙戰火。

園內有些小花床栽種著夏日花卉，還有一個精緻的小花園，各色繡球花正姹紫嫣紅開遍。臨河的白色涼亭可遮蔭避雨與眺望河景，更為新人提供了最佳婚紗拍照場景。

河對岸即是狹長的Boblo小島，狹長的底特律河經此南下，匯入廣闊的伊略湖。在沒有橋樑、隧道可通的年代，此島猶如一道水上屏風，扼住出入伊略湖的門戶。小島在久遠年代專為狩獵捕魚之用，但因其戰略位置遂於一八一二美英戰爭中搖身一變而為碉堡重地。十九世紀末或二十世紀初此島改為遊樂中心，近百年後才遭廢棄，近來已全面開發成別墅豪宅區，有專門渡輪往返，天晴時由公園可清楚看到島上的別墅豪宅。

步出公園沿著主街往北續行，幾條街外便是著名的Fort Malden（原名Fort Amherstburg），一八一二美英戰爭中的砲台要塞。

話說一八一二年六月十八日美國突然對英國宣戰，準備由底特律邊境、Richelieu河和尼加拉邊境兵分三路進攻加拿大。七月十二日美軍由底特律發動了第一波攻勢，其時英國正忙於歐洲的拿破崙戰爭分身乏術，而美國人口又十倍於加拿大，情況十分危急，英軍將領Brock幸承印地安酋長Tecumseh和眾多黑奴鼎力相助，才於八月十六日在Amherstburg擊潰了來襲的美軍。

不知何故美軍並未發動第二波攻勢，卻於十月十三日在尼加拉邊境發動了第三波攻勢，人高馬大的Brock將軍不幸戰死於此役。其後英軍結束歐洲戰役，調來主力參戰，在美加二地兩國各有勝負，終於一八一五年一月八日簽署和平協議，結束美英戰爭。

當年的砲台要塞呈四方形，四角往外延伸另築有高起的鑽石形防禦工事，除了東北角外其餘三角俱按四個方位設有大砲。砲台要塞外圍挖有深壕，壕中再護以尖密的木籬。要塞內有伙食房、營房和砲械房等呈四面合圍之勢。

時光流轉當年的建築物、壕溝和木籬多已湮滅近盡，眼前所見面河的一排木籬和現為博物館的磚房均為砲台要塞停止使用後重建，一些民宅至今仍佔用部份營地。

殘餘的壕溝並不深廣，覆滿青草野花，好像郊遊的山坡地。面河兩端各留有兩門大砲，無論是否當年真正遺址，均可見其優良的戰略地勢。隔著草場與博物館相對的是一排磚造營房，裡面有一位身穿英軍古制服的解說員講解當年狀況。

面河有窗的牆上掛滿制服、帽子和槍枝，背面是成排的雙人雙層床靠牆而立，兩床並列上下八個人如疊羅漢似的擠在一起，中間是用餐的木桌椅，牆角有馬桶，簡陋艱難的情況不言可諭。

美英戰爭結束後美國並沒有達成向北擴張領土的雄心企圖，英國的殖民地勢力亦日漸式微，印地安人奪回美國失地的心願完全落空，唯一成就了後來民主獨立的加拿大。

步出砲台要塞緩步走回國王海軍公園，藍綠色的底特律河水安靜悠閒的流著，金色陽光映著粼粼波紋，如千萬顆星子閃耀生輝，看不出任何歷史風雲變換，卻迴響著Tecumseh的偉大誓言「我們決心保衛我們的土地，我們希望能夠埋骨其上如果這是出於神的旨意。」（We are determined to defend our lands, and if it is His will, we wish to leave our bones upon them.）

（二〇一二年八月五日發表於《世界日報》走馬花旗）

〈皇家植物園〉入口

皇家植物園

十餘年前由尼加拉瀑布返美途中曾在加拿大漢彌爾頓市（Hamilton）小作停留，糊裡糊塗闖進了一座玫瑰花園，走馬看花一番便匆匆別過，直到最近才搞清楚它並不是單一的玫瑰花園而是加拿大皇家植物園（Royal Botanical Gardens）的一部分。占地二千七百英畝的植物園計有三個室外展示花園和一個教學園區，外圍更有二十五公里長的步道，多年來因自己的無知，不知錯過了多少良辰美景。

氣象預報一直說八月第一個週末是晴朗的好天氣，週六早上我們便由底特律西郊開了三個半小時的車抵達漢彌爾頓，結果出發時萬里無雲的晴空變得風起雲湧，不過無損我們拈花惹草的興致。

〈皇家植物園〉園景之一

美不勝收的Hendrie Park

由中心購票入內後穿過地下道即達對街的Hendrie Park，縱向主軸線上四座花壇、二方長形水池及墨西哥帽似的茶屋一字排開，茶屋兩側是對稱的弧形涼棚花架，水池和花架中間是有名的玫瑰花園，可惜夏季玫瑰已近尾聲，秋季玫瑰尚未盛開，有些青黃不接的尷尬。

另有數個風格不同的花園不對稱的分布在縱向主軸線兩側。我們由右側拾級而上，蔬菜村（Veggie Village）旁邊五彩繽紛的花圃和盆花已讓人眼睛一亮。越過宴會帳篷，英式鐵柵門內是馨香花園（Scented Garden），方形紅磚步道上以噴泉為中心，四座多邊形花壇環繞四角，合成八角形幾何圖案，外圍另以修剪整齊的矮樹圈成一格格的幾何圖案，裡面分種著不同花木。

半人高的紅白香水百合正開得燦爛，紅的嬌豔，

〈皇家植物園〉園景之二

白的純潔。餘下不多的天使喇叭（Angel's Trumpets）伸著長長的花柄朝天開放，外紫內白合一的外圈花瓣沒有明顯的裂片卻有尖細的鬚角，內圈花瓣皺摺重疊掩蓋著花心尚未開放，如少女的鑲邊蓬蓬舞裙透著浪漫；另一叢純白的則如天使般聖潔。

隔著另道鐵柵門是草藥花園（Medicinal Garden）和中古廚房花園（Medieval Kitchen Garden），我終於在裡面見到了聞名已久的「黑珍珠」（Black Pearl）觀賞椒。開紫色小花，葉莖果隨成熟度由綠轉藍漸黑，黑亮的果子珠圓玉潤，頗討人歡心。

靠近東翼涼棚花架和橫向主軸線的通道旁，種著一排「中國山茱萸」（Chinese Dogwood），乳白四角花瓣已然半凋，纍纍的青圓果實掛滿枝頭，粒狀凸起有如荔枝和草莓的混合物，秋來變色，就更像紅豔的荔枝般誘人了。

東南隅以扁柏圍成長橢圓形的植物世界（World of Botany），當時得令的菊類眾花開得方興未艾，一片菊黃橙紅之中，幾株挺立的棗紅向日葵分外顯眼。

廣用於鑲邊的「蠟燭花」相當別致，灰絨長身，頂端淺紫尖細如火燄，誠然名副其實。

茶屋西北邊是一英畝大的Helen M. Kippax Garden，這個迷你花園以安大略省的本生植物為主，傍著小噴泉的野草閒花一樣美麗可賞。

續往西行是Morrison Woodland Garden。花園結構似三層蛋糕，最上層的樹林覆蓋中層的灌木叢，而灌木叢則掩蔽地面的花草，層層綠蔭如華蓋，陰涼舒適是夏日午後尋夢的好地方。

步出森林花園不久，兩條木棧道在眼前分岔，由於車停中心擔心往返費時，我們只好捨棄了一點二公里長可通往Laking Garden的Grindstone Marshes Trail，而踏上較短的環形新娘步道（Bridal Trail）。小徑蜿蜒盤旋未幾，眼前景物豁然開朗，一條木棧道橫跨在漂滿綠色浮萍的濕地上，夾道是細長的水草和紫色的野花，如果碰上藍天白雲當如夢幻般迷人，難怪名為新娘步道。

回程時有好幾對新人在茶屋前的水池邊拍照，池中紫色美人蕉和紅紫蓮花相互爭豔，藍天白雲倒影池中，映照著新人的黑白禮服，渾然一幅天上人間的圖畫！

萬紫千紅的Laking Garden

由中心開車西行不到二公里即達Laking Garden。此園的最大特色是育有繁多品種的芍藥（Peony）和鳶尾花（Iris），雜以Hosta、萱草（Day Lily）及多種觀賞草葉。原以為屬於春天的花園此時定無看頭，沒想到園內多年生花草一樣爭妍鬥麗。

園首是Heritage Garden，有一間小小的藍色鄉村房子，房前有一層次分明的橢圓形立體花圃頗巨匠心。底層是雜色小花，第二層是紫色觀賞葉，第三層是橙黃橘紅的Celosia，第四層是我叫不出名字的紫葉灌木，層層堆砌環環縮小，最上層中心婷婷玉立著半人高的紫葉美人蕉（Canna Generalis），亮麗的色彩奪人眼目。

小屋對面一排灌木修剪成的抽象圖案挨著整齊的樹牆，登上入口的原木涼亭牆內多年生花園一目瞭然，原木格子花架格成一個個花圃，黃菊紫花各擅勝場。

步出多年生花園是一大片開闊的綠地，一畦一畦的鳶尾花圃排成對稱的螺旋狀，雖然群花早謝，但從藍綠的葉色中，不難想見春來花開萬紫千紅的盛況。

在鳶尾花圃中心有一大型的紫葉美人蕉花圃，花形花色皆如前述，不過計有三叢紫葉美人蕉，不僅美豔加分，也成為園中最大的亮點，眾人紛紛在前取景拍照。

園西有一六角涼亭，介於鳶尾花圃和芍藥花圃之間，想來是春日賞花的好地方。西南Hosta花徑的盡頭是一大叢的單子葉科觀賞草，一蓬蓬地長得高大茂盛。其中一叢青綠細長的草葉上，一節節地對生著淺黃斑塊，微風過處好像草上飛舞的蝴蝶，如此輕盈美麗卻叫做豪豬草（Porcupine Grass），真是大煞風景。

繁花似錦的Rock Garden

Rock Garden位於Laking Garden的西南邊，二者只有一水之隔，有步道相通，不過我們還是開車前往以便控制時間。此園位於碎石穴中，石階步道盤旋而下，不知由何處引來一股涓涓細流，越過石階流入園內的水池裡，池中有睡蓮點點水草數叢，依稀有幾分山石泉林的味道。

茶屋位於園內西南角，面對著春季球莖、鬱金香和夏季一年生花圃，雖然春花已謝，但除了預留的綠色草皮外，不管是石縫或地面均覆滿了如波似浪的鮮花、觀賞椒或莧科彩葉，一片錦繡不輸於滿園春色。

一年生的鼠尾草花（Annual Salvia）是夏季庭院常見的鑲邊花。此處於三角形斜地，對種紅白二色已打破一片腥紅的陳規，而吐著紅蕊的白花更添情趣。

盛放的群花固然千嬌百媚，點綴其間的青草綠柏亦收畫龍點睛之妙。尤其是池邊的一叢篦麻子（Castor Bean），細直紅莖上生著盤大的葉片，有八到十個尖角裂片，葉面綠中泛紫宛如一朵朵盛開的聖誕紅，臨波照影顧盼生姿。

傍著小圓池有一棵碩大無朋的巴比倫垂柳，粗壯的樹身和蓬鬆茂密的柳絲有著龍困淺灘的霸氣，絲毫沒有章台折柳贈別的詩情畫意。

園中步道上下起伏，高低有致，每一轉角皆有不同的景色，加以綠蔭夾道行走其間非常賞心悅目，縱然杜鵑花圃一片蕭條亦不足掛意。

擦身而過的教學園區（Arboretum）

教學園區位於皇家植物園最西邊，中心環形停車場外一片蒼綠，因為不管丁香、木蘭、山茱萸或紫荊都不是季節，而此時步行了大半天已然是腰酸腿乏，只好抱著遺憾離去，希望明春再訪時有充裕的時間能踏遍每一角落，並將外圍所有步道走上一遍。

（二〇一二年十一月十日寫於密西根州諾維市）

溫莎威利斯莊園

在與底特律隔河相望的加拿大溫莎市（Windsor）的河邊有一座美麗的莊園，隱藏在一片住宅區中，由威士忌酒商海勒姆（Hiram Walker）的次子愛德華（Edward Chandler Walker）建於一九〇六年，為紀念其英年早逝的律師兄長威利斯（Willis Walker）特命名為威利斯莊園（Willistead Manor），不過其父從未在此居住過一天。

愛德華本人除了蓋了這座莊園外並無任何特殊事蹟，倒是他的父親海勒姆是當地響叮噹的人物。他出生於麻州的窮苦人家，先後前往波士頓和底特律討生活，結果在溫莎市以磨坊和酒場發跡，然後修路、蓋教堂、郵局、學校和成立消防隊並提供員工免費宿舍，從而發展成了公司鎮（Walkerville），對當地經濟建設貢獻良多。

莊園計有三十六間房間，可惜愛德華夫婦並無子嗣，他於一九一五年去世後，夫人不堪獨守巨宅，在北院盡頭蓋了一棟房子，請她姊姊夫婦搬來作伴，每晚由僕人舉燈做暗號，再用馬車接送他們過來共進晚餐，但行之未久即先後搬回美國居住，夫人亦將大部分的家具運往美國，並於一九二一年將占地十九點五英畝的產業捐贈給當時的公司鎮，先後充作過議政廳、圖書館和藝術館，直到一九八一年才由溫莎市政府闢為公園，將一、二樓的部分房間對外開放參觀及供婚禮及會議之用。

東西向三層樓的莊園為英國多鐸式建築，建材以石頭、橡木、灰泥和陶土為主，方柱、拱門、迴廊、平台和矮牆為其特色，細部裝飾精美，但通體深沉的基調，不失英式別墅的穩重純樸。

莊園三面皆有低矮的鐵欄杆環繞，只有北面為開放式的英式花園，園前有一座由別處搬遷來的四角紀念亭值得細看，是為紀念維多利亞女王登基十六年所建的，其內為四面獸頭裝飾的瓶狀噴泉。

正門進口處有兩株十分高大的白樺樹覆蔭著紅磚前庭，南北廂房並不對稱，拱形窗和格子窗隨興並列，推開雕工精細的厚重單扇木門是小而陰暗的玄關，再推開另一扇同式木門彷彿走進了時光隧道，四壁皆飾以櫻桃木的大廳（Great Hall）內懸著宮廷式吊燈，兩扇落地長窗中間是裝飾精美的大理石壁爐，灰泥天花板上有著浮雕圖案，牆上掛著人物壁畫，深色硬木地板上鋪著小塊地毯，廳外有噴泉、花園和涼亭，在在充滿著往日貴族氣息。

往右是餐廳，北向飄窗面對著英式花園。餐桌並不豪華，可能不是原物，但黑色大理石壁爐和櫻桃木牆壁仍可見其貴氣。隔壁是暖房和女士休息室（Drawing Room），壁紙、窗簾、鏡飾、吊燈及家具均採金色系列，夫人的鋼琴亦以暗金為底色加上彩繪圖案，整體予人明亮典雅的感覺。

大廳南側是晨間起居室（Morning Room）和男士撞球室（Billiard Room）。兩室皆有壁爐和多扇窗子，西邊飄窗有几椅可坐著飲茶看旭日東升，東邊飄窗則如小小舞台可供男士觀戲，壁爐旁有張高被椅子頗有國王座椅的氣派。

緊鄰的書房，內有壁爐、吧台和躺椅，並有落地門通往室外迴廊。整面南牆嵌著櫻桃木書架，卻在正中開了一扇飄窗，內置一張鐵質精雕書桌，面對良辰美景坐擁書城，誠乃人生快事。

位於門首的木樓梯非常寬大，每一根欄杆上都雕滿了繁瑣的浮雕。轉折處有很大的平台，格子窗飾、明鏡和吊燈在此交織出華麗氛圍。

二樓北翼是夫人的化妝室和臥室，大花壁紙、流蘇窗簾和帶柱睡床皆如電影布景。南翼原為兩間臥室，現已打通供婚禮宴客或會議之用。中間迴廊設有吧台適合飲酒交誼。

正門對面有一單棟房子，以為是客房或僕人房，卻原來是可容六輛馬車的馬廄，即以今日眼光來看也算得上是豪華車庫。

園中有多條紅磚步道散布在楓林之間，秋陽下樹上地下的黃葉一片金光燦爛，似乎還在炫耀著往日的榮華富貴。雖然磨坊和酒廠早已易主，但隔街的家族教堂還在，鐘聲響起，又有一場歡樂的婚禮在此舉行，但不知為何我卻想起了「昔日王謝堂前燕，飛入尋常百姓家」。

（二〇一四年一月五日發表於《世界日報》走馬花旗）

繁華落盡的總督府

這棟位於加拿大漢彌爾頓（Hamilton）市，耗資十七萬五千元費時三年完工於一八三五年的城堡（Dundurn Castle），占地一萬八千平方呎，計有七十二個房間及水電（gas）設施，古典建築風格中融入義式廊柱、迴廊和法式窗櫺設計，長方形的城堡有著寬闊的視野，Burlington峽灣風光盡收眼底。

業主Sir Allan Napier MacNab，由律師發跡成為地主而鐵路業企業家終至加拿大總督（一八五四至五六），因其顯赫的社會地位使得這座城堡名噪一時，連英王愛德華七世（時為威爾斯王子）亦曾為其座上客。

漢彌爾頓市政府於一九〇〇年以五萬低價購入此堡，卻花了三百萬元重修，目前只有四十二個房間開放給大眾參觀。

若以安徒生童話眼光來看這座灰撲撲的二層樓城堡還真有些失望。面街背湖的城堡由三個部分構成，中間正門所在的部分往內凹入，建有迴廊及由六根高及堡頂的圓柱撐起的門廊，迴廊、廊柱和堡頂護欄均漆為土黃色，左右對稱的兩翼則為灰色，使得城堡不致顯得過分單調。

穿著十九世紀服裝的導遊領我們由左翼後來加蓋的通道進入城堡，正門玄關雖然寬敞但光線昏黃，紅色窗簾褪盡了顏色，加以四壁剝落正在翻修之中，難掩沒落之氣。地上拼花磁磚不知是否重貼過還算顯眼，靠近右翼的木旋轉梯依稀可見往日風華。

右翼有著圓形落地窗的大房間是正式宴會廳，紅色團花地毯、紅絨座椅、紅絲絨黃流蘇窗簾、紅色蓮花吊燈和房沿精緻繁瑣的雕飾在在顯示著當年的逼人富貴。牆上掛著總督四歲小女兒的畫像，她長大以後即在此廳舉行婚禮。

隔壁是總督的書房，一色的櫻桃木家具、壁爐和書架有些陰暗，好在蘇格蘭紅格子窗簾打破這份沉穩。裡間是男士們的吸煙室，狹小的斗室中有一張小圓桌、四把椅子、簡單的櫥櫃和小小的洗手台，但顏色、圖案各異的壁紙、窗簾及地毯使得整個房間更形擁擠凌亂，煙霧繚繞中怕是誰也難以欣賞臨窗的優美湖景。

正門玄關背後是面湖的正式餐廳，淺藍色牆壁配著綠色織花地毯和綠絲絨黃流蘇落地窗簾，巨形水晶吊燈下是可坐二十人的長方形櫻桃木餐桌椅，牆上掛著英王愛德華七世的畫像，不凡身價不言可喻。

穿過餐具室、男總管臥室來到對面的城堡左翼，曾為總督姑媽居住的房間。客廳裡有紅絲絨落地窗簾、白色壁爐、小圓桌和沙發，簡單的收藏品和擺飾完全沒有皇親國戚的富貴之氣。相鄰的臥室更是狹小，只有一個小壁爐、一張靠牆撐著人字形繡帳的單人床、一個小梳妝台和一架屏風。特別的是地上置有一個一端翹起的小沐浴盆。

樓下有一間浴室，只有浴盆沒有馬桶，但有煤氣爐和牽引來的水管提供冷、熱水。在左翼盡頭一間密閉小室裡設有一個馬桶，箱形空投式木座椅和現代的抽水馬桶相去不可以道里計。很難想像穿著古裝蓬裙的貴婦怎樣如廁？

登上狹小的樓梯，也就是總督姑媽房間的樓上，是總督續弦夫人所生二女的閨房。客廳臥室除了桃色系的地毯壁紙較為花稍外，家具裝飾皆談不上豪華。對面則是原配所生長女的閨房，姊姊採用了淺綠圖案的壁紙，臥室較妹妹略大但沒有客廳，此外別無特異。隔壁面湖的小間則是姊妹們的音樂室，椅上有笛子但未見其他樂器。

正門玄關上面的敞廳有壁爐、鋼琴與沙發應是家庭休憩的地方。左手邊盡頭面湖的這邊是總督夫人的臥室和縫紉室。臥室採藍色基調，不知是因房間大還是擺設的關係，總覺得那有白色帳頂的雙人床十分短小。桌椅五斗櫥均為歐美家庭常見的式樣，倒是暖色調的縫紉室小而溫馨，臨窗一副小桌椅，正好面湖書寫心情。

臨街的這邊是總督的起居間及主臥室。主臥室非常寬敞，石磚地上鋪著花色圖案複雜的地毯，紅色窗簾、座椅、床單、帳幕予人歌劇院的感覺。步出主臥室得以由鋪著紅色圖案地毯的旋轉梯下樓，略能體會貴族的氣派。

接著來到地下室僕人居住工作的地方，廚房裡有另一位穿著古裝的廚娘向我們解說廚房設備，並有現做的蜂蜜蛋糕和起士供我們試吃，牆上一排音響不同的鈴鐺是供樓上主人使喚用的。當年白糖八毛一磅是天價，因為女總管不過月入八元，普通女僕只有二元，許多人買不起而一輩子沒吃過白糖。

另外有蠟燭間、酒窖、文件室、儲冰室、香料室、洗衣房、儲煤室等，除了廚房和僕人吃飯的地方還算寬敞外，其餘的地方均陰暗低矮。洗衣房內紅磚地上有一長桌可供燙衣

〈繁華落盡的總督府〉總督府後園

物，櫃子上有五六個不同的熨斗，天花板上有幾個晾衣架。以現代眼光來看非常簡陋，卻為當時家中沒電沒水的平民大眾豔羨不已。

一小時的參觀很快過去，步出城堡覺得大片草地上的陰天遠較點著燈的城堡明亮舒暢。細看城堡右翼側面，露台、房簷、廊柱及窗櫺的確很考究，而城堡背面又比正面好看，兩座正方尖頂城頭堡中間有迴廊、露台，面對著後花園和一片湖水，夏日午後茶會和月夜露台高歌的動人場面不難想像，只是物換星移人事全非，花園早已荒蕪，湖景亦為濃蔭遮蔽，良辰美景不再。

城堡東邊有一間白色二層樓小屋是軍事博物館（Hamilton Military Museum），陳設一些和兩次世界

查出個所以然來，但始終無人建議看眼科。最後，一位驗光師為我做了平生第一次的視野測試，認為我可能有青光眼，建議我去看青光眼專科。

我還未預約時間，一天晚上突然左眼暴痛，急診室的值班醫生用筆形眼壓器測了眼壓後，要我即刻前往城裡醫院總部以確定是否有青光眼。從此，我便開始青光眼治療，但無法配戴任何眼鏡。嫂嫂的姊姊聽說了我的情況後，介紹我去加拿大眼鏡行驗光配鏡。

精心配鏡毛病減輕

這是一個典型的家庭商店，父子皆名保羅，我以老、小區之。老保羅一臉慈祥，介紹他們的儀器設備和打磨鏡片的流程，然後花一個多小時替我仔細驗光、挑選鏡框、鏡片和測量尺寸，這樣的慢工細活是我在美國從來沒有經歷過的。兩週後拿到新眼鏡，是德國進口的超薄鏡片，的確比美國鏡片輕便許多，我戴上後總算解決問題。

老保羅根據我的眼鼻耳來調整鼻墊和鏡腳的內外角度及高低長短。他多是憑其多年經驗和一雙巧手，多次拿捏揉弄，直至既能固定在鼻樑上又不致壓迫眼角神經而左右鏡片能維持在同一水平線上為止。這是一個需要全神貫注的瑣碎工作。一副眼鏡通常要調個三到五次才能滿意，而每次需要一個多小時，他始終都能笑臉以對。

有一天，我站在同事身後，突然發現電腦上的字一片模糊，回到自己桌上也一樣看不清楚，請教老保羅才知道我的近視太深，一副眼鏡已不足以應付各種不同的視距，需要加配一副電腦專用的眼鏡。我以為兩副眼鏡換來換去已夠麻煩的了，沒想到在小保羅手上我的眼鏡愈配愈多。

老保羅退休後，小保羅當家。我因青光眼怕光，小保羅替我量鏡加配夾式太陽眼鏡，接著近視開始逆轉而老花仍在繼續增加，一加一減並未正負抵消，而是眼睛對遠近感覺一片混亂，頭痛、眼痛又成家常便飯。

病情加重等待高手

小保羅幾次推薦鈦合金無框眼鏡（Silhouette），但因為標價超高被我拒絕。今春近視再度逆轉，我忍痛配了兩副同款式的鈦合金無框眼鏡，以鏡腳顏色區分近視眼鏡和電腦眼鏡。他花了一整個上午才將兩副眼鏡搞定。由於那副紫色的鏡腳軟弱無力，我每次都好像是拎著兩條泥鰍往耳朵上掛，勉強掛上後又從鼻樑上滑落。黑色的那副稍微好些，也是一樣容易滑落不易聚焦，搞得我頭昏眼花，只好奔波於底特律和溫莎之間。

小保羅終於放棄，說是鈦合金經過染色以後硬度、韌性因顏色而有所差異，自動換了一副青銅色的給我，雖不是很理想但比紫色的好多了。近視眼鏡能開車看遠處也能看報上電腦，就是無法看電視。小保羅認為，無論加減度數，我的眼睛都不比目前舒服。他誠實地告訴我，他也不知道為什麼，將請教同業中的高人。

等我再回去，他沒有找到原因，僅有權宜之策。他免費奉送一副專供看電視的單焦距眼鏡給我，不過是用我的舊鏡框。換了新眼鏡，原來的夾式太陽眼鏡不再適用。我在超市買了副蛙鏡式太陽眼鏡罩在近視眼鏡外面，低矮的鼻樑不堪兩副眼鏡的壓迫，經常滑落移位，擦汗撓癢兩皆不便。

我不知，我是否會恢復單焦距眼鏡時代，開車、散步、上電腦、看電視、讀書看報皆各有專門眼鏡。如果這樣，出門旅行時我也要隨身攜帶一個眼鏡箱以備隨時換鏡。這情況光是想想都覺可怕，我寧願像現在這樣出國調眼鏡。

（二〇一四年九月七日發表於《世界周刊》No. 1590）

〈尋蝶〉霹靂角一景

尋蝶

去冬，先生的一位加拿大同事向他提及多年前到霹靂角（Point Pelee）觀賞帝王蝶（Monarch Butterfly）南遷的盛況，並強調非常值得前往一賞，可惜他不記得賞蝶的最佳時間和地點，只說大約是在九月底十月初，到時Google一下便知。

我們久住底特律西郊，和加拿大的溫莎市（Windsor）只有一水之隔，距離霹靂角也不過兩個半小時的車程而已，歷年來曾多次前往遊覽，只知它是候鳥棲息地，卻不知亦是帝王蝶飛越伊略湖（Lake Erie）的中途站。

霹靂角是加拿大陸地的極南點，形如細長的尖錐，錐尖直刺伊略湖的湖心。半島面積只有五點八平方哩，東岸多岩石缺少樹木，因而被前來探險的法國人稱作「禿角」，此乃法語島名Point Pelee的由來。

半島於一九一八年闢建為加拿大國家公園，占地三千八百六十英畝，是加拿大成立最早也是最小的國家公園。島上大部分為濕地，香蒲與池塘充斥其間。登上兩層樓高的觀景木台，但見蒲草一望無際，春夏碧波蕩漾，秋來金光燦爛，冬至白雪皚皚，雖四時風采不同，但空寂如一。不到一哩長的環形木棧道隱身比人高的蒲草叢中，偶爾一兩處可見渾濁的塘水和稀疏的睡蓮，餘皆為直立如劍的蒲草，隨風翻騰，嘩啦作響。行走其間，頗有幾分天地我獨行的感覺。不過這種感覺不會持續太久，因空中不時有飛鳥和流雲掠過。

雖然極目所見皆是蒲草，但其後是有多個大小池塘的，欲探蓮塘美景非乘坐獨木舟深入其間莫辨。我不會游泳，加以風大和無處遮蔭，從來不敢輕易嘗試。

西岸由北至南為一狹長的三角形林區，有一條公路可直達尖端，途中有露營區、多條人行步道及三處沙灘，沙灘雖無人滿為患之虞，但此地終年浪急風高，湖水冰涼，難親芳澤。此外夏天獨有的黑色蒼蠅成群結隊，隔著衣褲都能將人咬得又癢又疼。

我於九月初開始Google帝王蝶南遷的消息，發現貼文不多，但普遍反映今年因受北極漩渦的影響，北上蝴蝶銳減，南下盛況恐不復見。心下焦急，恐怕賞蝶和賞楓一樣，往往因氣候難以捉摸而失之交臂，於是九月下旬即驅車前往尋蝶。

到達距尖端一哩餘的遊客中心，陰霾的天空突然放晴，遊客如意料中的不多，以為大家都和我們一樣是來尋蝶的，結果只有先生和我打探蝴蝶消息，接待員一臉意外地回應，因為西風狂吹恐怕看不到蝴蝶，不妨試試尖端東岸。

乘坐敞篷觀景車到達尖端，很快便看到北緯四十二度的標誌，就因這極南的地理位置和氣候，稀有的暖帶植物如朴樹才能在此生長。接著穿過黑核桃林區，再沿著西岸行，果然風聲如吼，驚濤裂岸，好像千軍萬馬殺將而來。

步行幾分鐘後即達尖端沙灘，好幾台攝影機正架在其上，似乎有專業人士在此等候取景。錐尖部分又被潮水淹沒許多，在那極小的三角沙地上棲滿水鳥，對眼前的洶湧浪濤無動於衷，卻對沙地上的腳步聲極其敏感，只要有人稍微走近便驀地驚起，低空盤旋，待人走遠復又棲息如止。

妙的是，那猶如萬馬奔騰的波浪在此被錐尖一刺，頓由慷慨激昂的交響樂化作了溫柔的小夜曲。沿著東岸沙灘走去，藍天白雲下一片風平浪靜，背風的叢林樹梢剛剛開始變色，既不見漫天飛舞的蝴蝶，更不知牠們棲息何處。

正窮極目力在一棵樹上搜尋時，一隻帝王蝶由另一棵樹上翩翩飛起，在我們頭上轉了幾圈後不知所終。心想，既有一隻就有一群，遂興奮地逐棵搜尋。哪知諸色紛陳的秋葉看花了眼，就是不見帝王蝶蹤影。頹然走回沙灘，偏又有一兩隻帝王蝶翩躚而過，惹得我們心動不已。適逢一對加拿大老夫婦在沙灘上遛狗，想來是當地人，趕緊上前探問帝王蝶的蹤影。豈料，他們反問我們，何謂帝王蝶遷徙？

黑脈金斑蝶是世上唯一的遷徙性蝴蝶，雙翅布滿黑脈金斑，翅緣鑲嵌白點，體形大兼且華貴如帝王，因而俗稱帝王蝶。牠的一生充滿傳奇，歷經卵、幼蟲、蛹和成蟲四個階段，才能由醜陋的毛毛蟲蛻化為美麗的帝王蝶，但並不是每隻帝王蝶都能達成返回墨西哥蝴蝶谷過冬的心願，而是經由四代接力才能完成。春夏出生的前三代一般只有幾個星期的壽命，負責遷徙的第四代卻能奇蹟似地將生命延長到七個多月，才能完成歷時兩個多月的長途飛行，回到先祖曾經棲息的那棵樹上冬眠。

帝王蝶沒有領頭羊，百萬計的蝴蝶是如何依循同一方向飛越幾千哩返鄉的呢？科學家經過多年的觀察研究，終於揭開了謎底。原來除了太陽，牠另有導航的生物鐘，只是這生物鐘不像其他昆蟲或鳥類存在於大腦之中，而是藏在觸鬚上。

至於帝王蝶為什麼選擇墨西哥蝴蝶谷作為過冬之地呢？因為那兒有大片的杉樹林，陰涼潮濕，最適合長途飛行過後的帝王蝶休養生息。然而，近年來因墨西哥濫伐林木和大量使用農藥化肥，破壞了帝王蝶繁殖生長的自然環境，以致蝴蝶產量銳減。今後須仰賴美、加、墨三國合作護蝶，才能繼續保存這自然界的遷徙奇觀。

循原路走回候車處，在西風肆虐下，路邊竟然還開著黃藍野花，不時有蜻蜓飛舞其間。據說這種蜻蜓也會遷徙，但那薄如蟬翼的雙翅能飛得過浩瀚的伊略湖嗎？念頭尚未轉完，又見三兩隻帝王蝶在前翩翩起舞，不由得想起梁祝化蝶的美麗傳說，雙飛蝴蝶是天長地久的愛情圖騰，不知曾感動了多少青春的心，但比起萬里奔鄉的帝王蝶來，那浪漫的愛情便遠不及悲壯的親情來得震撼感人！

願東風再起，借風使力，帝王蝶能平安飛越伊略湖，早日返鄉。

（二〇一四年十一月二十一日發表於《世界日報》副刊）

愛恨芝加哥

1 | 2
3

〈芝城植物園處處驚艷〉Evening Island上的鐘樓
〈芝城摩頓植物園〉作者女兒與外孫女攝於兒童花園內的紫荊花樹下
〈再別芝城〉瑪麗蓮夢露雕塑展

芝城植物園處處驚豔

芝城植物園位於芝加哥城北二十哩處的Glencoe，占地三百八十五英畝，計有九個小島散布在水域上，其中有二十三個風格各異的花園。園內花草樹木種類繁多，可謂四時均豔各有風情。植物園不須門票但要付費停車，普通轎車一輛一天美金二十元。

入園以後我們一行四人首先乘坐白色開放式有篷的觀光拖車（車票每人五元）繞園一週。駕駛員一邊緩慢開車一邊簡介園內種種風光。放眼望去，遊人如織，除了島上最高建築物鐘樓清晰可見外，其餘建築物均掩映在一片濃綠之中。藍天白雲下路邊的野草閒花迎風搖曳，河水輕波流轉，悠閒慵懶的三十五分鐘車程很快地過去。

由遊客中心出來步過小橋即進入主島。沿著東岸漂亮的紅磚人行步道往北走，左邊是修剪整齊的草坪樹木和數座成排細柱狀的噴水池，右邊水中有三股水柱的噴泉。未幾進入Native Garden，草地上開滿類似雛菊的各種野花，亮麗的金黃紫紅眩人眼目。

行過另一小橋來到蔬果園，水果以蘋果莓類為主，岸邊有花棚涼椅可供休憩。島上有花圃溫室並有專人講解，捲心菜、大蔥及玉米具為園中一景。格子木窗上爬滿藤蔓植物，並結有黃色小巧的葫蘆瓜，非常可愛。最具巧思的是一面紅磚牆上釘著長方形的格子木架，上面栽滿了五顏六色的小花，就像一床錦繡花毯。

回到主島，踏上造形優美的九曲橋，朵朵紅白蓮花浮現眼前並有碩大的錦鯉躍然橋下，此即水生花園（Aquatic Garden）。

步下九曲橋來至球根花園（Bulb Garden）。岸邊有大量顏色豔麗的球狀花朵及各色各樣的水仙花，其中有一種淺黃色的水仙花，三瓣細長三瓣寬闊相互參插，像極了蘭花！成堆金紅菊類花朵簇擁著幾株小巧的香蕉樹別有風情。另有一叢Zinnia讓我們驚豔不已。圓形花朵有二三十細長平展的花瓣，包圍著一個紫紅細緻皺摺向中心凹入的大花球，花球外圈鑲著一圈金黃色的極小花朵，每一朵花均有五瓣細長的金黃花瓣，小花外圍更有一圈金黃絲線似的花蕊。外圈花瓣鄰近花心的一半是紫紅色，靠外的一半則是金黃色。更奇的是外圈能生有一層兩層甚至三層的花瓣！這花朵的富麗堂皇不能不讓人驚嘆造物者的神奇！

信步往前就到了以柏樹為牆的景觀園。此園主要以松樹、石頭、流水打造園景。其中有一棵叫Bristlecone的松樹，一根根松枝就像豬鬃刷子橫七豎八地插滿樹身，雖然其貌不揚卻已有四百年的壽命了！花園另一端有一圓形蓮花池，中有一飛鳥銅雕，池外鋪著一圈碎石，造形簡潔反襯得四圍花圃鮮豔奪目。

沿著人行步道轉入Circle Garden。顧名思義這是一個以綠樹為牆的圓形花園。花園中心是一座多角形的噴水池，南北有對稱的綠樹拱門，其後有一個綠樹修剪成的小寶塔或亭子。花壇裡以紫色花朵和黃色的向日葵為主，四角各有一盆蔥綠色圓球狀的植物，看起來不甚起眼，原來是咖哩。難怪一進園門即聞到一股咖哩味，還以為是印度遊客帶進來的！

走過一座木板小橋登上蜘蛛島（Spider Island），此島甚小，並不盛產蜘蛛而是以島形似為名。島上多是自然風貌，綠樹青草黃土徑及一小片水仙花叢。漫天雲彩和著岸邊的蘆葦水草樹林倒影在水中，數隻野鴨優游其中，竟有著仲夏夜之夢的幻覺。

離開蜘蛛島後，回頭穿過Circle Garden踅進Enabling Garden。甫進花園便被一種闊葉樹吸引，一條條的長豆莢掩映在漂亮翠綠的心形葉子下，像極了四季豆不過顏色有綠有紫。大片水仙花叢的後面是紅牆圍繞的多角形花園。中央紅磚地上砌有幾何圖案的花壇及噴水池，各種盆栽花草美不勝收。裡面有一種白菊似的花非常有意思。深藍細點的球狀花心外，包圍著一圈白色細管似的花蕊，花蕊外面鑲著一環橘紅花邊，挨著花邊又滾上一道深藍曲線，就像是花中有花，更像是一隻神祕的大眼睛。

出了園門迎面的山坡地即是Sensory Garden。山北是大片青草樹林。綠樹下有一叢叢造形奇特的白色花串，點點小花團聚成弧狀，尖端收細呈淡綠色向上翹起，活像群鴨浮游碧波，卻有一個不相稱的名字——雅各梯。不知和舊約聖經中雅各遇見神的天梯有無關連？

下坡後通過S形的曲橋便到了園西的Evening Island。首先拾級而上至島上最高點一探鐘樓本相，正方形鐵柱共分五層，上面四層各掛有數個大小不一的鐵鐘，頂上覆有三角形尖頂。鐘樓雖嫌簡陋但鐘聲尚稱清越。下至坡底有大片薰衣草迎面相迎。登上南面山坡下望，只見藍天白雲下大片橢圓形的草坪像顆碧綠寶石，閃耀在一波紅一波紫的花海之中，沿岸有荷葉田田楊柳絲絲，加上涼風習習彷彿行走在圖畫之中。

走出花海行過木橋又回到主島。步行不遠一座日式木橋將我們迎入南邊的日本園（Japanese Garden）。此島以綠色為主，沒有任何花卉點綴。所有灌木均修剪成磨菇狀，松樹則一律壓低彎折成中國古松狀。大小兩島上各有一座日式庭院，看慣蘇州庭院，覺得此處了無新意，但所有老外卻是趨之若鶩。

繞行一周後回到主島續往東行。左邊山坡上岩石中有清泉流下，形成迷你瀑布，竟美其名曰瀑布園（Waterfall Garden）。右邊臨河處是大片綠草坪，有許多新人在此拍照。行走了大半天雖是按圖索驥，此時卻因地勢高低起伏走得有些凌亂，穿過長長的木格花廊竟意外地來到玫瑰花園（Rose Garden）。花廊前方有一葉形噴水池位於大片綠草坪上。草坪兩側散布著彩帶般的玫瑰花圃，花圃外圍則以修剪平整的綠樹為牆，園內繁花似錦綠草如茵，單瓣複瓣單色雙色的玫瑰直教人眼花撩亂。

隨著人潮來到一座英國庭園。首進花園裡有花棚、涼椅及修剪成棋盤狀的矮樹叢。綠樹修成的拱門連接另一花園，圍著聖杯狀的雕塑物是成堆的黃菊，沒有什麼特色。步出莊園卻意外地眼睛一亮，綠色山坡上大片紅黃藍紫的菊花，開得錦繡燦爛。

不知怎地，繞到另一英國莊園的外側。兩座四角形的英式涼亭彼此相望，兩面石柱兩面紅牆，相望的兩面紅牆上開有拱門，朝外的兩面紅牆上則各有一扇圓窗，兩亭之間有石欄杆相連。紅磚壁上爬滿藤蔓，涼亭下面花草叢生。轉到另一面，濃蔭掩映下有兩根紅磚柱的鐵柵門半開，有好幾對新人正在裡面拍照，我們只好過門不入。門外牆邊布滿了花卉盆栽，有白繡球、紅黃菊花和多樣藍紫小花，這份豔麗想來也不輸園內。大門口有一石雕，四方底座上是有著四根石柱的小亭子，亭頂好像一個花托托著一個金色地球儀。出人意外的是亭內擺的不是常見的人物雕像，而是一塊山形礦石。

順著紅磚路我們來到進園時錯過的史蹟花園（Heritage Garden）。這是一座綠樹環繞紅磚為地近乎圓形的人工花園。以方地上的圓形花壇為中心，向外輻射出第二圈的數個蓮花池，及最外圈的許多小花壇，花繁葉茂自不在話下。值得一提的是有四個小金字塔分據中心方地的四角，差不多十呎高的金字塔花架上，種滿小草似的植物，兩面暗紅兩面青綠，形成極佳的對比，地上並散放多盆同樣的圓形盆栽。可謂方中有圓、圓中有方，十分有創意。

整個植物園內非常整潔而且公共設施齊備。每隔適當距離便有公共廁所、飲水器及涼椅，遊客中心內有一臨水的自助餐廳，食物花樣不少，只是價格並不便宜。難得的是當日芝城風和日麗，華氏七十幾度的氣溫不冷不熱，行走五個多小時竟然沒有出汗！島與島有橋相連，園與園有路相通，不管是石橋、木橋或磚路、石徑、泥巴地皆平緩易行，且多數地方都是綠樹成蔭清風徐來。

（二〇〇九年十月四日發表於《世界周刊》No. 1333）

春來湖水綠如藍

位於密西根州西南端的St. Joseph，離芝加哥市區只有九十哩，以其絕佳的地理位置和優美的湖岸沙灘，素來擁有中西部遊覽勝地之稱。多次來往芝城從未在此停留，此番趁著復活節長週末到芝城探望女兒女婿之便，決定中途小停一探究竟。

由九十四號公路出來，前行六七哩經過與St. Joseph並稱雙子城的Benton Harbor即達密西根湖畔的Lake Bluff Park。峭壁上的公園與公路平行，可遠眺密西根湖及燈塔，綠地上建有涼亭、座椅、噴泉、人行步道及各式紀念碑、亭。春天伊始樹木剛剛開始萌芽雖無夏日濃蔭，但湖上落日美景四時俱在。

Lake Bluff Park下面即是著名的銀色沙灘公園（Silver Beach County Park），春寒料峭加上風急浪高，沙灘上只有三三兩兩散步的人尚無弄潮玩船者的身影。兩道灰色防波堤伸向浩瀚無邊的密西根湖，St. Joseph河和密西根湖在此欣然交會。北堤盡頭矗立著此城的地標——紅頂白牆的燈塔，我們隔著河水行走在南堤上，反而能取得更好的攝影角度。湖與河同樣地波濤洶湧，一堤之隔卻各自湧動出了不同的色彩，湖水碧綠，河水深藍，而後在水天交界處渾然一體。

堤上有不少人垂釣，未見漁獲，卻見強風吹走了小朋友的帽子。堤下不知是鴨子還是水鳥不畏強風地隨波逐浪，駐足觀看了一陣子，才發現牠們並非單純地戲水而是乘著浪頭捕魚。

小鎮安寧悠閒，街道乾淨，行走其間十分自在，夏日豔陽下的湖水沙灘應是更加地風情萬種，期待著下次夏日再訪能多做停留，好在濃蔭下涼風中走遍每一條人行步道，在銀色沙灘欣賞湖上落日，看滿天星斗沉沒湖中。

次晨窗外一片灰濛濛，竟是下了一夜春雨，雖然陰雨壞了心情，我們還是決定照原定計畫拜訪位於威州的Geneva Lake。此湖呈東西狹長形，湖深一百五十二呎，是威州境內第二深的湖，離芝城只有兩小時車程，為芝加哥人深喜的避暑勝地。許多名人富賈均在湖邊擁有豪華別墅，花花公子俱樂部曾設於此，其後改為避暑山莊。

妙的是湖名為Geneva Lake而湖邊小鎮名為Lake Geneva，老美詞窮可見一般。抵達時早已雨停地乾，不過天空陰暗，強風呼嘯，湖面顯得清冷。停車路邊，對街的一排小洋房馬上吸引了我們的目光，每一幢均小巧玲瓏各有特色。一幢紅瓦白牆的小洋房，拱形格子窗及拱形門廊十分搶眼。另一幢純白小洋房，鑲著鏤花廊簷，顯得華麗。

當我們漫步湖邊尋找餐廳吃中飯時，一位熱心的遊客指點前面一家餐廳經濟實惠，所有早餐餐點一律美金五點九五元加稅，於是男生都點了最貴的牛排（原價十一點九五元）。內有牛排一小塊，兩個荷包蛋，兩片吐司及煎洋芋絲，內容非常豐富，當然牛排的部位不是很好，不過本分地烤至七分熟，沒有過生或過熟。鄰桌有人過生日，熱情的女侍們唱了三四遍〈生日快樂〉歌，盡顯小鎮人情味的濃厚。餐廳面湖，進餐期間看著遠方天際從一絲微藍，變做一角藍天。待我們走出餐廳，強風已將陰雲吹散，太陽也露出臉來了。

此時天空一片澄藍，像洗過了般纖塵不染，些許白雲兀自臨波照影，碧波泛著金光隨風蕩漾，白色浪花輕拍著金色沙灘，岸邊豪宅在枯枝掩映下若隱若現，一艘遊船正停在碼頭招徠遊客，由於風大加上船票太貴（遊湖一小時，每人美金二十一元），我們便沒有坐船遊湖，而是沿著湖邊步道瀏覽風景。

休憩中心是湖邊最顯眼的建築物，內有許多小店及廁所，由於旺季未到，只有幾家店鋪開門，其中有一家冰淇淋店叫「KC Sweets」，KC二字正是女兒英文名字的縮寫，她遂欣然在門口留影。只是一球冰淇淋美金三點九五元貴得離譜，好在天涼擋得住冰淇淋的誘惑。

中心外有小小的船塢碼頭，此時遊人不多，站在碼頭盡頭，但見白雲悠悠，碧波粼粼，這一片波光雲影，綠中有藍，藍中泛綠，如絲似帶隨著波紋閃動，好像年少輕狂時的一個個金色夢想，看似唾手可得，實則咫尺天涯。

中心斜對面是造形優美的圖書館，長排落地窗面對著碧波萬頃，不知在這樣明媚的春光裡，如何能靜得下心來看書？

步道另一邊是環湖公路及公園綠地，涼椅、噴泉和雕像散布其間。其中最有名的是位於Flatiron Park內的漫畫人物Andy Gump的鍍銅雕像，也是小鎮的地標。提起此像還有一段小插曲。Sidney Smith於西元一九一七年創造了Andy Gump這位既無才貌又沒金錢的漫畫小人物，在《芝加哥論壇報》連載，結果深受大眾喜愛，不久更成為全美家喻戶曉的漫畫人物。

《芝加哥論壇報》感念他的貢獻，在他Lake Geneva的故居建立了此一雕像。Andy Gump於西元一九三五年車禍去世後，小鎮將此像移至公園現址。未料西元一九六七年雕像被一醉漢砸毀。其時漫畫已停刊近十年，但小鎮對其念念不忘，遂於現址重建雕像。

路邊植有桃樹，滿樹桃花含苞待放，晴空下點點豔紅十分好看，再過十天半月，桃花盛開映著碧綠湖水，自是「桃花流水鱖魚肥」般地引人入勝。

步道盡頭有幾家漂亮的大旅社，再過去便是湖濱私人豪宅區，不得超越雷池。我們只好踅進小鎮，小鎮真的很小，大概只有橫直一兩條街，沒有大城市的喧囂繁華，但乾淨清爽，容你悠閒漫步。小鎮餐館林立，一路上瀰漫著各種食物香味，尤其是巧克力爆玉米花的甜香惹人垂涎，只是一小袋美金六點九五元的標價讓人卻步。

步出小鎮，我們開上環湖公路，希望能一窺名人豪宅。名為環湖公路，其實只有一小段是沿著湖岸。經過步道盡頭公路即轉入豪宅背後，果然是林木森森，庭院深深，好在葉子尚未長出，疏枝間依稀可見豪宅輪廓，雖是驚鴻一瞥已能感受豪宅的氣派，何況還有附屬的游泳池和網球場。遺憾的是無法下車拍照，亦無人講解，不知豪宅歷史和所屬何人。

轉出豪宅區，左手邊是Big Foot Beach State Park，藍色溪流上有兩座黑色弧形橋，頗有幾分詩情畫意，公園內有烤肉露營設備，可做多日盤桓。右手邊的Geneva Lake浪花翻滾，卻見一人乘著浪頭在玩單人帆板，如此興致令人羨慕。

許多豪宅現已改為餐廳旅館，但因風勢太大無法一一尋訪，加以公路離湖愈來愈遠，只好依依不捨地踏上歸途。下次夏日重遊一定要坐船遊湖，領略湖上風光，更要探訪於西元一八五六年所建小鎮地標之一的「The Oaks」豪宅。還有建於西元一八八八年造形奇特的古蹟「Black Point」，這間擁有二十個房間（十三間臥室）的豪宅，曾被評鑑為威州和伊州保養最佳的夏季別墅。當然還有因多重建築風格被評鑑為全美十二最佳鄉村莊園之一的林間豪宅。

（二〇一〇年六月十七日發表於《更生日報》副刊）

芝城摩頓植物園

今冬超低的氣溫遲緩了美中春天的腳步，也混亂了所有花開的時序，直到五月才看到春花綻放。趁著無雨的春日我們走訪了位於芝城西郊二十五哩遠的摩頓植物園。

這座占地一千七百英畝的植物園由Joy Morton於一九二二年創立，現為一國際知名的非營利機構，致力於林木的培育和保護，由五十三號公路分為東西兩區。

東區涵蓋一千一百一十八英畝，以兒童花園（Children's Garden）、迷陣花園（Maze Garden）及大岩石（Big Rock）等為主要景點，另有多條木屑人行步道通往橡木、楓樹、山毛櫸和針葉等林區及珍貴的搜集林區。春天沿著湖邊或林間步道可欣賞到木棉、野花、杜鵑、石榴及蘋果花盛放的美景。

西區有四季花園（Four Seasons Garden）、馨香花園（Fragrance Garden）、花樹（Flowering Trees）及湖畔草原美景。春天除了盛放的梨花、木棉、野花、紫荊、蘋果花外還可看到廣植的水仙花叢，並可賞鳥觀察野生動物。

我們抵達遊客中心時，停車場上有好幾輛學校巴士，成群的小學生嘰嘰喳喳地奔向東區的兒童花園，避開人潮我們首先造訪了位於西區曾為Morton家族故居的教育中心（Thornhill Education Center）。

由遊客中心前往教育中心可沿著主步道前行或開車前往，沿路綠樹成蔭梨花似雪，更有大片的雜色鬱金香和白色水仙花叢，可說美不勝收。

教育中心深藏在紫荊花樹之間，紫荊遠觀如柔美的櫻花，但花朵纖細小巧如繁星點點附著於枝莖上，由於花期已近尾聲，淡紫身影不似櫻花的燦爛如火，倒有幾分空靈清秀。

馨香花園（Fragrance Garden）

走過石磚路來到教育中心西面的馨香花園，尚未踏入花園木門撲鼻香味即迎面而來。林木環繞的園中心乃一圓形小池塘，四圍有木花架涼椅及花圃，黃色水仙和雪球花開得燦爛，山谷百合不知是花期已過還是尚未盛開，稀疏細小如鈴鐺的花串隱藏在大片長葉之間，顯得格外小巧可愛。

多彩多姿的夏花尚未盛放，但濃蔭蔽天，香風習習，寧靜平和的氛圍，使人能全然放鬆心情享受美景。

歡樂小徑（Joy Path）

步出花園右手邊是一條為紀念創立人Joy Morton而命名為歡樂小徑（Joy Path）的步道，夾道林蔭中有著疏落的紫荊身影，好像在一片碧波中漂浮著一條紫紅紗帶，忽隱忽現，忽左忽右，如夢如幻，如詩如畫。

芍藥尚未開放但大片白色水仙仍然茂盛，韓國香料樹開滿了一球一球的白花，純潔清新如新娘捧花，地上點點白色野花是小花童灑落的繽紛花屑，白色梨花和桃紅蘋果花神似伴娘女賓的窈窕身影。

路邊有幾棵大樹，開滿了細緻的白色小花，粗看以為是梨樹，細瞧才知是不知名的花樹，朵朵黃蕊小白花宛如倒掛的小鈴鐺，微風過處好像滿樹風鈴迎風起舞，叮咚作響。

中途有一片草原，漫生著藍色簇生的小野花，綠樹、青草、藍花好一個天然的婚紗照場景，也很像童話故事的畫境，可惜既不見白紗新娘也沒有白雪公主或小鹿斑比，不過一路行來的確讓人滿心歡喜，真是名副其實的歡樂小徑。

兒童花園（Children's Garden）

時近中午我們折返東區遊客中心的餐廳用餐，餐廳寬敞明亮，成排玻璃落地窗面對著一個小湖，可以靜觀天光雲影和過往飛鳥。

飯後我們步入同在東區的兒童花園，此園由後庭揭密花園（Backyard Discovery Garden）和樹林探奇（Adventure Woods）兩個主區合成，各自擁有幾個不同主題的小花園。

順著花木扶疏的曲線彩色水泥步道來到後庭揭密花園，在這兒可以觀察後院植物花草的生長情形並捕捉鳥語花香，滿足兒童的好奇心。

在Every Which Way Garden裡有仿竹欄杆的環形步道，巨大的人工樹根、滑梯及小池塘，巧妙地將所有植物均由根、莖、葉組成，也和人一樣需要空氣、陽光、水的主題意識融入遊樂之中。

步入樹林尋奇區後，有一彎曲的驚奇池塘（Wonder Pond），小橋流水，垂柳拂岸，水草搖曳，塘中有浮沉的石板塊可供兒童跳躍嬉水。

傍著池塘是掩映在花樹中的木製九曲橋，曲橋深處黃色的七葉樹花和紫紅的紫荊彷彿天女散花似地撒下了漫天花雨，漫步其中有如走進了童話世界，讓人流連不去。

花樹下有小木屋和索橋，傳來陣陣孩童穿梭嬉戲的歡聲笑語，如此良辰美景卻被播音員打斷，因為暴風雨將臨兒童花園即將關閉。剩下的巖穴溪流、草原及長青步道均不及細看便匆匆步出兒童花園。

迷陣花園（Maze Garden）

緊鄰兒童花園的是占地一英畝的迷陣花園，四時風貌不同，此時乃翠綠一片。據說這迷陣並不好走，我們由右邊匆忙切入幸運地很快便抵達高六十呎的瞭望台，整個青青迷陣盡入眼底，十分賞心悅目。

大岩石（Big Rock）

離開迷陣花園我們驅車前往位於園內最東邊的大岩石。在一片翠綠中偶爾可見半凋的水仙花叢及已近尾聲的梨花、紫荊和蘋果花，雖非繁花似錦，但這驚鴻一瞥更充滿了驚喜。

導遊說明上說此石乃一萬四千年前的冰河遺留物，重約十二至十四噸，只有百分之十五的體積深埋地底，一路上我幻想著這不知將是何等的龐然大物？

唯恐暴雨驟至我們抄了最短的近路，穿過橡木及楓樹林不到十分鐘便看到了孤立在樹林邊緣的大岩石，灰撲撲的外貌和一般庭院石頭並無二致，大約有六呎高十呎長，可能還沒有我們開的休旅車大，由某一角度看來有點像側臥的青蛙或鯨魚，若非旁邊有一告示牌，我真不敢相信這就是冰河遺留的大岩石？

告示牌說此石可能在一百年前因農耕關係被人為搬動了幾百呎至現址，岩面磨損拖拉的痕跡我無法分辨，不過就其所在位置似乎可信。

可惜天陰欲雨不得不放棄步行，開車在東區轉了一圈後續往西區繞行。駛過小橋遲暮的紫荊在雨中溪邊臨波照影，在一片迷離的淡紫煙霧中，彷彿看到了盛夏的碧綠濃蔭、晚秋的金黃緋紅的楓林倒影和深冬的白雪松林，心裡充滿了喜悅更有無限期待。

（二〇一一年八月二十八日發表於《世界日報》走馬花旗）

芝城千禧公園走透透

近年來多次往返芝城西南郊探望女兒，皆因進城麻煩停車不易，始終與名聞遐邇的千禧公園失之交臂，這次忍痛花了二十七美元（一百分鐘至八小時）停車費得見廬山真面目。

五月初的芝城天氣陰霾冷颼颼的，好在我穿了連帽長風衣，才擋得住春寒料峭。走出地下停車場，一時分辨不出東西南北，不過高樓聳立中車水馬龍的景象，很快認出面對的是芝城最繁華的密西根街。

雲門（Cloud Gate）

整個公園如一長方形的三層蛋糕，東西短南北長，而我們正處於西邊底層中央的位置。臨街花壇種滿了各色鬱金香，可惜巔峰已過，花色略嫌黯淡。拾階而上即是AT&T廣場，其中有最負盛名的雲門。

這個三層樓高的鋼雕藝品，因其形似豆莢被芝城人暱稱為豆子。外表光亮如鏡，將四周景物盡納其中，有些許天人合一的味道。

〈芝城千禧公園走透透〉千禧公園內的豆子

從不同的角度看它，有時像圓形拱門；有時像蘑菇頭；有時像扭曲的甜甜圈；有時像圓球；有時像飛碟，真的如浮雲般變化萬千。站在它下面，來自四面八方的影像恍若置身於照妖鏡之中。

平日媒體照片均是藍天白雲的背景，那天卻是個有霧的早晨，四周高樓皆湮沒在濃霧中，不鏽鋼冰冷的原色與霧濛濛的天空合而為一，營造出一種朦朧迷離的境界，充滿科幻趣味。

大師藝品

步下AT&T廣場，左右兩邊是波音長廊（Boeing Gallery）。我們習慣性地順著右手而行，北面長廊上正展示著藝術大師Yvonne Domenge的一組銅雕作品「生命樹」。

漆成亮麗紅色的生命樹高達十六呎，婀娜多姿的樹身上有三片柔美的葉片款款向上舒展，樹旁有兩粒四呎寬九呎高漆成橘紅色的種子。

創作概念源於哥倫比亞文化之前的古老傳說，生命樹是連結陰間、今生和來世的象徵，樹身充滿活力，新生種子雖然脆弱但蘊藏無限生機。

大師的另一組鋼雕球體則展示在南邊的波音長廊上，分別是十三呎高的黃絲帶球、十一呎高的白色風浪球和十呎高的藍色珊瑚球，雖然挑戰空間和地心引力定律，卻巧妙地呈現出宇宙中的優美和諧秩序。

Wrigley Square

公園底層西北角的方場正位於波音北廊的下面，有一個小噴泉，北端由半圓形的希臘廊柱環繞，南面則是大片綠草地，整體呈現長橢圓形，簡潔明快有種古典質樸的美。拍照時有三隻綠頭鴨正在草地上覓食，原怕拍照會驚擾了牠們，沒想到牠們筆直向我們行來，以為我們手中有食物可以討食。

王冠噴泉（Crown Fountain）

另一吸引大批遊客目光的是位於西南角的王冠噴泉，並非因其形似王冠而是為紀念芝加哥Crown家族而命名為王冠噴泉。

長方形磁磚地上矗立著兩座五十呎高的建築物，南北相對有如兩棟大樓的縮影，流水由樓頂沿著外牆細細噴灑而下，造形已和傳統式噴泉大相逕庭，內裡更充滿高科技玄機。相對的兩面牆大約每隔五分鐘會顯示出不同的人臉影像，不時眨眼或張嘴，如果張嘴會有一股噴泉由口中噴射而出。

在等候噴泉時我們漫步在位於噴泉上方的波音南廊，近距離欣賞到了大師的三個球體藝品，流暢優美的線條和鮮豔的色彩在綠樹叢中格外耀眼。

幾分鐘後看到一股噴泉由北邊人像嘴中流瀉而出，其時有一遊客正在水邊取景，剛好讓我們捕捉到了這個噴泉澆頭的有趣鏡頭。

Lurie Garden

這個占地二點五英畝的花園，植有多種多年生的球莖花、青草、灌木及樹木，是世界上最大的屋頂花園。

園中有幾棵紫荊尚未全凋，淡紫樹影和白色的水仙、鬱金香相映成趣，白色海鷗及紅翼黑鳥在其間翻飛低唱更添情趣。此時晨霧更濃，四周大樓如冰柱漸溶，倒真應了霧中看花這句成語。

Jay Pritzker Pavilion

由花園往北上行即是園區的中心建築群——北邊臨街的室內劇場（Harris Theater）、室外音樂劇場（Jay Pritzker Pavilion）及大草坪（Big Lawn）。

室外音樂劇場為一摩登的不鏽鋼建築物，除了有四千個室內座位外大草坪上可增設七千個座位。室外音樂劇場隱於翻捲的弧形不鏽鋼片之中，神似一隻張牙舞爪的大蜘蛛，大草坪上覆蓋的弧形網狀金屬支架則構成一張巨大的蜘蛛網。

雖在室外但音響效果不輸於任何室內音樂廳，舉凡交響樂團、合唱團、古典音樂、搖滾樂、歌劇演唱均曾在此演出過。

BP Bridge

這條九百三十五呎長連接Jay Pritzker Pavilion和Grant Park的人行陸橋，大大顛覆了傳統陸橋的材質和造形。

陸橋由水泥建造，外體包覆弧形不鏽鋼片，人行道為硬木地板，整座陸橋蜿蜒如蛇凌空橫跨交通頻繁的哥倫布街。

Grant Park內遊人稀少，成排的梨花在濃霧中如浪花翻捲，東邊的密西根湖依稀可見，回頭往上觀看，高樓環伺中的千禧公園宛如神仙遺落人間的聚寶盆在霧中發光，披著銀鱗的騰空蛇妖正與盤絲結網的千年蜘蛛精纏鬥不休，在回程中我一路猜想著最後將是誰勝誰負？

（二〇一三年一月十三日發表於《世界日報》走馬花旗）

再別芝城

芝加哥是我來美後第一個落腳的城市，對它我有著複雜的愛恨情結。

其時二姊在芝城上班正準備結婚，我便趁著開學前的空檔先到芝城參加婚禮，再前往底特律學校報到。由於英文不靈光又從未離開過家門，從松山機場上機後便一路提心吊膽，拚命拜託空姊打聽有沒有人要去芝城好結伴同行，不幸一個也沒有，最後勉強找到一位講師要在芝城轉機前往俄州，我便死皮賴臉地央求人家幫我換機票好和她同機。

我這隨興的一換不打緊，卻把接機的二姊搞得雞飛狗跳，因為當年沒有手機、短信和伊媚兒，我臨時換機的事根本無法通知正趕往機場途中的她，而芝城機場之大遠遠超出我的想像之外，好在命大聽到了她的機場中文廣播才沒有演出失蹤記。

誰知婚禮過後不久我這個土包子又出了一次洋相。這次我由愛荷華州表哥家坐灰狗回芝城，說好到站時打電話給她等她來接我，可是一下車看到車站裡一片黑壓壓，心慌之下既找不到公用電話又不敢開口問人，便提著一個大旅行袋茫然地走出了車站，一眼看到了頭上的地鐵，憑著一點乘坐地鐵的記憶就在不知站名、街名的情況下，順著地鐵走到了市中心的羅斯福大學宿舍，按鈴而入後遭到二姊和她同學的一頓好罵，一個單身外國女子怎麼可以晚上獨自行走在黑人區？殊不知芝城市區一天有多少強姦、搶劫、販毒和槍殺等罪案發生？

畢業結婚後我們因申請綠卡鬼使神差地搬到了芝城，先生勉強找到了一個初級工程師的職位，我則求職無門。在芝城北邊租住的一臥室公寓，結構粗糙隔音效果奇差，樓上房客夜夜春宵彷彿地震，吵得我們天天無法安眠。此時二姊已搬至香檳市，我們在芝城既無新知舊識又沒有孩子，週末假日本就無處可去，而老爺車還三不五時地出狀況，先生總是在忙著修車或補輪胎，日子過得單調乏味至極，對未來更不抱任何希望。

後來二姊請母親由台來美替她坐月子，由我們負責在芝城接機。由於母親不識字更不會英文，擔心她會搞丟了於是早早出門，奈何由公寓至機場沒有高速公路直達，一路紅燈走走停停，不等我們趕到機場飛機早已降落，心想這下壞了，母親不知會急成個什麼樣子？待我們連衝帶跑趕到候機室時，只見母親一個人端坐在機門出口，她非但沒有生氣罵人，反而興奮地告訴我們美國空姊的話她都聽懂了，就一直坐在那兒等我們。母親到底是逃過難的人能夠處變不驚，可比我當年強多了。

母親和我們小住了幾天，等週五先生下班後開車送她去二姊家。從芝城北邊開了一個多小時才到達芝城南邊，車子偏偏在黑漆麻烏的黑人區爆了胎，勉強開到最近的加油站，這時天已漆黑，加油站裡更是黑影幢幢，不再天真無知的我，腦海湧起了各種新聞畫面和影視情節，卻見先生英勇地下車求救。事後得知他捨不得那五美元的補胎費，居然老神在在地就地補起輪胎來了，我不敢說我們福大命大，只怕是我們那輛十幾年的老爺車破爛得連打劫的都看不上眼。

〈再別芝城〉密西根湖畔

房租約滿後誤打誤撞搬到了希臘區，租了一戶人家的二樓，以為樓上無人可以清靜度日，沒想到樓下希臘房東酷愛音樂，從早到晚播放著唸經似的希臘音樂，超強的喇叭聲加上咿咿呀呀的回音，教人想不發瘋也難。

那年冬天卻遇上了芝城有史以來最寒冷的冬天，一連月餘氣溫都在華氏零下三四十度，路上積雪過膝猶如冰窖，在外站上幾分鐘便能凍成冰人。我們沒有自己的停車位，每次都要花上一兩個小時清雪才能勉強挖出一個停車位來，一旦開走就只能眼睜睜地看著別人占便宜。

開春以後總算老天垂憐我在底特律找到了工作，遂逃難似地搬回底城直到退休。

在芝城待了兩年，所有好吃好玩的地方都沒有去過，偶爾到中國城吃頓飯或買隻燒鴨便是最奢侈的享受，但對那兒的髒亂擁擠沒有什麼好印象。密西根大道雖然繁華，環湖公路雖然美麗，但這些均如密西根湖裡的浪花轉瞬即逝，安慰不了客居的寂寞靈魂。

其時希爾斯百貨公司的聲勢正如日中天，位於市中心的希爾斯塔（Sears Tower）當時是全美最高建築物，吸引著來自世界各地的遊客登高俯瞰，我們卻捨不得那昂貴的門票一次也沒有上去過，亦因收入太低屢次申請希爾斯的信用卡被拒，好在有一家位於貧民區的小百貨公司給了我們第一張信用卡，才得以建立信用並陸續申請到其他信用卡。

我們離開後，芝城換了市長，大肆整頓市政市容。多年後帶兒女前去參觀博物館、科學館時可明顯感到市區遠較當年整潔，治安狀況亦改善許多。底城一些朋友常利用週末開車到芝城吃中國菜和採購，我們對芝城沒有多少熱情，一次也沒有應邀前往。

以為這輩子和芝城再無瓜葛，卻因女兒到芝城工作、結婚而全盤改觀，尤其是有了外孫女之後，為了含飴弄孫我們幾乎每隔一兩個月便往返芝城一次。

趁著探孫之便我們對芝城風貌有了全新認識。首先是中國城的擴建讓我們吃驚不已，各地風味的小吃攤林立，廣東菜不再獨沽一味，珍珠奶茶更深獲年輕人的歡心。收費停車場亦已擴建，不須像往日滿街亂竄尋找免費停車位，遺憾的是髒亂依舊。

不過環湖公路美麗如昔，新建的千禧公園更為之錦上添花，密西根大道上愈發花團錦簇，尤以鬱金香花季為勝。濱湖公園內的噴泉雕塑一一值得細看，夏日露天音樂會熱鬧精彩。當然還有許多文物特展及戲劇演出亦都不容錯過，我們即曾在拓荒者廣場上看到瑪麗蓮夢露的雕像展，重溫她在電影《七年之癢》中的經典鏡頭。

我們也喜歡帶外孫女去逛摩頓植物園內的兒童花園，布局新巧，幅員廣大，適合各年齡層的兒童遊玩，紫荊花開時，漫天花雨美不勝收。芝城植物園則廣植四時花卉，雖是人工造景，但處處充滿創意巧思，足可流連終日。

每一次來去都看到了芝城的求新求變，也見證了外孫女坐、爬、走、說的每一個成長階段，更使我們的空巢日子多彩多姿起來。然而人生聚散無常，亞裔女婿懷念亞特蘭大的溫暖氣候和教會朋友，在外孫女兩歲半時做了搬家亞城的決定，我們雖然捨不得也只能尊重他們的決定。

在他們搬家的前一週兒子由加州飛來團聚，全家第一次搭上了芝加哥河的遊船，那些耳熟能詳的名建築物如川普大樓、希爾斯塔、湖心大廈等一一從眼前掠過，往事亦一幕幕由心頭閃現，縱然人事早已全非，但那些錯過的時光似在眼下得到了補償。

想不到再別芝城我的心裡竟然有些不捨，不捨那濃厚的人文風景，更不捨那濃得化不開的親情。

（二〇一七年五月一日寫於加州康卡德市）

路過喬治亞

1 | 2
3

1.〈亞城喬治亞水族館〉入口大廳
2.〈聖誕夜遊亞特蘭大植物園〉園內一景
3.〈聖誕夜遊亞特蘭大植物園〉聖誕夜景

1 | 2
3

1.〈兩大古堡比一比〉赫斯特古堡的海神游泳池
2.〈佛州弗拉格勒博物館〉入口大廳
3.〈兩大古堡比一比〉赫斯特古堡

1 | 2
3

1.〈兩大古堡比一比〉比斯卡亞碼頭
2.〈佛州西礁島走馬觀花〉藝術與歷史博物館
3.〈兩大古堡比一比〉比斯卡亞後花園

〈亞城喬治亞水族館〉兒童觸摸池

亞城喬治亞水族館

亞特蘭大喬治亞水族館位於亞城市區，南鄰百年奧林匹克公園（Centennial Olympic Park），十三英畝的土地由可口可樂總部捐贈。在二〇〇五年開幕時為全球最大的水族館，門票雖高居全美之冠，但其特有的超大鯨鯊（Whale Shark）、白鯨（Beluga Whale）和蝠鱝（Manta Ray）觀察窗每年吸引數百萬人前來參觀。

藍色金屬和玻璃的外觀讓人聯想起破浪前行的巨大平底船。進入館內首先見到的是高敞的中庭，空中懸垂著各式海星、海貝及銀色流蘇等飾物，在彩色燈光交相投射下，時而湛藍如海，時而霞光滿天，予人身入龍宮的夢幻感覺。

〈亞城喬治亞水族館〉海底隧道

由入口左手起計有六個主題區環繞著中庭，依序是喬治亞探險家（Georgia Explorer）、河流偵察員（River Scout）、海豚的故事（Dolphin Tales）、冷水探索（Cold Water Quest）、海洋航行者（Ocean Voyager）和熱帶潛水員（Tropical Diver）。

在喬治亞探險家區內有幾個觸摸池（Touch Pool），裡面飼養一些幼小的海星、海龜和黃貂魚（Stingray）等水生物，深受孩童喜愛，紛紛趴在池邊爭相撫弄。

河流偵察員區利用山石、樹根、瀑布打造成北美河域情境，高架河裡滿是北美小魚及產於南美的食人魚和電魚等。

看過許多海豚秀，但海豚的故事區的海豚秀可說是個中翹楚，不另收費但須事先訂座。簡短的影片介紹後由三位美人魚的水中歌舞揭開序幕，然後男中音登場，用歌聲傳唱海豚救人的故事，瀑布水簾展

〈亞城喬治亞水族館〉蝠鱝觀察窗

現逼真的海上風暴情景。將海豚出水和人騎海豚等傳統伎倆溶入劇情，一掃海豚秀的刻板印象，音響燈光及歌聲比美歌劇，是老少咸宜的娛樂節目。

冷水探索區以寒冷海洋所產的魚類及海洋哺乳動物為主，大如白鯨、海獺，小至可愛的海龍和海馬裡面都有。另外還有難得一見的非洲企鵝，體形沒有帝王企鵝高大，毛色亦不及其黑亮，熊貓眼，白腹上有黑斑，模樣不是十分討喜。

海洋航行者區是專為四尾世界上最大的海洋哺乳動物鯨鯊打造的，長二百八十四呎，寬一百二十六呎，深二十到三十呎，是世界上最大的室內水生棲息所。走進一百呎長的海底隧道，彷彿潛水海中，多達五十種數以好幾千計的魚類在週遭穿梭游動，將中美洲大堡礁系統的水生形態盡現眼前。

除了鯨鯊外另有四尾蝠鱝吸引眾人目光，其中唯一的雄蝠鱝橫寬九呎，重達二百六十五磅，誠可謂海中巨無霸。還有灰色凸眼渾身長滿斑點的巨型石斑魚（Giant Grouper），笨重巨大讓人過目難忘。

走出海底隧道進入另一房間，有如走進了電影院，二十三乘六十一呎的觀察窗正上演著真實的海底秀。現場有解說員講解海洋生物習性，因時值聖誕還有打扮成聖誕老人的潛水工作人員回答觀眾提問。

不時可見鯨鯊以君臨天下之姿由眾魚頭上掠過，速度飛快讓我來不及按快門。最吸引我的則是蝠鱝，搧動雙翅上下翻飛，彷彿神祕的斗篷客水中起舞。當其伸展頭側飛翅時，如鷹展翅雄姿英發，難怪幽靈機要偷師於牠。

相鄰的熱帶潛水員區以印度洋太平洋的熱帶魚為主。在走廊展示窗內有深受小朋友喜愛的小丑魚（Clown Anemonefish）、海馬和海蜇。透明如降落傘的月亮海蜇（Moon Jelly）及金褐色鐘形的太平洋海蕁麻（Pacific Sea Nettle）吸引大批遊人駐足圍觀。

全館最讓人驚豔的莫過於大廳內的整面水族牆，無以數計的熱帶魚穿梭在活珊瑚群中，五顏六色宛如百花齊放的後花園。由吋許至呎長的皆有，顏色、造形及圖案各自不同，為藝術家提供了源源不絕的靈感。

調色板矛狀棘魚（Palette Surgeonfish），通體寶藍，三角形魚尾呈現金黃，上下鑲著黑邊，往前延伸直到眼部，活像一隻曲指的黑手套側影。

黃帶細鱗魚（Yellowbanded Sweetlips），銀白魚身滿是黑色曲線斜紋，魚尾魚鰭卻是黃底起黑點，更出人意表地塗著豔黃唇膏。

有著長鼻子和大背鰭的黃柄魚（Yellow Tang），披著耀眼的黃袍如御林軍般四處巡行。斑點細鱗魚（Spotted Sweetlips），白色魚身上遍布不規則的黑色斑點好像穿著豹皮大衣。怪的是愈老斑點愈多且是由白斑變黑斑。

造形最奇特的非鳥瀨魚（Bird Wrasse）莫屬。周身閃著藍綠亮光，尾鰭外圍細長近似燕尾，藍色尖嘴則如鳥喙。

帶著五彩繽紛的印象走出水族館，心中只有一個感想便是造物者的創造真是妙不可言！

（二〇一四年三月二十三日發表於《世界日報》走馬花旗）

佛州西礁島走馬觀花

清晨由邁阿密駛上一號高速公路前往西礁島（Key West），其時朝陽在多雲的大西洋上躲躲閃閃，未見水天一色的壯麗景色，但駛過一座接一座的跨海大橋頗有乘風破浪之感。沿途所見廢棄的鐵道和斷橋是由佛羅里達東海岸鐵路公司（Florida East Coast Railway）建築的跨海鐵路，不幸於一九三五年被勞動節颶風摧毀了，美國政府遂沿著鐵路舊道修建了這條一百哩長的跨海公路，將一號公路延伸至西礁島。

西礁島的西班牙本名是Cayo Hueso，意指骨島，因其原為印地安人的古戰場或墳場，島上滿是枯骨。Cayo為小島之意，在西班牙人之後來到的英國人將其發為Cay音，又被再後的美國人轉發為Key音，而Key字剛好也有暗礁之意。Hueso指的是骨頭，其西班牙發音近似英語west的發音，於是Cayo Hueso被音譯為Key West也就是中文的西礁島。

另外一種說法則認為西礁島是根據其地理位置命名的。在邁阿密港口以南的佛羅里達礁島群（Florida Keys），由一千多個礁石島組成自南往西迤邐延伸，西礁島即是其中之一，它雖是美國國境的最南之點但卻位於群島的最西邊，故而是名副其實的西礁島。

一直以為既然是哥倫布發現了新大陸，佛羅里達州自然也是由他發現的，其實不然，而是由航海家Juan Ponce de Leon於一五一三年在第二次探險航行時發現的。時值西班牙人稱為Pascua Florida（意為花卉節）的復活節季節，遂以佛羅里達（Florida）為新發現的半島命名。一五二一年他率艦探險佛羅里達南部海域，成為第一個造訪西礁島的歐洲人，不幸為島上原住民卡盧薩人（Calusa）的毒箭傷腿，其後死於古巴哈瓦那（Havana, Cuba）。

當佛州成為西班牙殖民地後，僅在西礁島設立了一些漁村和守軍，從未正式占領統治過此島，只有來自英屬巴哈馬的古巴漁民在此捕魚。

十七世紀初葉佛州歸屬美國，一八二一年西礁島以二千元賣給了美國商人John W. Simonton。他之所以會對此島有興趣，緣於因海難曾經滯留其地的友人John Whitehead，他認為九十哩長的佛羅里達海峽（Straits of Florida）南北連接古巴和佛羅里達礁島群，東西分開大西洋和墨西哥灣，強調西礁島的地理位置重要宛如西方的直布羅陀（Gibraltar of the West）。

Simonton購得此島後迅速分割此島，並轉售其他三部分給Pardon C. Greene、John Whitehead和John W.C. Flemming，開始致力於島上的開發建設，人稱四大建設之父。

如今島上居民多為歐裔巴哈馬移民，十九世紀時興盛的漁業、鹽業和船難救援業均已式微，觀光業可說是一枝獨秀。我們抵達島上西岸遊輪碼頭時，豪華遊輪Carnivall Victory剛好泊岸，大批的觀光客蜂擁而至。

首先吸引遊客目光的是碼頭邊的藝術與歷史博物館（Key West Museum of Art & History），這棟十九世紀末的四層紅磚樓房原供海關、郵局及聯邦地方法院使用，其後轉屬美國海軍，作為加勒比海和墨西哥灣事務中心，當海軍不再需用時由佛州土地徵用諮詢委員會購得，於一九九一年租給藝術與歷史博物館。紅樓四周有拱門迴廊環繞，正門口有一對翩翩起舞的西班牙男女雕像，非常引人注目，館後有一組裸女雕像，更是吸引大批遊客與其合影。

旁邊的馬洛里廣場（Mallory Square）面對墨西哥灣，是聞名世界的日落慶典（Sunset Celebration）的所在地，食品攤販、工藝品展示攤、街頭藝人和大小博物館充斥其間，每晚日落前兩小時人潮相繼湧入，在此飲酒作樂觀賞落日。遺憾我們沒有預定旅館，與落日美景失之交臂。

我們在廣場買票搭乘觀光拖車遊覽老城（Old Town）。老城即西北隅一帶含有歷史色彩的地區，以佛州首任州長姓氏命名的杜瓦爾街（Duval Street）為其主街，酒館餐廳林立，其中最著名的便是大文豪海明威經常流連的邋遢喬酒吧（Sloppy Joe's Bar）了。導遊西、英語夾雜，景點介紹說得又快又急，我索性充耳不聞，逕自在海風習習中欣賞油漆色調柔和富有薑餅窗飾的古老民宅，庭院中的參天大榕樹還有探出白牆外的各色春花往往讓人驚豔。

一圈繞畢，在主街上選了一間小餐館吃午餐，走進以後才發現桌椅設在原木花架下，充滿熱帶風情，食物新鮮可口而且價錢公道，在這樣的觀光聖地實屬意外。

在步行前往海明威故居途中，漂亮的白色聖保羅聖公會教堂（St. Paul's Episcopal Church）不容錯過。教堂土地由四大建設之父之一的John W.C. Flemming遺孀於一八三二年捐贈，不幸其後遭逢火災和風災襲擊，經過數度重建，使其既為佛州最古老也是最新的

〈佛州西礁島走馬觀花〉聖保羅聖公會教堂

聖公會教堂。彩繪玻璃窗上滿是聖經人物故事，值得一一細看，多架古典管風琴，引發思古幽情。當我步下台階時驀然一聲巨響，嚇了我一大跳，原來是躲在花叢裡的迷路公雞引頸長鳴。

紅牆圍繞的海明威故居位於與主街平行的白石街（Whitehead Street）上，雖然對面就是白色的西礁島燈塔，但故居既不靠海也看不到海，門前遊人如織，完全顛覆了我對它的想像。

淺色的西班牙式兩層樓房建於一八五一年，為其第二任夫人寶蓮（Pauline）的叔叔格斯（Gus）所贈的結婚禮物，夫妻在此共同生活了八年（一九三一——一九三九）後離異。海明威和第三任夫人雖定居古巴，但仍不時重訪此處。

樓下中間是穿堂和樓梯，右邊是起居室，裡面家具多由寶蓮購自歐洲，雙層胡桃木櫥櫃是十七世紀的西班牙式保險櫃。牆上懸著海明威收藏的油畫，最顯眼的是他和古巴船員彼拉的大幅油畫。

穿堂左邊是一溜的餐廳、早餐間和廚房。十八世紀西班牙式的胡桃木餐桌居中，牆上有海明威四任妻子及其子女的照片。早餐間和廚房多處鑲有寶蓮喜愛的西班牙和葡萄牙式的彩色磁磚。

起居室樓上是主臥室，別致的床頭板原是一所古老的西班牙修道院的大門，床尾的兩張木椅是來自西班牙的助產婆和產婦椅子。兩個枕頭中間躺著一隻以假亂真的黑貓，令人莞爾。主臥室廊簷外有一棵巨大的鳳凰樹，雖然花朵零落不過仍可想見盛開時的火紅美景。

院內植滿熱帶花樹，不過都是在海明威搬去古巴後種植的。在主樓後面有一棟原為馬車房的單棟房子，二樓是他的寫作間，在陽台上開了一扇小門，建了一條狹窄通道通到老廚房，每天早晨起床後他即直接到此寫作，在此完成了多篇著名的長、短篇小說。老廚房和通道在一九四八年於暴風雨中倒塌，但寫作間仍保持原樣，還飼有一隻黑白相間的貓，我欲拍照時牠怎麼也不肯假以詞色。

院中六十五呎長的游泳池是西礁島上的第一個私人游泳池，也是三〇年代方圓百哩之內的唯一游泳池。它是在一九三八年海明威採訪西班牙內戰期間由寶蓮監造完成的。當他從西班牙回來看到兩萬元的帳單時，吃驚地掏出一個便士並對寶蓮說：「你索性把我最後的一個便士也拿走好了。」這枚最後的便士如今仍埋在泳池邊。

海明威在島上結識了一位船長，他養有一隻罕見的六趾雄貓，引起海明威的高度興趣，船長便在離島時將貓送給了他，現在院內貓隻多為其徒子徒孫。為了寵貓他特別在園中設了一個飲貓池，其上是來自古巴的西班牙橄欖瓶，但飲貓池並非來自古巴的古物，而是邋遢喬酒吧的小便池，自不例外被寶蓮鑲上了西班牙和葡萄牙式的彩色磁磚。

極南點（Southernmost Point）是每個遊客必到留影之處，其實這並不是真正的經緯度極南點，但因一邊是私人豪宅，另一邊是海軍基地均不便開放參觀，剛好此處有個混凝土鑄造的舊下水道連接物，又大又重搬遷不易，上漆後看似浮標，搖身一變成了有名的極南點標誌。此點距離古巴只有九十哩，據說在朗朗晴日可以瞧見古巴。我們去時晴而多雲，不見古巴只看到遠處有遊輪駛過。

另一遊客必訪的景點是位於白石街上的美國一號公路的起點標示牌。一號公路是美國很重要的南北大動脈，全長兩千三百六十九哩，南起西礁島北至緬因的肯特堡（Fort Kent, Maine）。妙的是一條街的兩邊分別豎立著起點和終點標示牌。

同樣位於白石街上的杜魯門小白宮（Harry S. Truman Little White House）是又一著名景點。這棟八千七百平方呎的濱海兩層木造樓房建於一八九〇年，原為海軍基地內的官員宿舍。一九一一年改建為單戶住宅作為基地司令官邸，並於樓前填土加蓋其他建築，從此再也看不到門前的碼頭。

〈佛州西礁島走馬觀花〉一號高速公路的起點

〈佛州西礁島走馬觀花〉杜魯門總統的小白宮

院內花木扶疏可自由參觀，但小白宮則須購票參加導遊才得入內而且不准拍照。導遊是一七十開外生於斯長於斯的退休老人，津津樂道曾經造訪此處的總統名流如羅斯福、甘迺迪、愛迪生和鮑爾等。對杜魯門的生平如數家珍，更非常驕傲杜氏於一九四六到一九五二任期內曾十一次造訪此處共計停留了一百七十五天，因為此處位於海軍基地之內安全無虞而且氣候良好適合杜氏養病。最著名的是他在此處簽署了西礁島協議（Key West Agreement），國防部（Department of Defense）於焉誕生。

杜魯門喜歡玩撲克牌，樓下右手邊間即是帶有吧台的撲克室，有一張特製的圓形撲克桌，在尚未室內禁煙的年代，每人都有一個嵌於桌緣的圓形煙灰缸。隔壁是餐廳，曾有七位美國總統和一位約旦國王在此進餐，陰暗的燈光下瀰漫著濃厚的歷史色彩。

樓上是杜魯門和夫人的各自臥室，家具不多亦不見豪華，小陽台上留有夫妻看書休閒的涼椅。杜魯門臥室底下是會客室，喜愛音樂的他曾在此演奏鋼琴。牆角有張不起眼的小書桌，想不到卻是他日理萬機的辦公桌，可見其人生性儉樸。

參觀完畢後導遊說了個耐人尋味的小故事。在他十二歲那年，有天杜魯門到此，警衛告訴他待在原地不可到處亂走，當他眼睜睜地看著總統大人正向他走來，激動之下跑了出去，當然馬上便被安全人員架住，總統讓安全人員放開了他並問能為他做什麼。他很興奮地告訴總統他是報童，平常每份報紙以五分錢向報社買來再以十分錢賣出，不過因為他是總統可以免費送他一份報紙。於是總統很親切地給了他一句忠告：「做生意的人不能隨便將產品免費送人。」他沒說總統到底有沒有付錢，只說杜魯門一生三次經商均告失敗，於是在笑聲中結束了我們的西礁島之遊。

（二〇一四年七月十三日發表於《世界日報》走馬花旗）

佛州弗拉格勒博物館

提起佛羅里達州的棕櫚灘（Palm Beach）可說是無人不知，但若論及又名白廳（Whitehall）的弗拉格勒博物館（Flagler Museum）恐怕很多人都知焉不詳了。

一八三〇年出生於紐約小鎮的亨利・弗拉格勒（Henry Flagler）是長老會牧師的兒子，十四歲時隻身前往俄亥俄州闖天下，在當店員時即開始展露經商奇才。美國內戰期間他看到食鹽的重大需求，毅然前往密西根薩格諾（Saginaw, Michigan）開設鹽公司，不幸戰後鹽業市場凋零，宣告破產後他回到俄州克里夫蘭（Cleveland, Ohio）經營穀物交易，再次嚐到成功滋味。

由於經營穀物交易他結識了後來的石油大王洛克菲勒（Rockefeller），助其籌措創業資金並於一八七〇年成為標準石油公司（Standard Oil）的創始合夥人之一，從此取得巨大財富。

然而財富卻無助於元配夫人的健康，體弱多病的她於一八八一年病逝紐約。兩年後弗拉格勒再婚，於佛州奧古斯丁（Augustine）補度蜜月時，他一眼看出了佛州成為冬季度假勝地的潛力和榮景，首先於一八八八年在奧古斯丁興建了五百四十個房間的Ponce de Leon 酒店，隨後又在當地興建了另外兩個觀光旅館。為了推廣旅館業務，他體會到運輸工具的必要性和重要性，於是開始插足鐵路業，成立了後來的佛羅里達東海岸鐵路公司（Florida East Coast Railway）。

他的旅館蓋到何處，鐵路即延伸到何處，隨著Royal Poinciana和Breakers二旅館的興建，棕櫚灘迅速成為美國富豪的冬季度假勝地。一八九五年左右由於棕櫚灘兩次受到凍災襲擊，遂決定南下開發沒有凍災之虞的邁阿密河出口地區。他在其地修路築屋，發展水利及下水道系統，成立電力公司，興建公立學校、醫院和教堂，除了觀光業外並促進開發佛州農業。當地居民感念他對市政的貢獻，想要以其姓氏為新興城市命名，卻被他婉拒，建議以邁阿密（Miami）代之，意即河流穿過城市的印地安名字。

當他亟欲擴張鐵路版圖至西礁島（Key West）時，他的第二任妻子被確診為精神病患者，隨後夫妻仳離，不過他為她設立了信託基金直到她去世為止。他於一九〇一年三度結婚，這棟白廳就是他送給新婚妻子的結婚禮物。雖然豪宅面積廣達十萬平方呎，計有七十五個房間，被譽為當時世上最完美的私人豪宅，每年也只有一、二兩個月在此避寒而已。

儘管連接佛州本土與西礁島的計畫困難重重，但他始終沒有放棄這個念頭，待一九〇五年美國政府宣布修建巴拿馬運河（Panama Canal）後，他克服了填海、築路、修橋和抵禦颶風等各種困難險阻，在一九一二年完成了跨海鐵路，且親自參加了首次行駛。可惜次年他在白廳內摔了一跤，從此一病不起，享年八十三歲，歸葬奧古斯丁與元配夫人同眠。

他的第三任夫人去世後將白廳遺贈其外甥女，她轉賣給地產商將其改建為十層樓三百個房間的觀光旅館，其後又由他的孫女Jean購回，拆除旅館恢復舊觀，於一九六〇年以弗拉格勒博物館之名向外開放。

鐵欄圍繞紅瓦白牆的白廳，座落於大片綠草地和成行的椰子、棕櫚樹之後。朝東的進口矗立著六根多立克廊柱，立刻讓人聯想起太陽神阿波羅神殿，正門設有兩扇銅雕門，上有象徵太陽的獅頭像，再次暗示來客即將踏入繆斯的文學藝術殿堂。

白廳為兩層樓四方形建築物，廳堂環繞中庭呈井字形排列，有點像中式四合院的格局。中庭的設計不僅使各個房間採光良好，亦有助海風和空氣的流通，更是舉行晚宴的好地方。

五千平方呎的入口大廳（Grand Hall）氣派非凡，舉凡地板、牆壁、樓梯、家具和雕刻均由七種不同的大理石製作。正中為兩側各有四根大理石柱拱衛的雙重樓梯，大廳南北兩端分置桌椅、雕像和壁畫。南端是弗拉格勒的畫像，北端則為其孫女Jean的畫像。天花板滿是精雕細琢的描金圖案花飾，中間橢圓形拱頂上彩繪著神殿中的阿波羅（Apollo at Delphi），兩側則是分掌日月的女神Aurora和Luna。

白廳東南角是書房（Library），也是弗拉格勒招待男賓的地方，充滿文藝復興時期的陽剛風格。牆壁、地毯和窗簾皆為棗紅色系，櫟木家具屬深色系統，牆上滿懸金框鑲飾的家族畫像，天花板上有無數的金飾彩繪，在在透著濃重的貴族氣息。

南面是長方形的音樂廳（Music Room），南北兩壁掛滿主人夫婦收藏的藝術畫作，並有風琴、鋼琴和管風琴等樂器。此廳家具裝潢以金色為主，兩盞巨大宮廷吊燈更添華貴。

西邊由南至北依序為彈子房（Billiard Room）、大宴會廳（Grand Ballroom）和廚房（現已改為辦公室），在廳與廳之間各有一道對稱的長廊，南廊（South Hall）弧形屋頂嵌滿格子金飾，在現代化的隱形燈光照射下宛如一條黃金走道，讓人眼睛為之一亮。北廊因是僕人往來廚房和餐廳的通道，只有樸素的粉壁，現在陳列著當年的宴會餐具。

路易十五風格的大宴會廳計有十五道弦月形門窗，弦月部分交錯繪有兩種風格的圖案。四壁環繞鎏金青銅和水晶壁燈，中懸數盞巨形水晶吊燈，拼花地板光可鑑人。一九〇三年在此舉行的慶祝華盛頓誕辰宴會，曾被《紐約先驅報》（*New York Herald*）形容為「在華府以南的最豪華的社交宴會之一」。

大宴會廳的西面原是有著圓柱和大理石地面的陽台，可眺望其後的小花園和沃思湖（Lake Worth）。花園南北兩翼廂房曾是弗拉格勒的辦公室與僕人餐廳和清潔工住處，後於改建旅館時遭到拆除，現在所見西廳原為旅館餐廳，亦是十分華麗。

與音樂廳相對的是餐廳，內分兩個部分，靠近廚房的小間是早餐室（Breakfast Room），設有一張六人圓桌。房間採用與晨曦相互輝映的米色加金的亮色系統。精緻優雅的天花板圖案花色仿自英國沃里克城堡（Warwick Castle, England）的餐廳。

另一大間則是富於法國文藝復興風格的晚宴廳（Dining Room）。拼花地板上鋪著專為此廳編織的綠色大地毯，圖案壁紙以同色絲線織成。十人長桌位居正中，四角置有家具擺設。西牆中間是大理石壁爐，其上有金框壁畫，四圍雕刻木飾繁瑣不及細看。所有門窗均以織錦繡簾和描金木雕裝飾，富貴逼人自不在話下，但最讓人驚豔的莫過於鑲金嵌玉的天花板。石膏鑄造的屋頂彩繪出木質紋理，然後加裝描金木雕格子方框，每一個格子內都有一個彩色圓形的浮雕圖案，在四盞吊燈的照耀下這片格子屋頂顯得一派金碧輝煌。

相對於書房的是位於白廳東北角的女士休息室（Drawing Room），室內以絲織品和淺色木料裝飾，帶著路易十六風格。其中最顯眼的是那架施坦威藝術外殼B型平台鋼琴（Steinway art case Model B grand piano），它是特為此室量身打造的，琴蓋上繪有愛情詩女神。

二樓屬於私人居住空間，原有十四間客房和二十二間僕人房及十九間浴室。每間臥室都有不同的壁紙和壁帶裝飾條板，並擁有私人浴室及大衣櫃。也因此客房多以其顏色如藍、綠、金、粉紅等命名。

主人套房位於二樓東南角，內有臥室、一間大浴室及二間更衣室，裡面裝潢以金色系統為主，富路易十六風格。難得的是浴室內有抽水馬桶、電話、浴缸和淋浴等先進的現代化設備。

二〇〇五年在白廳西南方加蓋了弗拉格勒・凱南紀念館（Flagler Kenan Pavilion），造形仿自十九世紀的火車站，用以永久陳列弗拉格勒的九十一號私人火車車廂。車廂內有起居室、臥室、餐廳和廚房，以今日眼光來看絕對談不上豪華二字，但他能在百餘年前發展佛州觀光事業和建立鐵路王國，這份獨到的眼光和氣魄令人肅然起敬，他對開發佛州的貢獻一如館後的沃思湖水般源遠流長。

（二〇一四年六月十五日發表於《世界日報》走馬花旗）

聖誕夜遊亞特蘭大植物園

去年聖誕假期全家到亞特蘭大女兒家過節，聽說位於市區的植物園有聖誕燈火秀，一家三代七口人便於聖誕夜浩浩蕩蕩地前往參觀。占地三十英畝的植物園既不依山傍水，亦無人工島嶼河流，到達時天色尚早，灌木叢中閃爍的彩色燈飾並不特別出色，讓我有些許失望。

等我們由自助餐廳吃完晚餐出來，圓形中庭的每根圓柱都閃亮如螢光柱，中央噴水池心的圓盤上滿是玉樹瓊花，讓我們眼睛一亮。步出中庭小廣場上升起了熊熊篝火，周邊每一棵松樹都換上了五彩繽紛的聖誕華服，再放眼園內，黑絲絨般的夜幕上滿是火樹銀花，我們好像電影《綠野仙蹤》中的桃樂絲，一腳踏入了魔幻世界。

首先吸引遊人目光的是夾道的兩尊巨大眼鏡蛇樹雕，身披閃亮豔麗的圖案鱗甲，昂首吐信的盤坐於花圃之中，周圍擠滿熙來攘往拍照的遊人，一如舞獅舞龍般歡喜熱鬧。

默想廳（Mershon Hall）與大廳（Day Hall）南北相對，中間是以黃楊木鑲邊對稱整齊的平台花壇（Levy Parterre），中心為義大利石灰石噴水池，其上裝飾著大師級的藍白燄狀玻璃藝品。白天由山坡上的觀景台看下來，黃綠相間的花壇猶如織錦繡毯。現在滿地閃著幽幽綠光，竟成了小精靈的神祕居所。群樹披上了藍光斗篷，噴水池拉起了金色水

〈聖誕夜遊亞特蘭大植物園〉雙鯉戲水

簾，泉上藍冰白水起舞，再看其後多彩多姿的聖誕燈樹及對峙的雙蛇，這一切大有夢幻之感。

往前南北並排的是玫瑰園（Rose Garden）和日本花園（Japanese Garden）。橢圓形的玫瑰園，其實是大片草坪以玫瑰花壇鑲邊而已，種的多是適合當地氣候土壤的玫瑰品種。日本花園面積不大，但月洞門、粉牆竹籬、池塘瀑布等基本特色一樣不缺。植物以青松為主，自然少不了日本紅楓，枝枝葉葉閃爍著紅光，頗有喜氣。池塘雖小，周邊花壇底座卻滿飾荷花、荷葉及蓮蓬的搪瓷彩繪，夏日與其上的田田蓮葉相映成趣。

在玫瑰園和日本花園中間的林蔭大道明亮如白晝，因為夾道的每一棵樹皆由頭至腳飾以彩燈。道底的圓形噴水池內有兩條交錯躍起的錦鯉樹雕，兩道清流由魚嘴輕瀉而出，並緩緩做三百六十度旋轉，噱頭創意十足。此時沿著池邊扯起了道道彩燈電線，總匯於頂形成了一棵高大的三角錐狀聖誕燈樹，與園東的那棵遙相對應。

噴水池後面是圓形大草坪（Great Lawn），其後是福庫溫室及蘭花中心（Fuqua Conservatory & Orchid Center）。福庫溫室後面的天幕上閃現著市區高樓光影，門前有一彎月形的反映池塘（Reflecting Pond），北鄰圓弧狀的藤蔓花架（Vine Arbor），在這半圈的草坪地上散落著高低大小不一的圓球與梭形的玻璃藝品，隨著燈光色彩的不停變換，時而姹紫嫣紅開遍，時而大珠小珠落玉盤，看得人目不轉睛，唯恐錯過了瞬間美景。

站在溫室門前隔著反映池塘往回看聖誕樹，水中倒影與實物上下輝映分不清孰真孰幻，不由連想起許多美麗的童話故事，高樓光影恍如雲端城堡，銀弧花架疑是王子公主翩翩起舞的陽台！

可食花園（Edible Garden）位於藤蔓花架之北，有兩兩相對的半圓池塘和花圃。花圃上滿是耀眼的玉米霓虹燈飾，池邊則是飛舞的蜻蜓、蜜蜂和蝴蝶霓虹燈飾，生動活潑的造形和視覺效果深受兒童歡迎。緊鄰的四時花園（Perennial Garden）內，到處都是火樹銀花，有的一身通紅，有的一身碧綠，有的一身藍紫，有的一身銀白，看得人眼花撩亂。還有一隻巨大的蝴蝶樹雕不容錯過。

在餐廳的東北邊有一條美麗的花橋（Flower Bridge）通往兒童花園（Children's Garden）和受託人花園（Trustees Garden）。兒童花園內有滑梯、瀑布和綠屋，但以造形別致的向日葵噴泉為其最大特色。紅牆環繞的受託人花園十分隱密幽靜，四個角落各有一個方亭，矮籬、石欄、花圃及紅磚道在在透著古典雅致的氣息，更是俯視東鄰小瀑布花園（Cascades Garden）的好地點。

小瀑布花園隱身於大片綠色叢林之中，四層弧形階梯式的瀑布，造形優美，遠近可見，周圍花圃四時花木扶疏，終年色彩繽紛。最特別的是瀑布旁邊有一百二十五呎高的地球女神半身樹雕，長髮披肩，低眉斂目，正掬水為樂，專注的神情姿態栩栩如生。

隔著一條街是占全園面積之半的硬木林，諸如楓樹、橡木、朴樹、黑櫻桃、山毛櫸皆在其中。園方特別蓋了一條弧狀高架步道（Kendeda Canopy Walk）供遊人觀賞森林生態。聖誕夜此處燈火通明，霓虹光柱點亮了每根樹幹，五彩晶亮的雪花撒滿樹梢，將一片墨綠幻化為五光十色的舞台。遠望籠罩在藍色光暈中的瀑布，顯得神祕不可捉摸。

步道盡頭是飾有彩色壁畫的地下道，由此過街回到小瀑布花園。但見滿池藍光瀲灩，銀色水柱翩韆起舞，女神面容慈祥可親，側看則讓人想起披著藍白頭巾的德瑞莎修女，淙淙水聲中彷彿響起了〈平安夜〉的歌聲，帶來無窮的希望與光明，祝願人間充滿和平。

（二〇一四年十二月二十一日發表於《世界日報》走馬花旗）

兩大古堡比一比

在美國內戰末期由於戰後重建工程的廣大需求引發了工業革命，從而創造了空前的繁榮和大批百萬富翁，因此直到經濟大恐慌為止的這段期間被稱作美國史上的鍍金時代（The Gilded Age）。

這些新貴雖然擁有巨大的個人財富但苦無貴族血統無法稱王封侯，於是揮金如土地在美國境內興建歐洲古堡式的私人豪宅，好過過帝后的乾癮。其中最廣為人知的是座落於加州聖西蒙市（San Simeon）小山上的赫斯特古堡（Hearst Castle），而位於佛州邁阿密市比斯坎灣（Biscayne Bay）的比斯卡亞（Vizcaya）則號稱是美國東部的赫斯特古堡。

兩位主人翁威廉・赫斯特（William Randolph Hearst）和詹姆斯・蒂凌（James Deering）皆為典型的富二代，赫斯特之父為礦業鉅子，蒂凌之父為農機巨擘。二人從小生活優渥，接受良好的教育和藝術薰陶，醉心於歐洲的藝術文化建築。自身亦頗具經商才華，一為影響政商娛樂界的報業大王，一為國際收割機公司（International Harvester）的副總裁，各自創造出更多的財富得以打造個人的夢想王國。

身為獨子的赫斯特在十歲時伴隨母親旅遊歐洲，對富有歷史文化氣息的歐洲古堡印象深刻，也在他幼小的心靈中埋下了夢想的種子。

一九一五年他繼承了父母的全部遺產，牧場亦已由四萬擴張至二十五萬英畝，育有五子的他開始動念在這童年時家庭野營的牧場，興建他的夢想國度，剛好是年結識了柏克萊加大的第一位女土木工程學士，也是第一位拿到法國建築師執照的女工程師茱莉亞•摩根（Julia Morgan），由於理念相近遂由心動開始行動。

摩根在一九一九年實地考察了分距洛杉磯和舊金山二百五十哩的聖西蒙的地理環境，從此開始了她與赫斯特長達二十八年的合作關係。總體建築面積超過九萬平方呎，古堡卡薩格蘭德（Casa Grande）占地六萬六百四十五平方呎，計有一百六十五個房間和一百二十七英畝花園。

赫斯特的興趣廣泛而收藏的古董藝品又極其繁多因而不停地修改建築計畫，直到他於一九四七年因病離開古堡時，古堡都沒有真正完工。

古堡外觀設計摩根投赫斯特的喜好採用西班牙復興式，正門雙塔更直接仿自位於西班牙隆達的Santa Maria la Mayor教堂。遊人由訪客中心搭乘巴士上山時遠遠便可望見高聳的塔尖，亦可體會當初摩根開山築路和引水至此的艱苦。

我們因是初次造訪遂接受建議參加了大廳旅遊（Grand Rooms Tour）。白色古堡位於山巔朝東而立，前有噴泉紅磚拼花廣場及花園，視野極其廣闊可遠眺青山及其後的太平洋。正門雙塔氣勢宏偉，窗櫺、門框、屋簷、圍欄、廊柱、鑲邊無一不精雕細琢，塔頂更飾以有名的西班牙彩色磁磚，既莊嚴似教堂又美如童話城堡。

由側門一踏入兩層樓高的社交大廳（Assembly Room）即被十六世紀的核桃木壁飾、

〈兩大古堡比一比〉赫斯特古堡內的餐廳

懸毯、一整排雕飾繁瑣的木椅及壁爐和天花板震懾住，對照其間的現代木製拼圖、撲克牌桌、各式沙發和高大的聖誕樹及燈飾，但覺眼花撩亂不知身在何處。這樣豪華闊氣的排場難怪能夠接待如羅斯福總統、邱吉爾首相、查理・林白、葛麗泰・嘉寶和鮑勃・霍普等政要名流。

位於長廊上的餐廳，無論命名（Refectory）、高高在上的窗戶、雙排懸掛的鮮豔錦旗、超長木製餐桌、特製軟墊配織錦流蘇背套的木椅及閃亮的銀燭台，在在流露著中古歐洲修道院的氣息。不過由於時值聖誕在吊燈與聖誕燈飾的相互輝映下，掃除了修道院特有的陰暗。格子天花板上的人物浮雕非常生動，長廊兩端的拱門及浮雕壁飾亦華麗如教堂。

緊鄰的起居室和隔壁的彈子房均瀰漫著更加濃厚的中古西班牙風，木樑天花板上滿是描金彩繪圖案，壁上除了懸毯更嵌有西班牙彩色磁磚壁畫。

最後是赫斯特的私人電影院，他和其製片公司的群星們常在此觀看正規的電影或新聞影片。室內以紅色為基調，天花板和壁紙均有大量金飾，兩壁分立著許多手執明燈的金色女神雕像，在一片金紅之中觀賞有關古堡的短片，依稀還能感受到當年的熠熠星光。

走出古堡步下台階，一棟棟紅瓦白牆的西班牙式客房錯落在紅磚道、雕像噴泉和花園之間，各種華麗的裝飾讓人目不暇給，但比起海神游泳池（Neptune Pool）就微不足道了。這座古羅馬神殿式的游泳池經過三次重建直到符合奧林匹克規格才告完工，居中神殿門面更遠從歐洲進口，兩邊飾有柱廊，池畔有多座白色大理石神話雕像。池底以巨大藍色磁磚鑲嵌成古典格子圖案，直與藍天星月爭輝。

至於羅馬游泳池（Roman Pool）則是室內游泳池，造形仿自古羅馬的浴池，以彩色磁磚打造並飾以八座羅馬神祇雕像，天花板和壁柱則鑲滿藍金色的馬賽克，在一片藍金光影中彷彿看得到埃及豔后出浴的身影。

登上巴士回望暮色中有如鍍金的古堡，只有《紅樓夢》中的一句話足以形容心中感受——「珍珠如土金如鐵」。

蒂凌為單身貴族當初打造比斯卡亞只為避寒和展示個人的藝術收藏品，因此古堡無論豪華氣派和名氣都遠在赫斯特之下，也不像赫斯特處處炫富而是刻意仿古，園林建築大量採用產自佛州的石灰石，加以特殊處理使其看來老舊，予人百年古堡的感覺，只是室內不准拍照不無遺憾。

動用邁阿密全市十分之一的人力費時兩年（一九一四至一九一六）打造的比斯卡亞占地一百八十英畝，其中包括古堡、花園和村莊皆仿自義大利的莊園，整個園區力求自給自足。建築結構全部使用鋼筋水泥期能堅固持久、防（白）蟻、防腐和抗拒颶風，更有電梯、主時鐘、信號器、電話及防火設施等現代化的電力設備。

一九二五年蒂凌去世後將比斯卡亞遺留給他的兩位姪女，後因颶風毀壞及維修不易，經過轉賣捐贈現在只剩下五十英畝的古堡和花園對外開放。

至於產業命名緣於西班牙北方有一個省名叫比斯卡亞（Vizcaya），位於大西洋東岸的比斯開灣（Bay of Biscay），而蒂凌產業剛好位於大西洋西岸的比斯坎灣（Biscayne Bay），由於英文灣名的近似，遂以省名比斯卡亞名之，又以十六世紀探險時代的輕快帆船為其產業圖騰。

四方井字形的古堡採開放式設計，井字中心為中庭，四角則為高起的城頭堡，四面中間除了北廳（North Hall）為通往半室外游泳池的小廳堂外，其餘皆為寬敞的涼廊。簡單方正的古堡外形和華麗繁瑣如歐洲中古大教堂的赫斯特古堡大異其趣。

正門設在西邊入口涼廊（Entrance Loggia），拱形屋頂下古羅馬式的立體大理石地板向北通往候客室（Entrance Hall），內有十八世紀的化妝室及衣帽間供淑女紳士在會見主人之前整頓衣裝之用。

〈兩大古堡比一比〉比斯卡亞東角外觀

候客室隔壁的西北角即是圖書室（Library），石膏牆上及天花板上滿是精美的彩色浮雕，整面的桃花心木書牆之後有暗門通往緊鄰的會客室（Reception Room）。由於蒂凌和其賓客皆喜愛收集古歐洲藝品及建築殘片，特將此室設計成十八世紀歐洲的洛可可式文藝沙龍。上色石膏天花板來自威尼斯宮殿，絲質描金的壁紙上特別採用佛州常見的棕櫚樹圖案，金色巨大的樹枝狀吊燈與金框壁鏡閃耀出一派富麗堂皇。

北廳內有十八世紀裝飾的電話間，將古典與科技巧妙結合。東北角的客廳（Living Room）是古堡內最大的一間房間，高橫樑天花板、懸毯、綴錦畫及十六世紀的壁爐均流露出義大利文藝復興風格。其中有一些大理石物件彌足珍貴，為兩千年前的古羅馬祭祀用品。曾為西班牙斐迪南國王祖父所擁有的西班牙摩爾式地毯，現為世上少數僅存的十五世紀紋章地毯之一。以十七世紀聖壇畫裝飾的現代管風琴是古典與科技的又一巧妙結合。

東面涼廊（East Loggia）面對比斯坎灣，是蒂凌和其賓客喜歡休憩的地方，天花板上懸掛著古堡標誌——十六世紀的帆船模型，大理石地板上的立體萬花筒圖案十分醒目。

音樂室（Music Room）內天花板及牆上的油畫來自義大利倫巴第，樂器則為十七世紀的義大利古董，全室充滿義大利洛可可式風味。

位於東南角的晚宴廳（Dining Room）和客廳一樣擁有多根漂亮的大理石圓柱，原木餐桌椅可供十四位賓客坐席，規模格局自然無法與修道院式的赫斯特相提並論，但其中怪獸馱著的大理石平台是來自龐貝的古董，原懸於北牆上的綴錦畫曾為十九世紀的英國詩人羅伯特・勃朗寧（Robert Browning）所擁有，皆不容小覷。

封閉式的南面涼廊（Enclosed Loggia）原來設有十八世紀新古典主義的靠背長椅，賓客可透過整面三座半月形落地格子門窗觀賞對稱有序的花園全景。

二樓東北角起依序是充滿新古典主義風格的蒂凌起居室、臥室和衛浴間，其內還有一個小陽台可供他在刮鬍子時欣賞比斯坎灣的美景。無論地毯、家具、絲質壁紙甚至水龍頭皆是皇室象徵的金色系統。最特別的是浴缸上的金色天鵝造形的水龍頭不但能提供淡水還能提供有療效的鹹水。

多間客房均按不同的歐洲歷史時期特色裝飾和命名，唯有Cathay是依中國藝術風格裝修的，當然這是純以十八世紀的歐洲人的角度定義的，室名則源於馬可波羅對中國（China）的稱呼。不過每一樣東西如屏風、地毯、絲質花鳥壁畫、擋火屏及臥榻等都看起來似是而非。

南面居中的早餐室是另一間充滿中國風的房間。鐵門檻前有四隻搪瓷麒麟護衛，八人圓桌居中，其後有男女雕像各一，分別傍著一個明代青花大缸而坐，看不出典故何出，倒有點像土地公婆。裡面自然也少不了中式屏風和銅柱檯燈，然而東西兩面牆上卻繪著大幅海景西畫。這不倫不類的早餐室卻深受蒂凌和其賓客的喜愛，也許是因為透過南面落地玻璃拉門可俯瞰整座花園和其互通聲氣吧！

古堡東面臨水，堡前的石板廣場十分氣派，U字形灣岸北為船隻停泊處，南為六角形鏤空茶亭，各有一座小巧的半月橋相連。中央有台階可下至水邊，一艘石雕駁船靜立水中，既可作為門戶屏障又可在此玩月夜宴，可說是頗具巧思的設計。

園景設計師承歐洲造園藝術以義大利為主，但種植適合邁阿密氣候的亞熱帶植物。正規花園（Formal Garden）形如鵝掌，東西對稱的半月形水池和雕像走廊合圍著圖案花壇向南延伸，其間沒有奇花異卉只有少許當季花草點綴顏色，卻綠得賞心悅目。

花園中央是頭尾呈半月形的反映蓮池，池心是中心島（Center Island），其上植有兩排修剪成圓柱形的橡樹和平行的池畔傘狀大樹相得益彰。池與島皆以石灰石圍邊，周邊裝飾的石甕與半身雕像皆是來自西西里島的古董。

〈兩大古堡比一比〉比斯卡亞內的神秘花園

全園精華是位於中軸線尾端的人造假山。一座十六世紀的噴泉流經數級平台形成階梯瀑布，兩側有石階上下號稱水樓梯，梯側各有一個雕飾精美的洞穴，內有噴泉，穴頂以貝殼鑲嵌圖案，非常別致。

山頂為一圓形石板平台，參天橡樹交覆如蓋，蔭庇著最南端的義大利文藝復興式的茶屋（Casino）。茶屋中為涼廊，左右各有一間小房間，雖非正規房子但廊柱簷頭一樣雕飾精美，涼廊頂上壁畫更來自提埃波羅的畫廊（Studio of Gianbattista Tiepolo），他是十八世紀歐洲最偉大的裝飾畫家。

站在涼廊北望，噴泉、中心島和古堡南面涼廊整個中軸線一目瞭然，蔥鬱典雅中透著王室氣派。東西兩側各有石階下山，夾道橡樹垂拱成蔭，石階斑駁影綽，石牆苔痕隱隱，石柱雕飾古舊，無論由上下望或由下上看盡都古意盎然，彷彿走進了時光隧道，忘了眼下是沒有文化古蹟的美國。

除了正規花園外東邊由南至北尚有噴泉、迷陣、劇院和隱密等花園，處處噴泉雕像林立，來不及一一賞玩，不過千萬別錯過隱密花園。石牆、石欄環繞的它位於地下一層，石板廣場上有三排花壇，兩側有鐵欄石梯通往正規花園。隱密花園為長方形，東邊中央往外凸出一個半月形平台，上置一張碩大的雙人石雕寶座，兩側文柱上有半身雕像，頂上為扇形巨貝，與花壇背後的石穴相對，黑灰氛圍中一片神祕，頗有電影《古墓奇兵》的視覺效果。

走回西邊的出／入口時正有幾對新人在那取景拍照，看看周圍的石牆、拱門、雕像、石板路和以蓮池為中心的橢圓花壇，這又何嘗不是一個古典浪漫的前庭花園！

（原載於北美作家協會網站二〇一六年十一月號）

情定北加州

1
2
3

1.〈十里黃花醉酒鄉〉愛之堡
2.〈十里黃花醉酒鄉〉酒鄉美景
3.〈十里黃花醉酒鄉〉Darioush 釀酒廠

1 | 2
3

1.〈蘆原歸來不看花〉紫色補丁
2.〈蘆原歸來不看花〉童話世界
3.〈蘆原歸來不看花〉所羅門王寶藏

1
2
3

1.〈加州聖塔巴巴拉最美的法院〉壁畫室
2.〈加州聖塔巴巴拉最美法院〉法院外觀
3.〈一路風光〉門前青山

何處是我家

週六早上六點不到便被先生喚醒，因為今天是搬家的日子，還有許多零碎的東西要趕在搬家工人來到以前收拾好。

原打算今早再到花園和陽台走走，對母親手栽的玫瑰和先生種的芍藥、牡丹及水蜜桃做最後告別，未料連宵風雨將我困在了屋內，無聊地由這個房間踱到那個房間。停步樓上兒女和父母住過的臥室，不期往事在空落的房間裡風起雲湧。在此盤根錯節了二十餘年的生離死別，勢將隨著這次的搬家而連根拔起，但不知將移植何處？

不記得從何時起「到哪退休？」成了嬰兒潮世代最愛聊的話題之一。在台有家產可繼承打算葉落歸根的大有人在，和大陸有關係欲去分一杯羹的亦不在少數。不過還是有很多人和我們一樣為退休金和健保所限只能選擇留在美國，希望能找個氣候好、醫療旅遊兩便又有華人超市的地方養老。

至於房子以平房或主臥在樓下者為佳，面積不須很大但也不能太小，否則兒女因無住處而不願回來看你。最好不要和兒女住在同一個屋簷下，何苦老來再為兒孫做馬牛。如果能靠近兒女享受含飴弄孫之樂固然理想，但不要特意跟著兒女跑，因為他們年輕隨時會因換工作而搬家，免得到時落得一場空歡喜。漂亮的退休社區亦應避免，因其限制多且轉手不易，再者裡面暮氣沉沉教人未老先衰。

更有人說退休後的日子大概分為兩個階段，前一階段趁著體力還行、老伴還在，應該獨力生活並盡情遊山玩水，找回年輕時為生活打拚而錯過的春花秋月。後一階段切記抓緊老本，萬一老伴先走或自己身體不好而兒女又無力奉養時，可以入住老人院或安養院，不過設備和服務好的地方費用驚人，不是一般人負擔得起的。

說來說去只有加州是人人嚮往的退休聖地，尤其是氣候宜人和人文景觀豐富的灣區。然而凡事有利必有弊，加州的房子大多十分老舊又沒有地下室，面積不到此地一半，房價卻雙倍不止。

我們在台無產可繼和大陸素無淵源，加州更是人生地不熟，加上兒女未婚不知將來落腳何處，便沒有將此事放在心上，只是默默祈禱將來能有個容身之處。

金融風暴爆發後先生工作的汽車公司宣告破產，年屆花甲的他雖倖免於難，但半生辛苦儲蓄的退休金則大幅縮水，急於在房價和利率尚未回升時買個小房子以便退休。其時女兒已婚住在芝加哥，但芝城素有風城之稱，冬天比我們所住的底特律西郊還要酷寒多雪，自然不做搬家芝城的打算。剛好一位朋友在離灣區五六十哩的小城買了棟退休房子，先生聽說房子又新又大又便宜而且離兒子所在的地方不遠，一下子就動了心。

小城地處偏遠的內陸，夏天溫度高達華氏百餘度，冬天雖然不下雪但有兩三個月的雨季，並非我心目中的桃花源地，只因先生執意要買遂勉強挑了棟邊間平房。回家準備電匯頭款時，才發現原定到期的存款，就在我們出門的這段期間被公司自動延期了一年，先生不得不悻悻然地取消了合同。

不久兒子換工作去了聖地牙哥，跟著多年比鄰而居的二姊夫婦退休聖荷西，不慣親人驟然遠離於是我們開始了加州覓屋之旅。

聖地牙哥的氣候是全美最好的，新房子寬敞舒適，的確是退休的好地方，恨只恨房價超高，只能眼巴巴看著華人同胞以現金搶購。至於聖荷西到處人車擁擠，二姊家附近櫛比鱗次的老屋又小又貴，既買不起更看不上眼。

猶豫不決中房價開始節節上升，先生急得像熱鍋上的螞蟻，奈何我在金融海嘯中慘遭裁員，失業至今，而銀行在房貸次貸風暴之後嚴加把關，單憑先生一份薪水很難拿到高額貸款，我們想在加州買到一棟滿意的房子無異於癡人說夢。

二姊夫的弟妹久居洛杉磯，據他們說洛城繁華便利不輸灣區而房價卻較其為低，於是我們像飛蛾撲燈般飛往洛杉磯找房子。

不幸許多事先在網上中意的房子不等我們人到當地即被搶購一空。奔波多日看上的新舊房子不是與監獄為鄰便是白蟻為患，就是沒有一棟能如人意。

兒女眼見我們多年多次地徒勞往返終於說出了心裡話。原來早已遠走高飛的他們希望父母能夠死守老家，因為這兒是他們生長的地方，不管何時何處只要他們想回家，都永遠有家可回，想想這不也正是我們當年出國時的寫照嗎？不同的是父母和我們兩代人永遠無法當作故鄉的異鄉，竟成了第三代人的故鄉。

既然如此我們也就對房價瘋漲的加州死心，打算終老汽車城，如此一來既不用為高房貸發愁，又可以每個月前往芝城探孫，比起許多家庭一年只有兩次團聚來要好得多了。

然而就在那年碰上了密西根二十年來最寒冷的冬天，逾月低溫大雪，到處積雪如山，人車困頓，即連超市都出現了前所未見的搶購潮。我終日困居斗室，所見非灰即白，能不憂鬱？

雪上加霜的是我們雇用的鏟雪公司竟在此時片面取消了合同，棄客戶於不顧。我們雖已預付了全季金額，但因金額不大沒有律師願意受理而投訴無門，又因雪災處處根本找不到其他的鏟雪工。

我有青光眼、先生右肩受傷皆不能舉重出力，家中又沒有個年輕人可以分勞，眼下這盈尺積雪已成千斤重擔，而往後我們只會更加衰老，如何應付得了每年長達半年的寒冬？不禁想起四季如春的聖地牙哥，已死的心再度蠢動起來。

聯絡上了從前的房產經紀，很快在網上看中一家主臥在樓下的西班牙式度假屋，屋後是高爾夫球場沒有後鄰干擾，房價也在我們能力範圍之內，唯恐他人捷足先登，不等飛去實地查看便先行出價投標。

得標後我們於週五中午飛抵聖地牙哥直奔度假屋，房子較照片中的老舊，但我們為高爾夫球場美景所迷，沒有考慮到它處於容易著火的林區房險超高，又是純白人區是否適合我們這唯一亞裔入住，更沒有先看看附近環境便在房產經紀的催促下簽了約。

簽約之後兒子才語帶保留地說那個地方十分偏僻恐怕只適合隱居而非養老。兒子從小喜歡熱鬧，現在更是標準的都會青年，雖然對他的話將信將疑，週六大早還是忍不住開車去周圍繞了幾圈，竟然荒涼到連一個麥當勞都沒有，更遑論銀行、超市、加油站和醫療設施，不得不向房產經紀說抱歉。

剛安於現狀未及半載，兒子和女婿忽然先後換工作，分別去了洛杉磯和亞特蘭大。機票昂貴，假期有限，而女兒還要分出時間回婆家，一家人一年未必能有兩次團聚。視頻雖可稍解思念之苦，但當女兒出差或外孫女生病時我們遠水救不了近火，我們自己生病時亦無人可伺湯藥，所有生日節慶更無法一起歡度，說穿了這遠距離的親情不過是望梅止渴。

也許是初到異地加上有了第二個孩子的緣故，女兒開始懷念起小時候有外公外婆作伴的日子，也希望她的孩子能有外公外婆作伴。所幸她記得的是溫馨的一面，而非母親最後摔裂髖骨不良於行但堅持不住養老院，而寧願終日困居樓上臥室的慘狀。當然她也意識不到未及外公外婆當年年紀的我們，正朝著那條衰老之路奔去。

其實父母當年做夢也沒有想到他們會終老異鄉。半生飽經戰亂流離之苦，在將我們三兄妹送出國後，只想鄰近在台北的大姊一家安享天年，但人算不如天算，父親竟在旅美探親途中腎臟病突發，被迫開始了洗腎生涯，台北的家就此匆匆丟給了大姊，一如對岸的老家再也沒能回去過。母親為此鬱結於心，怨嘆她是個沒有家的人，因為不管子女的家再好都不是她的。

在父母和我們同住期間，母親替我分擔了很多家務，尤其不用擔心兒女放學後、生病時及寒暑假無處可去。我雖做不到晨昏定省，但也不是個斤斤計較的人，奈何我職場失意又兼開店失敗，終日勞苦愁煩，竟不知母親得了老年癡呆症，而父親在洗腎後早已不是往日的慈父，日常生活中的磨擦齟齬層出不窮，母親更不時吵著要賃屋獨居。二十餘年前此地的華人社會仍稟承著三代同堂的傳統觀念，也不像現在有許多適合華人居住的老人公寓。父親素喜兒孫繞膝亦深知年老體衰的他們，既不會開車又不諳英語，想要在美自立門戶是不可能的，同時更怕旁人議論他的兒女不孝，就由著母親三天一吵五天一鬧，在三個兒女家輪流居住直到回天家。

憶及二姊夫、父親和大姊夫在五年內先後病逝的往事，頓覺人生如客旅，轉眼成空，而孫輩的幼兒期又何嘗不是稍縱即逝？亞城雖非流奶與蜜之地，至少冬天不下雪又有許多華人餐飲店及超市，比我們現在所住的地方繁榮便利得多，既然女兒有此心意何不及時南下享受天倫之樂呢？

去夏我隻身前往亞城找房子，在一次開往新社區的途中，忽然心中感動莫名，覺得就是這裡了，果然在填表排隊一個月後，買到了一塊坐北朝南的待建房地，離女兒家只有十哩遠。後面是山坡林地，隱密安靜，適合我寫作，先生亦能照舊蒔花種草。主臥在樓下，我們免了爬樓梯之苦，樓上有三臥兩浴不愁兒女回家時沒有住處。新社區內有兒童遊樂場、游泳池和網球場，旁邊有公園，可供兒孫消閒和兩老散步。最重要的是房價和此地相當，沒有房貸的壓力，而且新居將於今年三月落成與先生預定的六月底退休日期差可配合。

看來迦南在望，今冬我們忙著翻修廚房準備春天賣房子。五月中旬如願賣掉了房子，結果高興了不到一天，次晨即接到女兒的道歉電話，因為女婿剛剛接到貝爾藥廠的聘書，條件好得無法拒絕，他們已決定搬去加州，兒子亦將隨之遷往灣區，想不到一夜之間朋友們的笑談都應驗到了我們身上。

最高興的莫過於二姊了，力勸我們搬去加州好重溫比鄰而居的舊夢。想想不錯，本來我們南下的唯一目的就是為了家庭團聚，現在目的消失了兩老何苦搬去舉目無親的亞城？

苦的是這三年來加州房價在亞裔尤其是華人的搶購中飆上了天，非但不能像此地般討價還價還要加碼搶標，又因蘋果公司將在聖荷西附近蓋總公司，水漲船高之下二姊家附近的房價翻了近兩倍，讓我們悔青了腸子。

絕望中想起了摩西帶領以色列人出埃及的故事。一路上他們經歷了紅海分開、雲柱火柱領路、苦水變甜、天降嗎哪和磐石出水等種種神蹟奇事，但以色列人卻在曠野中十四次向神發怨言，寧可留在有肉吃有水喝的埃及為奴之地，而不願吃苦前往迦南應許之地，甚至到了迦南門口的加低斯還因畏懼身量高大的亞衲族人，又吵著要回埃及，因而激起神怒，罰他們在曠野中漂流了三十八年。當第二代人進入迦南前夕摩西呼天搶地地將生死禍福陳明在他們面前，要他們剛強壯膽進去得而為業，因為神必與他們同在。

反觀我們的人生路程，自從拎著兩隻皮箱出國留學後即開始了曠野漂流，經過多年奮鬥到了全盛時的汽車城，即耽於綠洲的肥美不再前行，不想在看盡汽車城的興衰榮枯後又迷失在曠野之中。眼前我們有兩條路可走，或是不虞金錢孤獨地終老亞城，或是勒緊褲帶在加州和家人團聚。

思前想後終於明白我們這些年來汲汲營營所尋找的只是一個安舒的住所，而非一個有神同在的家，不如延遲退休暫住公寓，等候雲柱火柱的帶領。

這風雨總會過去，相信明天又將是一個晴朗的好天，而只要是有神同在的地方就是我的家。

（二〇一五年十一月二十四日寫於密西根州諾維市）

尋找約書亞樹紀念碑

一九九五年初房東毫無預警的收回了我承租的店面，一時之間或賣或搬都措手不及。小店要死不活的撐了六年，我早已身心俱疲，正好狠下心來關門了事。其後幸獲教友幫助得以重回職場，總算再度有了固定收入和假期，於是先生決定七月兒女放暑假時全家到加州度假一周，補償多年的無休生活。

除了出國時在加州轉過機外，我從來沒有去過加州，想像中的加州處處是藍天碧海和鮮花美果，所知景點無外乎金門大橋、狄斯奈樂園、好萊塢和海洋世界等。

當年還沒有谷歌、手機及GPS這些高科技的玩意兒，出門旅遊靠的是個人經驗、書本知識和地圖。這是我們第一次搭飛機度假，自無經驗可言，課堂上所學的一點地理知識早在生活煎熬中忘到了十萬八千里之外，先生仗著自己的方向感強加上曾至加州出過幾次差，便帶著一家四口和一張地圖上路了。

飛到洛杉磯後如願以償遊覽了狄斯奈樂園和好萊塢，然後開車南下至聖地牙哥，去了動物園、海洋世界和富人雲集的拉霍亞（La Jolla）海灘，我以為這下該折返洛杉磯打道回府了吧，未料先生還有一個祕密行程，他要去拜訪約書亞樹紀念碑（Joshua Tree Monument）。

多年來我只識得柴米油鹽四個字，壓根不知道加州有個約書亞樹紀念碑，心想這約書亞樹不知是何方神聖還值得為它蓋個紀念碑？這碑該是和華盛頓紀念碑一樣的尖塔狀，上面可能還有篇碑文敘述此樹的不凡來歷。

先生則言之鑿鑿的說它肯定和聖經人物約書亞有關。那時我們剛受洗不久，聖經一知半解，只約略知道約書亞接續摩西帶領以色列人進入迦南美地，但不知他能和此樹扯上什麼關係？即便有關係又是如何漂洋過海來到了加州？

以為紀念碑就在附近，既然來了不妨前去看看。誰知聖地牙哥和紀念碑之間並無高速公路直達，地圖上的彎曲小路看起來不是很遠亦不難走，上路以後才發現小路愈來愈崎嶇，景觀愈來愈荒涼，溫度愈來愈高。加州固然是地大物博，但並非處處皆是四季如春的流奶與蜜之地，內陸沙漠地帶的乾旱燠熱遠非我這個密西根鄉巴佬所能想像。

熱氣蒸騰的陽光下塵沙飛揚，一片灰黃霧濛，天際流竄的烏雲大有山雨欲來之勢，好不容易才找到一個加油站趕緊加油填飽肚子好繼續趕路。

不知先生是憑著什麼樣的信念居然在七彎八繞之後在一處荒山野地找到了南邊進口，訪客中心是個破舊的木亭子，不記得有沒有拿到地圖但確定無人導遊，荒涼蕭索的景觀大有出塞之感。

往裡開去不見行人車輛更不見任何人工建築，這紀念碑不知隱身何處？沙地上是一蓬蓬枯黃的野草和一叢叢的熱帶植物，其間不時可見拔地而起的不知名植物，狀似仙人掌樹卻沒有厚實肥大的莖葉，枝幹頂端簇生著一束束的針葉，彷彿掛了滿身的鬃毛刷子，實在沒有什麼美感可言。

再往裡開沙地上混雜著石塊石堆，東一堆西一堆的土黃深灰，無論形狀顏色都不好看，倒像是走進了採石場。陽光直射下一無遮蔭，雖然車內冷氣狂吹，還是覺得身在蒸籠，擔心車子在華氏一百多度的高溫下行駛會不會引擎過熱引起失火？放眼四顧既沒有加油站也沒有餐廳更沒有公用廁所，又不知此地到底有多大，汽油是否足夠開回高速公路？見識了這非比尋常的風景，後座的兒女和我就像以色列百姓向摩西抱怨在曠野裡沒有水喝般開始抱怨先生，什麼地方不好去偏要帶我們來這前不巴村後不著店的鬼地方？

儘管我們抱怨不斷，先生還是老神在在的繼續往前開去。不久石塊石堆開始變大變高，不過多是亂石堆積無以名狀，其中只有兩處石堆略可形容。一處有兩塊併立的平面三角巨岩，活脫一個英文大寫字母M杵在山頭招搖；另一處有一塊頭形巨石，中間有兩個平行深窪的大窟窿，底下還有一個小窟窿，不是巨人骷髏頭又是什麼？

一路行來除了石頭還是石頭，哪有紀念碑的影子？忽然看到有幾輛車子停在路邊，我們趕緊下車一探究竟。饅頭般的巨岩連綿起伏，可供行走攀登，但是沒有看到一個人影，而我們沒有配備帽子、太陽眼鏡、防曬油和飲水自然不敢深入。

嚐過沙漠烈日的滋味後，不管先生如何好說歹說我們都不願再下車。一片死寂中無以數計的巨岩怪石看得人心裡發毛，不知有什麼怪物會突然現身？催促著先生快走，他卻東瞧西看的不知在找什麼？

開了兩個多小時，終於開到西邊出口，只見旁邊豎著一塊牌子，說是此地盛產約書亞樹故以名之，這和我苦尋不見的紀念碑八竿子打不到頭，而一路所見的鬃毛刷子竟是約書亞樹！面對這令人啼笑皆非的結局，我們的抱怨更甚先前，先生只是笑而不語。

多年後拜谷歌之賜，輕易的就揭開了它的神祕面紗。位處加州東南境內的這片廣大土地包含科羅拉多（Colorado）與莫哈維（Mojave）兩個沙漠，後者較高較冷不光盛產約書亞樹更以光禿的岩石山丘聞名，是愛好攀岩者的聖地。這個地方早在一九三六年即因樹而被命名為約書亞樹紀念地（非紀念碑），一九九四年易名為約書亞樹國家公園（（Joshua TreeNational Park）。

春秋兩季氣候宜人適合爬山、健行、攀岩、露營、觀鳥、賞花和觀察野生動物，冬夜寒冷偶而飄雪但白天還算溫暖，我們卻偏選在不宜旅遊的酷暑前往。雖然瞎貓撞死老鼠看到了骷髏岩（Skull Rock），卻錯過了拱岩（Arch Rock）、大岩石（Jumbo Rock）、蓋帽岩（Cap Rock）和巴克水壩（Barker Dam）等著名景點。

出乎意料的是樹名倒是和聖經人物約書亞扯上了關係。據說十九世紀中葉一群摩門教徒定居於此，看到樹的獨特造型想起了聖經故事中約書亞向天空祈禱的手，遂稱其為約書亞樹。

直到我寫此文時先生才說出他的懸念是來自《讀者文摘》上的一篇文章，他沒有細讀文章內容，卻被一張豆腐乾大的照片強烈吸引，那是一棵立在晨曦之中的約書亞樹，枝椏上滿是盛開的花朵，於是他牢牢記住了約書亞樹紀念碑這個名字，並在心中將其昇華成了山中供人瞻仰膜拜的唯一神木。

原來每個人心中都有個秘境，也許是先生尋找的樹，也許是我想像的碑，說穿了都是生命中的不得之失。只是當大石擋道，除了憂慮恐懼外我只想逃避，從沒想過我可以正面面對它，甚至可以攀登其上，日賞春花，夜觀流星。

（二〇一四年六月三日發表於《世界日報》副刊）

加州聖塔巴巴拉最美的法院

提起法院，腦中浮現的即是如灰色積木般的刻板形象，直到參觀過了加州聖塔巴巴拉市的郡法院（Santa Barbara County Courthouse）後，才發現原來法院也可以這樣美，不愧號稱美國最美的政府建築物。

這座郡法院建於一九二九年，為聖市最亮眼的地標。L形的郡法院雄據橫直一整塊街區，佔地十五萬平方呎，計有四棟主建築，分別以橋或拱門相連，不相對稱為其建築風格，無論外觀、裡面格局和細節處理均處處力求變化不同，整體建築高低錯落有致，卻只花了不到兩年的時間和一百三十萬美金的成本。

由於採光的關係，建築物主要分佈於東南兩面，其餘空地為廣大的草坪花園。由西南角起是富含拱門的檔案室（Hall of Records），其次是多窗的事務部（Service of Annex），再來是高起一層樓有人字形屋簷的大拱門（Main Arch），只有左邊一側有雕像噴泉。大拱門之上有一西班牙文刻字「神賜予地土，我們得以建造城鎮」（God hath provided the ground, Man has built the town.）。刻文兩端柱頂上各有一女神雕像，左者一手執劍一手拿著法碼天平，右者手持一物狀似禾捆，其下另有兩個圓形獎章雕飾，同樣分別代表工業和農礦業。大拱門背面亦有雕飾但不似正面繁瑣，大拱門之內的屋頂樑木皆有

〈加州聖塔巴巴拉最美的法院〉鐘樓內部

手繪圖案。

大拱門東接管理部門和法院樓（Main Administration and Court Building），手製赤陶色地磚的拼花地板、手繪窗帘、手工橡木家具、精製的鐵飾、拱門迴廊及Mudejar式天花板為此樓內部特色。

其中最具代表性的是二樓西端的壁畫室（Mural Room）和其門前廊廳。此室原為議事廳，現已開放大眾供會議婚宴等多種用途。四壁皆以藍天白雲和菱形花紋為背景，只有臨街的南面牆上有成排落地長窗。天花板上所有樑木均運用傳統和荷蘭金屬（含有鋅和銅）畫法，以藍、綠與金色描繪出不同的精美四方連續圖案，光是舉頭觀看已覺頸酸，不知當日畫家得耗費多少心

〈加州聖塔巴巴拉最美的法院〉內外迴旋梯

血才能一筆一畫營造出這雕樑畫柱般的富麗景象。

由西北角起牆壁上依序繪出聖城史上大事，包括先後統治過聖城的十六世紀的印地安人、十八世紀末的西班牙人、十九世紀初的天主教修道士、十九世紀中葉的墨西哥人和如今的美國人。

大拱門與壁畫室中間為高八十五呎的方柱型鐘樓，頂端四面牆上鑲有很大的時鐘指針，鐘樓頂上是四面由拱門廊柱撐起的有頂觀景台，站在其上聖城風光盡收眼底，更是俯瞰郡法院全景的絕佳地點。

鐘樓內部的樓梯出乎意外的華麗，台階扶壁鑲滿彩色磁磚拼花圖案，二樓有廊柱環繞，北邊與壁畫室前的廊廳以拱門相接。頂上是高敞的八角長方形天花板，每邊各有一扇拱窗，屋頂四壁及廊柱全都飾以繁複的手繪圖案，懸著的六角形玻璃鑲黑框吊燈下墜著一個多角形的彩色星球，古色古香的鐘樓內部值得玩味再三。另有鐵梯可經由時鐘內部的機械房通往樓頂的觀景台。

在東翼和南翼的交接處是遊人最愛的內外迴旋梯（inside-outside stair）。以圓柱拱門環繞的樓梯以半圓之姿凸向花園呈開放式，不僅造形獨特，亦有助於空氣流通。台階以彩色磁磚砌成拼花圖案，扶壁繪有大朵彩色圓形圖案，圓頂和十字支架繪有細緻的彩色連續圖案，底層地板則以紅藍綠地磚鑲成刺絡針圖，整座樓梯富麗堂皇而又創意十足。

位於東北角的監獄，長寬九十四乘四十五呎，高低卻由六十八至九十七呎不等，最高樓層為六樓並有地下室。北邊臨街正面為多角狀古堡形式，背面朝向花園，一連二個跌宕，每層樓的窗戶數目、形狀和裝飾既不對稱又各不相同，看得人眼花撩亂，若非導遊說明還以為這是五星級的觀光旅館。

（二〇一四年五月十八日發表於《世界日報》走馬花旗）

山茶紅透

一月初剛搬進這棟從未謀面的半百老屋時，忙著拆包和收拾房子又適逢雨季開始，對前後庭園沒有細加打量，但覺花草樹木還不少。

好在加州的冬雨不似台灣的梅雨淅瀝瀝的沒完沒了，而是下一陣歇一陣，太陽亦不時湊興露個臉。趁著雨後初晴到院子轉轉，驚見屋後成排的樹籬仍然青綠，草地亦未枯黃，一棵大樹上還開著許多毛刷狀的紅花，惟有幾棵光禿的大樹符合我素來所認知的冬天景象。東籬邊的花花草草我只認得已枯的玫瑰和未謝的杜鵑，餘下打著許多細小花苞的一概不識。心想這些花苞未免自作多情，在這隆冬一月豈能開得出花來？不想前院車房牆邊也有棵花樹打滿了花苞，且較後院的為大，先生嫌它過於貼近房子想要得空砍了它。

過了些日子再看，那些花苞居然還在，不禁納悶這到底是些什麼花？剛好二姊夫婦來訪，學園藝的二姊夫一眼認出這是又名山茶的茶花，同時指出前院的那棵也是茶花，因其性喜溫暖尤喜房屋熱氣才會倚牆而栽，一番話說得我們啞然失笑。

此後出入前門我都特意多看它兩眼，猜測著它何時會開花？是什麼顏色？是單瓣的還是複瓣的呢？就在我無限期待中，花苞越長越大，緊閉的圓球慢慢露出了縫兒，綻開了口兒，似紅非白的看不清楚顏色，分外惹人懸念。

一月中旬忽然發現樹頂窗沿邊有一團紅暈，撥開綠葉一朵初開的茶花赫然在目。原來它是雙色複瓣！白底紅紋的花瓣井然有序的環繞著鮮黃的花蕊，碗狀花朵不似球形牡丹層次繁複亦不及其華麗，卻是姿容端莊優雅，即連葉子也長得工整如蠟製品。

花兒開得多了我也看得久了，心思難免恍惚起來，總覺得這紅花像極了女兒初次芭蕾公演時所穿的蓬蓬舞裙！而這滿樹盛開的茶花正如當年那一群妝扮整齊的小女孩兒，在台下各自翩然起舞，及至站到了台上卻不知所措的你看我我看你，然後有的向左轉，有的向右轉，有的原地不動，女兒則是左顧右盼的一味傻笑。這些畫面如定格影片般仍在目前，怎麼才一晃眼連外孫女也到了女兒初學芭蕾的年紀！

茶花固與茶樹扯不上關係，但有股特有的香氣與茶香不遑多讓，兼且花期長又不畏寒冷在冬天開放，難怪歷來文人墨客為其傾倒不已。韓元吉〈鵲橋仙〉中山茶花開南國春來的畫面深植人心，更讓我無限神往。可惜我久居天寒地凍的密西根，冬日所見非灰即白，不要說花兒連片葉兒都沒有，更遑論山茶花開了！

看到山茶花開，這才驚覺後院杜鵑並非未謝而是新開！因為這兒是加州不是密西根，早晚雖冷白天氣溫卻可高達華氏六十度，如何開不了花呢？看來我真是被冷怕了更被冷傻了，竟然連春天的氣息都嗅不到！

此地雖非南國，但只要菊花黃後，便有山茶紅透，豈非人生賞心樂事。

（二〇一六年二月二十二日發表於《中華日報》副刊）

紅毛刷

為什麼叫它紅毛刷？一來是我真的不知道它的芳名為何，二來是它長得超像奶瓶刷，只是顏色是紅的。

第一次看到它是在芝加哥植物園裡，它艷麗的紅色和奇特的造型讓我印象深刻，可惜當時忙著欣賞眾多的奇花異草，竟忘了記下它的芳名。也許是我不夠留心，回到底城後再未見過它的芳蹤，愈發讓我難忘。

年初搬到北加州這棟半百老屋，驚見後院有成排的電線，牆角的一棵老樹更被一條牽出的電線橫切而過，切過處枝葉枯黃，既怕樹長不好更擔心安全問題，找來老墨修剪枝幹，不再和電線糾纏不清，也讓我看清楚了樹的容貌。

這棵樹幾乎有兩層樓高，灰褐粗大的樹幹縱裂剝落，葉細條長狀如垂柳，覆蔭面積不小，看這樣子很可能是原始屋主種下的。時值冬日，葉子並未全數凋落枯黃，細枝上滿是吸盤狀的褐色小果子，既不知樹名自不識其果，猜想是可供雀鳥啄食的普通漿果。

春雨過後，不僅葉色青綠，枝條頂端更生出成串的青果子來了，往來棲息的雀鳥也更多了，不過地上未見墜果反而樹上紅影綽約。偶一抬頭細看，這才發現那不是青果子而是花苞！它不像平常的花卉一朵一朵地含苞待放，而是每一粒果子包含著一團紅絲，一球球地如煙花綻放，等到一串果子全然綻放完畢，便見一把簇新的紅毛刷懸掛枝頭。

不多時日，滿樹都是紅毛刷，煞是好看。最奇妙的是每一條紅絲的尖端都鑲上了一點金點，艷陽下但見金光萬點，霞光千道，好一片喜氣洋洋！只是我這井底之蛙分不清楚它到底是先有葉還是先有花？還是花謝後變成葉？

偶然在網上看到一張它的艷照，按圖索驥終於得知它的芳名真的是不折不扣的「紅瓶刷」（Red Bottlebrush）！它的學名「千層」（Callistemon）固然是文雅多了，卻不若它的別名「紅毛刷」來得傳神。

原來這紅毛刷並非獨家專利，三種原產澳洲桃金孃科紅千層（瓶刷）屬的植物都擁有這如假包換的紅毛刷，只是樹有高矮之分，紅毛刷有長短之別，枝條有垂揚之異。比照網上眾家圖片和解說，我家的紅毛刷應是「串錢柳」（Callistemon viminalis）為常綠喬木，長條似柳，枝條與花具皆下垂，同時花串末端生有葉片。褐色扁圓果實遍布枝條宛如成串古錢，因此而得名。

如何分辨這風姿綽約的三姊妹並不重要，難得的是那一片喜氣洋洋如此悅人眼目。想到人類總是自詡聰明，其實本身並無智慧，許多東西都是師法自然界，就像這紅毛刷，我不敢再說它長得像奶瓶刷，因為很可能奶瓶刷的創造靈感就是來自於紅毛刷。

（二〇一六年五月二十一日發表於《世界日報》副刊）

十里黃花醉酒鄉

提起加州酒鄉納帕谷（Napa Valley），腦中所能想到的只有美酒與佳餚此外再無別物，偏偏我這個人向來滴酒不沾而又天生易胖，對遠在千哩之外的酒鄉自然興趣缺缺更不曾想過刻意造訪。誰知年前陰錯陽差的搬到了北加州，酒鄉離我們家只有一個多小時的車程忽然之間成了我們的近鄰，若不去拜訪好像有負它的盛名。

遂於去年在探訪外甥女途中順道拜訪了酒鄉，時值四月中旬，四周群山翠綠，但葡萄樹剛剛開始發芽，無花無果，不覺風景有何特殊之處，我們既不品酒又不熟地方，不知該往何處去，在主街逛了一圈，吃了頓中飯便頭也不回的走了，心想這輩子大概不會再來了。

今年雨季長且雨量豐沛，在家悶得發慌，忽聽人說起目前酒鄉的油菜花開了，一下子打動了我的心，剛好久雨初晴即急匆匆的奔往酒鄉一探究竟。

納帕谷位於舊金山東北部在Mayacamas和Vaca兩大山脈之間，蜿蜒約百餘哩，穿過四五個小城，有四百多家葡萄園和釀酒廠櫛比鱗次的分佈於公路兩邊，彼此競爭激烈，為了吸引遊客除了祭出品酒花招外亦在莊園建築上別出心裁，愛之堡（The Castle of Love）可說是其中翹楚。

這座仿中世紀的古堡佔地十二萬一千平方呎，上下計八層（地下四層），有一百零七間房間，建材以七百至八百年前的古法手工打造，並從歐洲進口大量古董，務期呈現義大利古風。護城河、城頭堡、中庭、迴廊、塔樓和小教堂，所有中古電影中的場景一應俱全。

投資古堡原為促銷美酒加以所費不貲，自然不會免費供人參觀，我們無意於品酒便選擇了一張二十五元的最廉票自行遊覽。原為品酒室的大廳四壁滿是手繪彩色壁畫，格子天花板上亦飾有金色圖案，橡木木門皆為手工製作。小教堂十分樸實遠不及現代教堂豪華，中庭的迴廊拱門和石板地頗有古趣。品酒室位於幽暗的地下室，裡面人頭竄動，先生想要試飲一杯卻擠不進去，我則看上了一面牆上的一排酒瓶，如俄羅斯娃娃由小至大弧形排列很有意思。

從碉堡小窗望出去，雖不見黃沙大漠，但層巒起伏，倒也能激起些許思古幽情，尤其是對面山上一棟影影綽綽的白色建築物讓我好奇不已。

原來它是斯特林葡萄園（Sterling Vineyards），它的酒味如何我不知道，但它隱於半山除了乘坐私人纜車外不得窺其真面目，這令我愈發好奇，只好忍痛買了三十九元一張的門票入內參觀。纜車單程車程不足五分鐘，還未看清楚腳下風光即已抵達摩登的白色建築物前，一踏入走廊即有一杯白酒送上，我抿了一口還算香甜。

栽種、釀酒和儲酒過程我皆不感興趣，直奔陽台觀景，不想又有一杯紅酒奉上，我轉手給了先生。此處位於小丘之上，四周群山環抱，視野雖不夠高遠但可俯瞰附近的葡萄園，支桿排列井然有序，形成一畦畦的水田，有的青綠，有的微黃，有的金黃，端視油菜花的疏密程度。一杯在手仰看藍天白雲，俯視黃花綠地，大有偷得浮生半日閒之趣。未料在隔壁樓中的品酒室內還有五種美酒等待我們品嘗，只是我已未飲先醉，辜負了這許多美酒。

下得纜車我們換走Silverado山路前往Darioush釀酒廠。這家仿希臘羅馬式的建築，遠不及古堡雄偉壯觀，但廳前根根柱石及長方形噴水池頗有看頭，而池底還有變幻的紅色燈影恍如金魚群湧，在白花花的陽光下頗有幾分海市蜃樓的錯覺。廳內寬敞明亮，無需門票可自由參觀，亦無人強行推銷，氣氛堪稱友善。

這些釀酒廠的莊園建築各有特色，唯有Artesa釀酒廠居高臨下獨具一格。它位於納帕市內一座山頭的最高處，依地形地勢而建的玻璃前衛建築半隱於坡後又覆以青草，與週遭自然景物渾為一體，兼收環保之效。

由停車場出來入眼即是一圓形噴泉平臺，杯形噴泉正漫溢著玉液瓊漿，誘你往前共飲一杯。拾級而上到達坡頂廣場，視線豁然開朗，起伏的山巒和梯田似的葡萄園盡入眼底，油菜花點綴其間有畫龍點睛之妙。

廣場邊緣是一長橢圓形的噴水池，步道穿過其中將之分為大小兩池。小池狀如半圓中有一綠銅現代雕塑，面向環抱的綠色群山，藍天白雲盡落池中，水天相連中那尊雕塑恍如凝神遠眺的綠衣仙子，不知群山的背後何事牽引她的視線？大池邊緣有五根傾斜的方柱，其旁各自噴出一股弧形水柱，波光粼粼，水聲淙淙，令人心曠神怡。回頭遠望，這一池清水滿是天光雲影，竟似來自天際，深感造景高妙，彌補了此地有山無水的缺憾。

美酒與佳餚永遠是分不開的，酒鄉的釀酒廠葡萄園固然不少，餐廳亦所在多有，但能同時讓酒客和老饕趨之若鶩的地方並不多，美國烹飪學院（Culinary Institue of America）

即是其一，它有兩個校區，一在我們去的灰石（Greystone），一在納帕市區。

這棟十九世紀的三層石造建築物在小丘上一字排開，原為灰石地窖，後數易其主始改建為烹飪學院。裡面有寬敞明亮設備新穎的烹飪教室、優雅的餐廳及氣派的酒商名人堂。我們沒有事先預約自無緣於吃喝，不過樓前大片的葡萄園美色卻讓我們大飽眼福。

不同於別處的葡萄園，行行草地上長的不是油菜花而是加州毛茛（Buttercup）。圓形花朵非常細小，複數花辦，黃澄澄亮晶晶的好似上了一層蠟，在陽光下遠看竟成了鮮豔的金紅色。遠山如黛，舊枝枯槁，然而滿地碎金卻打破了蒼涼透著華麗，更帶著盎然生意。

雖說葡萄園到處都是，但油菜花田並非俯拾即是，需極目搜尋且要彎進路邊小道才能一窺堂奧。位於一二八號公路邊的Alpha Omega釀酒廠貌不驚人，但在它背後卻有大片令人驚艷的油菜花田。同樣的在Cross路邊亦能發現一片金黃。

油菜花莖長葉闊，生長快速可達人高，花生頂端由無數小花合成球狀，這裡是平地油菜花生得高矮整齊，一球一球的黃花密密麻麻的向四面八方延伸，形成一張巨大的金線織繡地毯，想要包天裹地。這鮮艷明亮的黃色，大概就是所謂的皇家黃吧！其時陽光時隱時現，浮雲飄忽不定，山色忽濃忽淡，人在圖畫中，但覺天地悠悠，歲月靜好。

在Silverado山路邊亦有數不清的葡萄園，奇怪的是沒有油菜花的蹤影，只有一處瘋長著油菜花，不知是不是刻意種植以充當肥料？由於是葡萄園有成行的支架，無法像前述兩處一無遮攔的匯成花海而是結成花網，然而卻網不住那橫衝直撞的黃金花球，叮叮咚咚的奏著熱鬧的春之樂章。

陽春三月，晴空萬里，十里黃花的美景當可延續月餘。再訪酒鄉原是醉翁之意不在酒，然而醉倒十里黃花，實是始料未及。

（二〇一七年三月二十六日發表於《世界周刊》No. 1723）

邂逅桑樹

第一眼看到新家後院中央的那棵樹時，即被它的奇形怪狀嚇到，一旁五歲半大的外孫女直呼它是怪獸樹，雖說是童言無忌倒也形容貼切。

照理說加州四季如春，樹木應該落葉不多才對，然而此樹卻落得片葉不留，樹根異常粗大，分枝處一坨坨的樹結腫大如瘤，每個瘤上的根根枯枝像把把利劍，窮兇惡極的刺向四面八方，樹形猙獰，我是怎麼看怎麼不順眼。

不想過了幾天有老墨工人來敲門，告訴我們說這樹每年十月需要修枝，否則來年長不好，現已年底若再不趕快修枝就來不及了。此話聽得我們一頭霧水，因我們在密西根時從未見過此樹，不知它是何方神聖？更讓我們吃驚的是前後院共有五棵這種樹，每棵要價一百美金，乖乖隆的冬，我們每年得花五百大洋伺候這不知名的樹，豈不是冤到家了嗎？

其時家當尚未運到，手邊沒有任何工具可用，加上樹高過樓我倆誰也搆不著，同時也不知這枯枝落葉該往何處扔？結果明知上當還是乖乖當了冤大頭。

被迫棄劍的各個腫瘤立馬都成了禿子，且皆頭形不正，疙瘩坑窪具現。有頸細頭大的，有脖粗臉短的，有嘴歪眼斜的，有橫眉怒目的，較前更加的面目可憎。

往往晨起推窗一看，晴時覺得滿院子都是駱駝山羊頭像，陰時又覺得是ＥＴ現身，真

〈邂逅桑樹〉駱駝頭像

讓人納悶這到底是什麼怪樹。一日我正打量著前院那兩棵樹時，適逢老郵差經過，他告訴我這是加州盛產的觀賞桑樹（Mulberry），也是夏天很好的遮蔭樹但不結果子，附近幾乎每條街上都有種植。經他一說這才發現到處都有它的蹤影，轉角的那家鄰居更在門前種了長長一排，真是替他心疼那白花花的銀子。

提起桑樹，唯一的印象是小時候飼養蠶寶寶的桑葉，碧綠的卵形葉片至今記憶猶新，只是從未見過桑樹本尊亦不知父親是從何處買來的桑葉。

這下激起了我無比的好奇心，恨不得它一夜之間枝繁葉茂，好看清楚它的盧山真面目。一日看三回

〈邂逅桑樹〉綠樹成蔭

好不容易看到腫瘤上冒出了絲絲綠芽，好像禿頭忽然長出了幾根頭髮般珍貴。不久山羊蓄起了小鬍子，駱駝梳起了公雞頭，ＥＴ炫耀著龐克頭，禿子成了地中海，還有的只管像大觀園裡的劉姥姥，任人胡亂插了一頭花還在那美不自勝。

一個春天下來這桑樹像喝了生髮水似的，嘩啦啦的長滿了成人手掌般大的綠葉，重重疊疊一無空隙，樹下濃蔭一片，確是遮蔭好樹。又因見葉不見枝，樹形團團如蓋，遠觀如一巨大的盆栽，也像美女頂著一頭波浪卷髮，先前的禿子、山羊、駱駝和ＥＴ全都消失得無影無蹤。

再看附近未經修剪過的桑樹，終於明白老墨為什麼說此樹需要每年修枝了。原來每年修掉老枝，不單確保樹身不會張牙舞爪的長得太過高大，也使得新生的枝葉長得碧綠柔軟茂密，容易保持樹形的優美。令我不解的是在同一棵樹上有闊卵及掌狀裂葉兩種葉形，不過它真的是不開花也不結果。

這一場邂逅看明人生在世固不可以貌取人，對任何事或物亦不該先入為主的予以輕看，豈不知天生我才必有用，而適時適度的修剪不過是為了成就日後的榮美。

（二〇一六年六月二十二日發表於《中華日報》副刊）

初識紫薇

由寒冷的密西根搬到溫暖的北加州匆匆已過半年，但對此地的花草樹木仍然所知有限，怕鬧出野人獻曝般的笑話不敢隨便向人提說，只是默默觀賞鄰居的庭院和街上的行道樹，對那些叫不出名字的花和樹充滿好奇。

在所住社區散步日久，對週遭環境大致瞭解，亦看熟了每條街巷裡的行道樹，也許是因方位和日照的關係，相同的樹木如木蘭和觀賞桑樹，常集中在鄰近的幾條街上，形成街景特色。

社區已屆高齡，當初栽種的樹木早成參天大樹，後來屋主栽種的新樹明顯矮小且多為灌木花樹，其中常見的即先生所說的無皮樹。樹身只有一根圓而直挺的灰白主幹，表面平順沒有什麼疙瘩裂紋，主幹頂端分出無數輻射直條，其上長滿互生的狹長葉片，葉片背面顏色略淺似敷了一層白粉，葉柄奇短像是被人硬生生的黏在枝條上，彷彿滿樹的魚骨架子引人側目，更有一種假樹的感覺。

原以為這樹的看頭不過是那若有似無的樹皮而已，沒想到時序入夏，枝條頂端長出了圓錐狀的花苞串，先如煙火零星迸放，已是艷光照人，再隨著陽光的日漸熾熱開遍了大街小巷，滿樹濃艷似青春烈焰，轟轟烈烈的讓人無法招架。

〈初識紫薇〉七美眉

烈焰有紫紅、大紅、桃紅、粉紅、淺紫和純白諸色，其中以桃紅居多，紫紅次之，白色最少。由花看樹這才發現並非所有花樹都是單一主幹，有複根叢生的，亦有滿地亂竄的。分枝亦非單調的直線條而是繁複的密枝細莖，葉片也不那般生硬，不禁懷疑這些到底是不是相同的花樹？可惜從未遇到過屋主無從打聽。

一日偶然路過附近的游泳俱樂部，眼前為之一亮，對面向陽人家在門前一口氣種了七棵相同花樹，樹比屋高，花滿枝頭，形成一片錦繡屏風將住家整個隱沒其後。走近細看這紅衣紅傘一字排開的美女，個個風華正茂，皮膚光滑無瑕，兼之高矮胖瘦齊一，怎不教人為之目眩神迷？

若說這七棵花樹是青春美眉，那附近的另一棵大樹便是半老徐娘了。單一主幹粗壯且已斑剝脫落，即連分枝亦較美眉的主幹粗大許多，但依然打滿了桃紅花苞正束一簇西一簇的怒放著。樹身高過二樓，濃蔭可覆蓋馬路，密密麻麻的金絲紅花渲染出彩霞滿天，再次印證了「數大就是美」，也亦因數大而艷冠群芳。

大暑已過，熱浪仍一波波襲來，艷陽下的美眉和徐娘已不若先前光鮮，地上更有落紅點點，大有美人遲暮之感。然而轉角處兩株並排而立的花樹卻正亮麗登場，背陽的那株剛將梢頭染成粉紅，另一株則已換上了一身白色縐紗蓬裙，盡現少女的冰清玉潔。側立新栽的一株娉婷而立，替少女繫上了一條長長的大紅羅巾。這紅不像美眉和徐娘那介於紫紅與桃紅之間無以名之的紅，而是傳統的中國紅。紅的熱情如火，白的柔情似水，一時蜂圍蝶繞追求者眾。

至此實在按捺不住好奇心，於是拍了照片到苗圃打聽，原來這就是大名鼎鼎的紫薇花！英文名字是皺紗桃金娘（Crepe Myrtle），因其花朵細碎如皺紗。原產於中國，台灣亦有栽植。紅的名赤薇，白的叫銀薇，而「蒼蒼橫翠薇」中的翠薇竟是紫藍色的！我不記得在台時是否見過此花？其後長住酷寒的密州，自是無緣識荊。

其實樹和人一樣，不僅有老少之分，亦有膚色之別，紫薇好比樹中白人，一樣會老會長斑生皺紋。此樹年輕時每年會自動脫去舊皮長出新皮，因此樹幹光滑平整好像沒有樹皮似的，也因此被稱做無皮樹。樹老以後便不再生出新皮，和其他樹木一樣開始脫皮剝落，只是顏色依然淺淡。至於那獨特的單一主幹，乃是幼時刻意修剪栽培而成，並非麗質天生。

紫薇性喜陽光，耐熱耐旱，容易栽種存活，由於花色艷麗花季長別名百日紅，又因喻意富貴長久，自古以來深受文人墨客及大眾的喜愛，歌咏紫薇的詩詞極多，其中以白居易的「獨坐黃昏誰是伴？紫薇花對紫薇郎」最為膾炙人口。

時白居易任職中書舍人，因唐玄宗改稱中書省為紫薇省，故詩人自稱紫薇郎。當值之日政事清閒，漫長漏聲中唯有獨自欣賞禁中紫薇，以好花無人賞暗喻自己有志難伸。豈知自古寂寞有人，卻非人人可自稱紫薇郎。

由春至夏而秋，紫薇花開滿城，然而過往行人個個行色匆忙，無人駐足欣賞眼前的奼紫嫣紅，只有我這個閒人，為初識紫薇興奮不已，終日躑躅街頭，只為尋回那錯過的青春情懷。

（二〇一六月九月十八日發表於《中華日報》副刊）

〈洋薊之味〉洋薊花開

洋薊之味

每天早上在社區散步已成例行公事，也看熟了附近街景，多是房屋老舊，林木蒼勁，每戶人家看起來都大同小異，沒有什麼特色可言，唯有巷尾轉角處的一家院落引人側目。

它位於十字路口，房屋面街呈L形，前院面積較其他鄰居為大，既無花草園景又乏遮蔭大樹，因而更顯赤裸空曠。春天時開滿加州罌粟花，一片金黃，別有野趣。花謝之後，滿園皆是荒煙蔓草，好不淒涼，但主人家毫不在意，任其自生自滅，地上還不時冒出幾叢蕨類野草。

加州原本乾旱，夏季尤勝，半年多沒有下過一滴雨，這家院落和附近枯黃的山坡景象不分軒輊，每次路過我都好奇是什麼樣的人家住在裡面。一日突然發現枯草叢中閃爍著一縷紫光，不免心下狐疑，此地天天艷陽高照有必要加裝景觀燈嗎？

走近細看這才發現不是燈而是花！一朵團團圓圓的大花，端坐在蓮形基座上，沒有常見的花心和花瓣，只有千絲萬縷的花絲，綻放著艷麗的紫光讓我驚為天人。拍了照片四處詢問，可惜無人知曉它的芳名。

此後每當經過此處時，我都要駐足觀賞一番，未料它在烈日下日漸消瘦，不久便香消玉殞，連蓮座也消失得無影無蹤。難過了幾天巧遇正在整地的屋主，趕緊上前打聽美人下落。原來我以為的蕨類野草乃是屋主刻意栽種的洋薊，所有花苞都被他吃掉了，只留下了這一朵任其開花。這位中年白人男士無從理解我的悵然若失，反勸我到附近的花圃購買苗種自己種植，就可和他一樣吃到新鮮的洋薊了。

還記得初來美國第一次在超市看到它時，即為其四不像的外形納悶不已。圓滾層疊的球體似花非花，帶尖刺的厚實綠瓣似葉非葉，不像蔬菜也不像水果，卻又和一般蔬果擺放在一起，搞不懂這到底是啥洋玩意兒，不敢冒然嘗試。

多年以後才知道洋薊原產於地中海沿岸，別名菜薊、朝鮮薊，十九世紀初由法國傳入中國。洋人說它營養豐富，有護肝排毒及降膽固醇等功能，號稱蔬菜之王。粵籍教友則用它來煲湯，相信它能清肝明目和健身養顏。

美國超市終年有售新鮮洋薊，各式烹飪食譜琳瑯滿目，更有水漬或油漬的瓶裝洋薊出售，據說滋味介於鮮筍與蘑菇之間，但我一看到那髒兮兮的黃綠色就沒有興趣一試。直到日前聽教友李志航說起一段陳年往事，這才勾起了我的好奇心，想要一探究竟。

原來早在一九三五年，美國《科學》期刊就有文章報導，如果在吃過洋薊後再喝水，多數人會覺得水稍有甜味。別的雜誌中也有人說牛奶或酒會同樣有甜味。七〇年代初李博士任職於通用食品公司，其時美國正大力提倡低熱量食品，李博士即與一位耶魯學者合作，從事洋薊研究。他們發現在洋薊中含有兩種主要的甜味誘導質，即綠原酸（Chlorogenic acid）與洋薊素（Cynarin）。巧的是實驗結果也同樣發表在《科學》期刊上。在試驗中，所有女人都能感受到洋薊的甜味誘導功能，而有些男人卻感受不到。當年包括《紐約時報》在內的幾十家報紙，均曾大幅報導他們的研究。

原期望能研發出一種改變味覺的新產品，取代慣用的糖及代糖，可惜由洋薊誘導出的甜味無法持久，大概只有幾秒鐘而非預期的幾分鐘。基於商業利益考量，公司終止了這項研究，否則現在的洋薊身價不可同日而語。

然而如何處理洋薊並非我想像中的簡單。首先要準備一盆檸檬水和幾片檸檬，依序削去花莖硬皮，剝掉底部老葉，切除薊頭上端，再剪去每片綠瓣上的尖刺部分，然後將洋薊縱剖兩半，挖棄底部白毛（即花絲）及紫色部分，用檸檬片塗抹切面後馬上浸入檸檬水中以防止氧化變黑。接著燒開一鍋熱水，將洋薊切面朝下煮三十分鐘後即可剝片食用。為免沾醬影響味覺，我和先生決定直接食用原味洋薊。

進食洋薊時不能將綠瓣整片塞進嘴裡大嚼，因綠色部分纖維粗厚難以下嚥，而是用牙齒將綠瓣下半截的白色部分刮出進食。初入口時有一絲若有若無的甜味，兩三片下肚後嘴裡吃不出什麼滋味，喝下的水和平日一樣平淡。懷疑吃的份量不夠，繼續大吃，直到將所有綠瓣吃光，清水依然沒有變甜。不死心將餘下的薊心一口氣吃完，期待的甜味仍舊隱而未現。至於洋薊本身的滋味亦和鮮筍或蘑菇風馬牛不相及，倒是薊心吃起來有一點點像蒸熟的馬鈴薯。

先生的味覺一向遲鈍，他吃不出甜味並不意外，可是味覺一向靈敏的我怎麼也吃不出一點甜味來？莫非人老了舌頭也老了？心下不勝懊惱。

聖經說舌頭是百體中最小的卻是最難制伏的，因為舌頭既能說甜言又能出惡語，能頌讚亦能咒詛，足可煽起地獄之火，毀壞全體。但我從來不知道舌頭本身並非如一般人所想的只是白紙一張，它的結構非常奇妙複雜，其上佈滿一簇簇的味蕾細胞，能向大腦傳遞信息，從而分辨出酸甜苦鹹鮮五味。

吃完洋薊後因洋薊素的作用，遲延了味蕾細胞向大腦傳遞甜味信息的時間，等到喝下一杯水或牛奶沖走了洋薊素後，才向大腦傳遞出甜味信息，也因此造成水或牛奶帶有甜味的假象。照理說我應可嚐出甜味，奈何人老了味蕾細胞亦因萎縮而減少，對五味的辨識不再像年輕時敏銳。拜洋薊之賜我終於知道了自己不是老之將至，而是老之已至。

（二〇一六年十一月二十八日發表於《世界日報》副刊）

相思血淚拋紅豆

住在東灣卻錯過了《紅樓夢》英文歌劇的舊金山首演，心中著實懊惱。豈料在文友章瑛家中，得聆名作家張純瑛主講的《紅樓女兒香》，可謂失之東隅，收之桑榆。

她曾花了五年時間隨王乃驥老師研讀《紅樓夢》，根據書中幾位女性的人格特質和宿命，精煉出紅樓女兒香。

薛寶釵由娘胎裡帶出一股熱毒，日服和尚賜方的冷香丸。院中香草異香撲鼻，而房內「雪洞一般，一色的玩器全無」。在金釧投井自盡後，她以「也不過是個糊塗人，也不為可惜」來安慰心虛的王夫人，不愧為「冷香薛寶釵」。

林黛玉從會吃飯時便開始吃藥，然而賈寶玉卻說她身上有一股幽香，「不是那些香餅子、香毬子、香袋兒的香」。她自言一日藥吊子不離火，擱不住花香來薰，更怕一屋子的藥香攪壞了花香，真格是「藥香林黛玉」。

襲人善於媚主求榮堪稱「迷魂香襲人」。室有甜香的秦可卿素來讓我高深莫測，及至讀了高陽的《秣陵春》系列叢書，才略知「秦可卿淫喪天香樓」的隱情，「天香秦可卿」可說名符其實。

張愛玲說紅樓夢未完，又抱怨後四十回「一個個人物都語言無味，面目可憎起來」，

〈相思血淚拋紅豆〉火棘果

不好看了。更有人說後四十回為高鶚所續，文字粗鄙，只看前八十回。因此我自卑良久，恨自己怎麼如此淺薄？非但看不出前後遣辭用句的不同，還一遍又一遍的沈迷其中。

聽罷《紅樓女兒香》勾起了紅樓舊夢，那些冷雨敲窗夜讀紅樓的日子雖早隨青春遠去，但自己對寶、釵、黛的愛憎卻一如既往，走在葉果爭艷的加州街頭，觸目所及皆是他們的身影。

加州水臘樹（California Privet）正是結實時候，暗紫帶白粉的細小莓果簇生如葡萄串，一串串掩映在濃密的枝葉間，顏色不是那麼鮮豔搶眼，但滿樹皆是不可能對其視而不見。然而這看似樸實無華的細小莓果卻是有毒的，散落滿地連鳥都不吃，像極了自云守拙，人謂裝愚的冷香薛寶釵。

羽葉長條的加州胡椒木（California Pepper Tree），狀如垂柳，粉紅色胡椒粒般的果子疏疏落落的長串懸垂，恍如古典美人耳上的垂露滴翠耳環。風過處長絲款擺，飄逸出塵。輕捏紅粒，椒香幽微，豈非「嫻靜似嬌花照水，行動如弱柳扶風」的藥香林黛玉？

火棘木或攀牆垂掛，或叢聚為籬，或漫生成林，可說是無處不在。果實艷紅呈扁圓形，大小如藍莓，密密麻麻的團聚簇生，形成一片火海，誠為可觀。在一戶人家的籬笆外我駐足良久，那探籬而出的長串火棘果，直似情人眼裡撲簌而下的淚珠。

其實情種賈寶玉才是眾香之源，他雖無心傷人，但如葉小刺多的火棘果，你若過於親近它是會被刺得流血的。君不見金釧為他枉送了性命，晴雯為他擔了虛名，妙玉為他走火入魔，史湘雲因麒麟伏白首雙星，薛寶釵因他金簪雪裡埋，林黛玉因他魂歸離恨天。

火棘果雖非紅豆，但這一味執著的火紅，也只有「任憑弱水三千，我只取一瓢飲」的賈寶玉的相思血淚差可比擬。

（二〇一六年十二月二十九日發表於《中華日報》副刊）

情人節寶寶

當女兒告訴我她又意外懷孕了時，我愣了好一會兒才擠出了一句「我該恭喜你呢？還是……」說完當即後悔不已，我這個當媽的怎可如此冷漠？

女兒已有了兩個女兒，大的快六歲，小的三歲多，早已擺脫了尿布奶瓶的羈絆，正是可以鬆一口氣的時候，我遂相機進言兩個女兒都乖巧可愛，不妨就此打住。懷孕生產雖苦卻是暫時性的，然而往後的教養則是長期性的，無論時間、體力或金錢的投入皆是難以衡量，絕非老一輩說的多添一付碗筷就行了，更何況生男生女不能隨心所欲，如果再生一個女兒又能奈何？她未置可否，我卻一廂情願的以為她聽了我的勸，不會追生老三。

他們先前住在亞特蘭大時，朋輩中多有兩個女兒，大家相處甚歡，不覺得沒有兒子有何不好。未料年前搬到加州後情況丕變，不論是父母輩或是他們同輩的幾乎每一家都是兩個兒子，一兒一女的已屬少見，兩個女兒的更是鳳毛麟角，心理漸漸不是滋味。

亞裔的女婿來自天主教大家庭，父母雙方均親友子女眾多，真正是族繁不及備載，偏偏他家只有一位孫子繼承姓氏，於是父母兄姊不時相激相勸，希望他們再接再厲添個兒子，而女婿本人亦確實希望有個兒子能陪他打籃球、玩跑車和幫忙修理東西。

這次懷孕女兒口口聲聲說是意外，卻一再強調害喜症狀與食慾均有異於前兩胎，語氣中充滿了生兒子的可能性，事已至此我也只能每天替她祈禱，希望她能得償宿願。

兩個小的對媽媽懷孕一事興奮異常。上一次懷孕時大的一心想要一位妹妹做伴，結果真的盼來了一位妹妹，這一次她堅持要一位弟弟，而小的則希望有一位妹妹，她好當個小姊姊，至於親友當然都是祝福她一舉得男。

經過五個月的漫長等待，終於等到做超音波檢查性別的日子，她將兩個女兒放在我家，滿懷希望的和女婿前去檢查。比我預估的時間晚了許久才回來，手上提著一盒巧克力冰淇淋，臉上看不出悲喜。其時先生正在後院蒔花弄草，等他進來後女兒才鄭重宣佈又是一個女兒，我雖早有心理準備，但仍難掩失望之情，甚至說不出一句安慰的話來。

沒想到一向貼心的老大居然失望得哭了出來，嗚嗚咽咽的說她要的是弟弟不是妹妹，女兒將她摟在懷中百般安撫她，說妹妹和弟弟一樣好，我不知她能聽懂多少？只是心疼她這麼小便要學著接受現實的無奈。

回想我生長的年代仍是重男輕女的年代，母親生了三女一子，然因家貧母多病，父親一度想把我這個么女送人撫養，但母親不捨而將我留下，及長每思及此事我仍覺得受傷。父親的一位同僚一口氣生了七仙女，作詩自嘲「玉皇差我無別事，只為旁人生老婆」，聞者不覺心酸反引為笑談，身為女兒竟是悲哀若此。

我以為到了兒女這一代又身在美國再沒有重男輕女的觀念，而且人人皆知生男生女取決於男方，沒必要為難女方，誰知我們的華人同胞卻不忘本，十分好奇是男是女，當聽說又是一個女兒時，嘴裡雖說女兒好，眼裡卻滿是嘲弄。還有人一見了女兒就無限同情的說

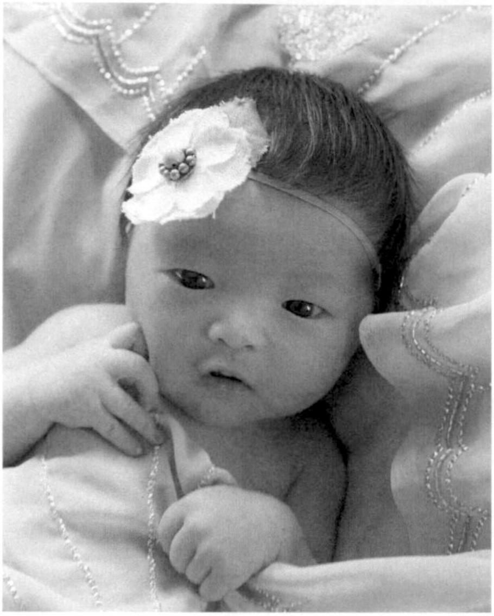

〈情人節寶寶〉作者的三外孫女

連生三個女兒沒有關係，搞得她這個ABC莫名其妙。

其實放眼四周優秀的兒子固然不少，但有誰家的兒子比現任交通部長趙小蘭家的六個女兒更為出色？話再說回來，儘管科學先進可以人工受孕，但還是有人求不來一子半女。再看看那些殘障兒、過動兒及過敏患者，便知性別不重要，只要孩子平安健康即應感恩。

本想好好安慰女兒，誰知她的反應大出我的意料，非但沒有半點怨天尤人反而坦然接受了事實，自認以她的個性和體能來講還是比較適合生養女兒。倒是我自己經過了許久才將心情調適過來，開始期待著小三的到來，不時猜想著她的模樣和性情。

預產期前三週醫生便說隨時會生了，弄得我們緊張兮兮，拖了十幾天在情人節清晨小妮子才姍姍來遲。那圓臉和小嘴與老大一般無二，只是眼睛尚未全睜，不知是否和老二一樣有雙大眼睛？

網上流傳「女兒是父親上輩子的情人」，平日看老二摟著女婿又親又吻的親暱模樣我已覺得此言不虛，如今又迎來了情人節寶寶，看來女婿上輩子的情人還真不少！

（二〇一七年四月十二日發表於《中華日報》副刊）

嫁竹桃

夾竹桃是小時候在台灣常見的亞熱帶植物，很多人家的院中都有種植，不過通常只有一兩棵而已。莖葉墨綠尖長似竹，花朵成束色如桃花，因而得名。花朵有白、黃和粉紅諸色，但印象中以桃紅色居多，花期很長似乎終年不謝，且有一股苦杏般的異味，又聽說它通身有毒，對它始終沒有什麼好感。

其後長居寒冷的密西根，再也見不到它的蹤影，遂將它全然忘卻。只有在南部旅遊途中，偶而會看到它的身影，也不過就是想起夾竹桃這個名字罷了，並無久別重逢的喜悅。

直到去年搬至加州這才發現夾竹桃無處不在，無論是高速公路邊、馬路旁或是庭院裡它都蓬勃的生長著，不只是一棵兩棵而是成片成林的，甚至高可及屋，且無異味，大大顛覆了我的舊有印象。

夾竹桃的花朵不大，只有五片尋常的花瓣，如果單看一朵實不起眼，即使一束也不怎麼出色，唯有百花齊放，才能應了徐志摩的那句名言「數大就是美」。

住家附近有一條渠道，兩岸人家不約而同滿栽夾竹桃，春來花開，觸目皆是粉白桃紅交錯的錦簾繡幕，本已美不勝收，偏又一一投影水中，大有人面桃花相映紅的意趣，當真數大了，即連平凡的夾竹桃也能脫胎換骨，別有風情。

夏日艷陽高照，夾竹桃更加如火如荼的怒放著。每當行駛高速公路上，常見中間隔離島上滿都是它的天下，桃紅的花朵在烈日下似野火燎原，形成道道火龍與汽車一路競馳，奔向無止無境的藍天。這纖塵不染的藍與嘔心瀝血的紅，美則美矣，然而色彩對比太過濃烈，常讓我看得有些莫名的心慌意亂。

此地是沙漠氣候，由夏至秋不要說一滴雨連一絲雲也沒有，只有藍得想要掉淚的藍天。這時一戶人家的白色夾竹桃不由得讓我另眼相看。想當初只為分隔和鄰居並排的車道而栽上的一排夾竹桃，經過歲月發酵，竟然悄然成林，密密麻麻的白花如雪花萬點，妝成一道無瑕白壁，透著清新的涼意，袪除了心頭的燥熱。

由春至夏這夾竹桃都興興頭頭的開著，予人青春不老的錯覺。到了秋天，才見它時開時謝亦時落，但一直撐到百花落盡，它才肯真正謝幕，恢復一身墨綠本相，想來不到明春花期再無看頭。同時我也聽煩了先生一口一聲的「嫁竹桃」，明明音「夾」為何偏要唸「嫁」？但他堅持是小學國語老師教的，拗不過他，翻出塵封已久的國語辭典，妙的是一本曰「夾」一本曰「嫁」，不知是誰唸了一輩子的白字？

不想聖誕過後在散步途中，意外發現一叢夾竹桃樹上有了新鮮花樣。枝葉頂端原來長花的地方，生出了一條條青綠的豆莢，長而尖細，看起來既不像花苞也不像果子，不知藏有什麼玄機？

加州天暖，許多花樹都能花開二度，像我家的杜鵑和茶花皆於春秋兩季開放，然而這夾竹桃花季幾乎涵蓋了春夏秋三個季節，如果冬天還能開花，豈非太得天獨厚了。果然我看了又看均無開花的跡象，暫且將這事丟諸腦後。

無巧不巧農曆年前後也是在散步途中，在同一叢夾竹桃樹上看到了「炮竹」開花。那青綠的豆莢不知何時已變為暗紫，而且粗壯了腰身，以致兩片合縫的地方由中間迸裂開來，露出一團團棉絮似的東西，由於滿樹都是又正值年關自然連想到了炮竹開花。

莢片已乾彎曲成了半圓形，朵朵黃籽飛絮群聚於上，好似滿載星斗的月牙船，正飄向春的故鄉。這時我終於看明白了，這滿樹飛絮，只為嫁與春風，好迎來另一個燦爛的花期，誰說不是「嫁竹桃」呢。

（二〇一七年三月五日發表於《中華日報》副刊）

蘆原歸來不看花

加州野花素負盛名，書報、雜誌、月曆和各種媒體上多有精彩圖文介紹，讓我以為加州遍地皆是野花，及至搬到北加以後才發現完全不是我想像中的那回事。

由於自然環境的變遷和外來品種的侵入，使得加州野花的品種和適於生長的地方日漸減少，而每年花開多少又取決於雨水和陽光的充足與否。今春降雨量意外破了記錄，造成一些水災，南加野花卻如野火燎原般怒放著，掀起一波又一波的賞花熱潮。網上更是瘋傳一張蘆葦平原國家紀念地（Carrizo Plain National Monument）的照片，紅黃藍紫的山頭讓人過目難忘，不加思索的訂了旅館開車南下賞花。

蘆葦平原位於矽谷以南約二百餘哩的地方，夾處地震（Temblor）和卡利恩特（Caliente）二山之間，長約四十五哩，寬約十哩，是加州現存的最大天然草原，也是聖安德斯斷層所在地（San Andreas Fault）。其上唯一的的蘇打湖（Soda Lake）則為南加現存的最大鹼性濕地。彩繪岩（Painted Rock）遺留有印第安人史前曾在此生活的圖像及文物。為保護其獨特的地質人文風貌和稀有的動植物，二〇〇一年由克林頓總統簽署為國家紀念地。

由五十八號公路駛進北邊入口即如電影《綠野仙蹤》中的主角桃樂絲般，一腳踏進了彩色世界。蘇打湖路是貫穿南北的主要道路，路邊平原上滿是五顏六色的細碎小花，彷彿鋪了一張巨大的錦繡地毯。東南邊的地震山，層巒疊嶂，金碧輝煌，勢如長虹一字排開歡迎著訪客。

蘇打湖是一個群山環抱的封閉湖，湖水乾涸後留下大量的碳酸鹽和硫酸鹽，色白似蘇打粉末，因而得名。難得今年雨水豐沛，不光能看到藍色的湖水，還能看到湖上剪貼般的倒影。登上觀景山（Overlook Hill），遠山近水如鑲金玉帶呈現眼前，斜坡上雛菊（Hilldise Daisy）耀眼如金，嬰兒藍眼睛（baby-blue-eyes）澄清似水。

湖邊沙地是橘黃提琴頸（Fiddleneck）的大本營，其中窪地混生著大量內黃外白及金黃的雛菊，另有紫色鐘穗花（Valley Phacelia）、奧氏三葉草（Owl's Clover）及白色鹼地點綴其中，一眼望去雖以黃色居多卻不嫌單調。白色湖岸似浪非浪，在夕陽下另有一種凝結的靜態美。

教育中心（Goodwin Educational Center）位於蘇打湖南端，旁有小路可通往彩繪岩，可惜只有週四至週日才對外開放，並需事先預約導遊。不過往南路上，山坡雛菊鋪天蓋地而來，在陽光映照下一片金光燦爛，遊人紛紛下車，沒入這一望無際的黃金海中，大做其黃金美夢。

由黃金海續往南行柏油路換成了沙石路，一路黃沙滾滾，顛簸不平。忽然地平線上冒出了一道迷幻般的藍紫色，分不清是水是花，愈駛愈近，紫色線條開始粗長明顯起來。其實這一帶多屬私人產業有鐵絲網籬散佈其間，但紫海誘惑太大擋不住眾人腳步，不僅踏出了路徑更穿過鐵絲網籬直探紫海中心。

這鐘穗花和嬰兒藍眼睛一樣有著五瓣花瓣，形狀大小均相差無幾，只是花色略有不同，後者內白外藍而它通體藍紫，花絲細長托著米粒般的白色花蕊，宛如美人睫上閃動的淚珠，單看已是我見猶憐，群觀若紫雲繚繞，更是風情萬種。

放眼望去不但地震山如一道彩色屏障橫亙在前，在它前面還有一道低矮的小山丘，其上岩壁刀切劍削，處處稜角分明，道道黃花勾勒出層出不窮的菱形圖案，夕陽直射其上璀璨似鑽。這紫色波濤不得漫山越嶺而去，於是凝聚山前，替這空曠的綠野打上了一塊迷人的「紫色補丁」（Purple Patch）。

由北往南開了一趟，發現上帝將陰柔嫵媚都賦與了地震山脈，卻將陽剛蒼勁全留給了卡利恩特山脈，猶有盛者，地震山脊姹紫嫣紅開遍，素有「上帝的調色盤」之稱，然而山坡陡峭攀爬不易，同時也沒找到登山途徑，不得不抱憾而歸。

隔週再度造訪，改走橫貫路線。辛米勒路（Simmler Rd.）穿過蘇打湖的東南端，此處湖水多已乾涸，不規則形狀的雪白鹼地混雜在雛菊花海之中，恰似黃金白銀相得益彰。金黃雛菊固為主角，橘紅毛茛花亦不遑多讓，紫色羽扇豆和鐘穗花更不甘示弱，而米粒狀的細碎小花如金雞花（Tick Seed）、奶油杯（Cream Cups）等更是見縫插針填滿每一縫隙，像是有人打開了所羅門王寶藏，滿地都是奇珍異寶，看得人眼花撩亂。若說黃金海是以數量取勝，紫色補丁是以純紫取勝，此處則是以精緻取勝。

七哩路（7 Mile Road）雖在蘆原的東北外緣，但其與五十八號公路的交會處正處在地震山腳下。這一路上山坡雛菊開得如火如荼，大片大塊的黃金田吸引眾人目光，及至山前黃金田一變而成了黃金山。

當然這黃金山也是私人產業，只有一處待售的山坡沒有鐵絲網籬圈住，於是遊人擅自攀登成徑。這饅頭狀的山坡看似容易，其實筆直上下並不容易。坡頂是一片平頂，漫山遍野都是金黃雛菊，周遭山峰連綿不絕，每一個峰面山谷均是一幅幅瑰麗獨特的抽象畫，耐人再三尋味。頭上藍天如洗，白雲飄忽，眼前畫卷舒展，腳底生金，人在圖畫中但也在他人鏡頭中。

再往前有一山谷一壁金黃，一壁藍紫，散發著致命的吸引力，顧不得山路難行踉蹌爬了上去，迎面山坡上滿是迷人的奧氏三葉草，轉到其後上到更高山頭，視線豁然開朗，空曠滿佈彩色補丁的平原盡在腳下，身後的彩虹峰巒虛幻若童話世界，很想深入其中一探究竟，然而一個山頭高過一個山頭，這黃金天梯似無窮盡，只能望之興嘆。

華萊士溪（Wallace Creek）離此不遠，溪流很小幾乎全部乾涸，走在步道上完全分不出何是山谷何是溪流，但因其穿過聖安德斯斷層，見證了一八五七年的堡壘地震（Fort Tejon Earthquake）而聲名大噪。原本呈直線的河道經過此次強震，向右扭曲成了Z字形，即使不懂地理也能很清楚看出這個Z字河道。至於長達七百哩的聖安德斯斷層在此難窺全貌，不過沿著地震山脈仍可看到一截一截的斷層深溝，提醒人們地震威脅仍在。

地震雖然可怕，地震山卻在春天散發著無比魅力。我不知「上帝的調色盤」何在，但我深信上帝在此以花為筆在群山上作畫，畫作的氣勢磅礴，線條流麗，色彩豐富，構圖新奇，皆非凡人所能為之。

沒想到才時隔一週，蘇打湖畔的提琴頸大多枯乾，紫色補丁上冒出了零亂的綠線，原來青草後來居上，很快便會將紫海淹沒，而黃金田亦將消失於無形，湖上倒影勢如春夢了無痕，群山復歸灰白本相。一念及此，不禁悵然若失。轉念再想「草必枯乾，花必凋殘」乃自然天律，而人生的所有榮美不也是轉眼成空？又何需執念於此？

回到家中，後院的杜鵑玫瑰正開得茂盛，但侷促一隅，一眼足以看盡。門前青山只有寥寥數朵小花，山無畫作，單調乏味難以入目，不禁嘆道「蘆原歸來不看花」。

（二〇一七年六月七日發表於《世界日報》副刊）

一路風光

退休後由多水的密西根搬至多山的加州東灣，人生地不熟，文思枯竭，每天無所事事，大有失根之感。未料幾場春雨過後，門前山坡碧綠誘人，信步走去，內中步道縱橫交錯，不知來自何方去向何處？從此它成了我們每天散步探奇的地方。

先生第一眼即看中了近處最高坡上一條黃花夾道的小徑，我不明就裡跟著往上爬，未及半程我已累得氣喘吁吁，大呼上當不已。山雖不高卻是筆直上下，坡度陡峭，坑窪不平，縱使山頂風景再好也打動不了我，任憑先生獨自攻頂。

日後我繞道迂迴而上，發現山頂風景並不及想像中的好，況且一山看著還有一山高，總覺得山那頭的風景會更好。然而翻過一個又一個山頭，連綿的綠色山頭仍如浪頭前仆後繼，零星的幾棵大樹若海中孤島，不知該乘著哪個浪頭才可安然抵達？

此地天色終年常藍，草色冬春青綠，夏秋黃褐，色彩對比分明，充滿油畫般的質感和美感。也許是樹少的緣故飛鳥不多，偶見紅翼黑鳥和密州州鳥知更鳥，分外親切如見故人。新知遊隼雖不若加州州鳥白頭禿鷹壯碩雄偉，但雙翼平展可達四呎，俯衝時速二百哩，是不容小覷的中型猛禽！每於山谷中獨自迴旋翻飛，翩若驚鴻，婉若游龍，的確是凡鳥所望塵莫及的。

山中還有市府放牧的黑色牛群，雖有電籬相隔，但狹路相逢時仍會被這龐然大物震懾住。其實這溫馴的黑牛並不可怕，倒是匿於草叢中的響尾蛇如小人般教人防不勝防，如果不小心踩到了後果不堪設想。

沿著社區傍著山腳另有一條柏油步道，迎頭便是一個四十五度的迴旋大坡有些吃力，及至上得坡來谷中一片平坦空曠。中秋夜想到這是個賞月的好地方，摸黑上了山，只見一輪皓月當空，不料暗處有一模糊的白色身影，正自躊躇不前，突然傳來一聲讚嘆「好美的月亮」，原來是一白人老婦，自言她從小隨父上山賞月，亦知中秋月最圓，不知不覺在此送走了四十餘個中秋圓月，聞之頓有黃粱一夢之感。

穿過隧道是一片夾道的橄欖樹，枝葉細小亂生成林，果實未及成熟即散落滿地，任人踐踏成泥，澈底粉碎了我夢中的橄欖樹形象。當〈橄欖樹〉這首歌傳唱大街小巷時我早已負笈美國，不曾流浪，卻在中西部大平原上滯留了大半輩子，哪裡想得到那金黃的橄欖及青綠的橄欖油，竟是源於這不起眼的橄欖樹林。

一條窄淺渠道在此由暗轉明，小小水閘的嘩啦水聲清晰可聞。在最大的S彎處，偶見兩群金魚，簇擁成團宛如金黃的萬壽菊，隨著人影的晃動花瓣自動開闔，煞是有趣。可惜好景不常，成雙成對的綠頭鴨侵入水域，將金魚群驚得四處逃竄，終至消失得無影無蹤。物競天擇，弱肉強食乃自然界的天律，但我還是不忍心去細想這食物鏈的因果關係。

其後步道沿著渠道一分為二，一側是住宅區，一側是高爾夫球場，各自築有鐵絲網籬，防止野生動物入侵，不過除了松鼠我從未見過其他野生動物，倒是認識了紅毛刷、火棘木、加州胡椒木和水臘樹等寒帶所沒有的植物，無論花與果均讓我驚艷不已，亦豐富了我的寫作素材。

渠道一路蜿蜒蛇行和太陽捉著迷藏，有時藍天、白雲、綠樹一一倒影水中，平淡的渠道霎時精彩動人了起來。有時日頭逕自跌入水中化作一汪藍月，泛著冷冽的幽光，高深莫測的流向不知的遠方。常嘆密州有水而無山，此地有山而無水，其實山水有形，風景卻是存乎一心的。

除了花與果，往來行人亦是一景。有人行色匆忙，有人意態優閒；有人奔跑疾走，有人緩步徐行；有人隔著渠道也要頷首致意，有人即使面對面亦視若無睹，這擦肩而過的緣分並非人人都懂得珍惜。

我亦同時發現人不如狗親，因為散步者多為遛狗一族，可以不和人打招呼，卻不能怠慢了狗兒。更奇怪的是常見彪形大漢遛著吉娃娃或臘腸狗，而嬌小美眉卻牽著牧羊犬或大狼狗，更常見一人手牽兩三隻狗霸氣而行。

年輕男士多為單車族，一身勁裝，風馳電掣而來。曾親眼看見一位騎士直接衝進了渠道裡，好在水淺，一咕嚕就推車爬了上來，再度揚長而去。年輕人能夠跌倒了爬起來固好，但如果能謙讓些免於跌倒豈不更好？

推著嬰兒車跑步的年輕媽媽又是另一族類。一日一位年輕媽媽推著嬰兒車迎面而來，她笑咪咪的向我們打招呼，我們亦揮手致意，及至擦身而過時才發現那不是一般常見的嬰兒車，而是直排五個座位的特製嬰兒車！不知是五胞胎？還是……？

回程時再次巧遇，趕緊停步相問，原來其中只有一位小男孩是她的兒子，其餘的都是託她照顧的孩子，有男有女，年齡皆在兩歲以內，純潔無邪的小臉上露著興奮的笑容。雖然聽不懂他們的牙牙童語，但由保姆口中得知他們剛剛去過小隧道探險，顯然是將這一眼就能看穿前後的隧道當成了幻想的通道，幻想著有一天能夠如鷹展翅上騰，「奔跑卻不困倦，行走卻不疲乏。」

可惜那不是時光隧道，縱然我們每天往返穿越，依然無法返老還童。人生道上我從未曾一路風光過，但這飽含人生百態的一路風光，卻是耐人回味的。

（二〇一七年六月發表於《中國女性文化》學刊）

BOD Books on Demand

語言文學類　PG1852　北美華文作家系列20

青山依舊在：大邱文集

作　　者／大　邱
責任編輯／杜國維
圖文排版／楊家齊
封面設計／葉力安

發 行 人／宋政坤
法律顧問／毛國樑　律師
出版發行／秀威資訊科技股份有限公司
114台北市內湖區瑞光路76巷65號1樓
電話：+886-2-2796-3638　傳真：+886-2-2796-1377
http://www.showwe.com.tw
劃撥帳號／19563868　戶名：秀威資訊科技股份有限公司
讀者服務信箱：service@showwe.com.tw
展售門市／國家書店（松江門市）
104台北市中山區松江路209號1樓
電話：+886-2-2518-0207　傳真：+886-2-2518-0778
網路訂購／秀威網路書店：http://store.showwe.tw
國家網路書店：http://www.govbooks.com.tw

2017年9月　BOD一版
定價：420元
版權所有　翻印必究
本書如有缺頁、破損或裝訂錯誤，請寄回更換

Copyright©2017 by Showwe Information Co., Ltd.
Printed in Taiwan
All Rights Reserved

國家圖書館出版品預行編目

青山依舊在：大邱文集 / 大邱著. -- 一版. --
臺北市：秀威資訊科技, 2017.09
面； 公分. -- (語言文學類；PG1852)
(北美華文作家系列；20)
BOD版
ISBN 978-986-326-459-0(平裝)

855　　106014756

讀者回函卡

感謝您購買本書，為提升服務品質，請填妥以下資料，將讀者回函卡直接寄回或傳真本公司，收到您的寶貴意見後，我們會收藏記錄及檢討，謝謝！如您需要了解本公司最新出版書目、購書優惠或企劃活動，歡迎您上網查詢或下載相關資料：http:// www.showwe.com.tw

您購買的書名：________________________________

出生日期：________年________月________日

學歷：□高中（含）以下　□大專　□研究所（含）以上

職業：□製造業　□金融業　□資訊業　□軍警　□傳播業　□自由業

□服務業　□公務員　□教職　□學生　□家管　□其它_____

購書地點：□網路書店　□實體書店　□書展　□郵購　□贈閱　□其他

您從何得知本書的消息？

□網路書店　□實體書店　□網路搜尋　□電子報　□書訊　□雜誌

□傳播媒體　□親友推薦　□網站推薦　□部落格　□其他__________

您對本書的評價：（請填代號　1.非常滿意　2.滿意　3.尚可　4.再改進）

封面設計____　版面編排____　內容____　文／譯筆____　價格____

讀完書後您覺得：

□很有收穫　□有收穫　□收穫不多　□沒收穫

對我們的建議：________________________________

____

____

____

請貼
郵票

11466
台北市內湖區瑞光路 76 巷 65 號 1 樓
秀威資訊科技股份有限公司 收
BOD 數位出版事業部

（請沿線對折寄回，謝謝！）

姓　　名：＿＿＿＿＿＿＿＿　年齡：＿＿＿＿　性別：□女　□男

郵遞區號：□□□□□

地　　址：＿＿＿＿＿＿＿＿＿＿＿＿＿＿＿＿＿＿＿＿

聯絡電話：(日) ＿＿＿＿＿＿＿＿　(夜) ＿＿＿＿＿＿＿＿

E-mail：＿＿＿＿＿＿＿＿＿＿＿＿＿＿＿＿＿＿＿＿